鍵

大活字本シリーズ
⑥

谷崎潤一郎

三和書籍

鍵《かぎ》

一月一日《いちがつついたち》。……僕《ぼく》ハ今年《ことし》カラ、今日《きょう》マデ日記《にっき》ニ記《しる》スコトヲ躊躇《ちゅうちょ》シテイタヨウナ事柄《ことがら》ヲモアエテ書《か》キ留《と》メルヿ《こと》ニシタ。僕《ぼく》ハ自分《じぶん》ノ性生活《せいせいかつ》ニ関《かん》スルヿ《こと》、自分《じぶん》ト妻《つま》トノ関《かん》係《けい》ニツイテハ、アマリ詳細《しょうさい》ナヿ《こと》ハ書《か》カナイヨウニシテ来《き》タ。ソレハ妻《つま》ガコノ日記帳《にっきちょう》ヲ秘《ひそ》カニ読《よ》ンデ腹《はら》ヲ立《た》テハシナイカトイウヿ《こと》ヲ恐《おそ》レテイタカラデアッタガ、今年《ことし》カラハソレヲ恐《おそ》レヌヿ《こと》ニシタ。妻《つま》ハコノ日記帳《にっきちょう》ガ書斎《しょさい》ノドコノ抽出《ひきだし》ニハイッテイルカヲ知《し》ッテイルニ違《ちが》イナイ。古風《こふう》ナ京都《きょうと》ノ舊家《きゅうか》ニ生《うま》レ封建的《ほうけんてき》ナ空気《くうき》ノ中《なか》ニ育《そだ》ッタ彼女《かのじょ》ハ、今日《こんにち》モナオ時代《じだい》オクレナ舊道徳《きゅうどうとく》ヲ重《おも》ンズル一面《いちめん》ガアリ、或《あ》ル場合《ばあい》ニハソレヲ誇《ほこ》リトスル傾向《けいこう》モアルノデ、マサカ夫《おっと》ノ日記帳《にっきちょう》ヲ盗《ぬす》ミ読《よ》ムヨウナヿ《こと》ハシソウモナイケレドモ、シカシ必《かなら》ズシモソウトハ限《かぎ》ラナイ理由《りゆう》モアル。今後《こんご》従来《じゅうらい》ノ例《れい》ヲ破《やぶ》ッテ夫婦生活《ふうふせいかつ》ニ関《かん》スル記載《きさい》ガ頻繁《ひんぱん》ニ現《あら》ワレルヨウニナレバ、果《はた》シテ彼女《かのじょ》ハ夫《おっと》ノ秘密《ひみつ》ヲ探《さぐ》ロウトスル誘惑《ゆうわく》ニ打《う》チ勝《か》チ得《え》ルデアロウカ。彼女《かのじょ》ハ生《うま》レツキ陰性《いんせい》デ、秘密《ひみつ》ヲ好《この》ム癖《くせ》ガアルノダ。彼女《かのじょ》ハ知《し》ッテイルヿ《こと》デモ知《し》ラナイ風《ふう》ヲ装《よそお》イ、心《こころ》ニアルヿ《こと》ヲ容易《ようい》ニ口《くち》ニ出《だ》サナイノガ常《つね》デアルガ、悪《わる》イコトニハソレヲ女《おんな》ノ嗜《たしな》ミデアルトモ思《おも》ッテイル。僕《ぼく》ハ、日記帳《にっきちょう》ヲ入《い》レテアル抽出《ひきだし》ノ鍵《かぎ》ハイツモ某《ぼう》所《しょ》ニ隠《かく》シテアルノダガ、ソシテ時々《ときどき》ソノ隠《かく》シ場所《ばしょ》ヲ変《か》エテイルノダガ、詮索好《せんさくず》キノ彼女《かのじょ》ハ事《こと》ニヨルト過去《かこ》ノアラユル隠《かく》シ場所《ばしょ》ヲ知《し》ッテシマッテイルカモ知《し》レナイ。モットモソンナ面倒《めんどう》ヲシナイデモ、アンナ鍵《かぎ》ハイクラデモ合《あ》イ鍵《かぎ》ヲ求《もと》メル〻《こと》ガデキヨウ。……僕《ぼく》ハ今《いま》「今年《ことし》カラハ読《よ》マレル〻《こと》ヲ恐《おそ》レヌ〻《こと》ニシタ」ト云《い》ッタガ、考《かんが》エテミルト、実《じつ》ハ前《まえ》カラソンナニ恐《おそ》レテハイナカッタノカモ知《し》レナイ。ムシロ内々《ないない》読《よ》マレル〻《こと》ヲ覚悟《かくご》シ、期待《きたい》シテイタノカモ知《し》レナイ。ソレナラバナゼ抽出《ひきだし》ニ鍵《かぎ》ヲ懸《か》ケタリマタソノ鍵《かぎ》ヲアチラコチラヘ隠《かく》シタリシタノカ。ソレハアルイハ彼女《かのじょ》ノ捜索癖《そうさくぐせ》ヲ満足《まんぞく》サセルタメデアッタカモ知《し》レナイ。ソレニ彼女《かのじょ》ハ、モシ僕《ぼく》ガ日記帳《にっきちょう》ヲ故意《こい》ニ彼女《かのじょ》ノ眼《め》ニ触《ふ》レヤスイ所《ところ》ニ置《お》ケバ、「コレハ私《わたし》ニ読《よ》マセルタメニ書《か》イタ日記《にっき》ダ」ト思《おも》イ、書《か》イテアル〡《こと》ヲ信用《しんよう》シナイカモ知《し》レナイ。ソレドコロカ、「ホントウノ日記《にっき》ガモウ一《ひと》ツドコカニ隠《かく》シテアルノダ」ト思《おも》ウカモ知《し》レナイ。……郁子《いくこ》ヨ、ワガ愛《あい》スルイトシノ妻《つま》ヨ、僕《ぼく》ハオ前《まえ》ガ果《はた》シテコノ日記《にっき》ヲ盗《ぬす》ミ読《よ》ミシツツアルカドウカヲ知《し》ラナイ。僕《ぼく》ガオ前《まえ》ニソンナ〡《こと》ヲ聞《き》イテモ、オ前《まえ》ハ「人《ひと》ノ書《か》イタモノヲ盗《ぬす》ミ読《よ》ミナドイタシマセン」ト答《こた》エルニキマッテイルカラ、聞《き》イタトコロデ仕方《しかた》ガナイ。ダガモシ読《よ》ンデイルノデアッタラ、決《けっ》シテコレハ偽《いつわ》リノ日記《にっき》デナイヿ《こと》ヲ、コノ記載《きさい》ハスベテ真実《しんじつ》デアルヿ《こと》ヲ信《しん》ジテホシイ。イヤ、疑《うたが》イ深《ぶか》イ人《ひと》ニ向《むか》ッテコウイウヿ《こと》ヲ云《い》ウトカエッテ疑《うたが》イヲ深《ふか》クサセル結果《けっか》ニナルカラ、モウ云《い》ウマイ。ソレヨリコノ日《にっ》記《き》ヲ読《よ》ンデサエクレレバソノ内容《ないよう》ニ虚偽《きょぎ》ガアルカ否《いな》カハ自然《しぜん》明《あき》ラカニナルデアロウ。

　モトヨリ僕《ぼく》ハ彼女《かのじょ》ニ都合《つごう》ノヨイヿ《こと》バカリハ書《か》カナイ。彼女《かのじょ》ガ不快《ふかい》ヲ感《かん》ズルデアロウヨウナヿ《こと》、彼女《かのじょ》ノ耳《みみ》ニ痛《いた》イヨウナヿ《こと》モ憚《はば》カラズ書《か》イテ行《ゆ》カネバナラナイ。モトモト僕《ぼく》ガコウイウヿ《こと》ヲ書《か》ク気《き》ニナッタノハ、彼女《かのじょ》ノアマリナ秘密主義《ひみつしゅぎ》、――夫婦《ふうふ》ノ間《あいだ》デ閨房《けいぼう》ノヿ《こと》ヲ語《かた》リ合《あ》ウサエ恥《は》ズベキヿ《こと》トシテ聞《き》キタガラズ、タマタマ僕《ぼく》ガ猥談《わいだん》メイタ話《はなし》ヲシカケルトタチマチ耳《みみ》ヲ蔽《おお》ウテシマウ彼女《かのじょ》ノイワユル「身嗜《みだしな》ミ」、ア　偽善的《ぎぜんてき》ナ「女《おんな》ノラシサ」、アノワザトラシイオ上品趣味《じょうひんしゅみ》ガ原因《げんいん》ナノダ。連《つ》レ添《そ》ウテ二十何年《にじゅうなんねん》ニモナリ、嫁入《よめい》リ前《まえ》ノ娘《むすめ》サエアル身《み》デアリナガラ、寝床《ねどこ》ニハイッテモイマダニタダ黙々《もくもく》ト事《こと》ヲ行《おこな》ウダケデ、ツイゾシンミリトシタ睦言《むつごと》ヲ取《と》リ交《かわ》ソウトシナイノハ、ソレデモ夫婦《ふうふ》トイエルデアロウカ。僕《ぼく》ハ彼女《かのじょ》ト直接《ちょくせつ》閨房《けいぼう》ノヿ《こと》ヲ語《かた》リ合《あ》ウ機会《きかい》ヲ与《あた》エラレナイ不満《ふまん》ニ堪《た》エカネテコレヲ書《か》ク気《き》ニナッタノダ。今後《こんご》ハ僕《ぼく》ハ、彼女《かのじょ》ガコレヲ実際《じっさい》ニ盗《ぬす》ミ読《よ》ミシテイルト否《いな》トニカカワラズ、シテイルモノト考《かんが》エテ、間接《かんせつ》ニ彼女《かのじょ》ニ話《はな》シカケル気持《きもち》デコノ日記《にっき》ヲツケル。何《なに》ヨリモ、僕《ぼく》ガ彼女《かのじょ》ヲ心《こころ》カラ愛《あい》シテイルㄱ《こと》、――コノㄱ《こと》ハ前《まえ》ニモタビタビ書《か》イテイルガ、ソレハ偽《いつわ》リノナイㄱ《こと》デ、彼女《かのじょ》ニモヨク分《わか》ッテイルト思《おも》ウ。タダ僕《ぼく》ハ生理的《せいりてき》ニ彼女《かのじょ》ノヨウニアノ方《ほう》ノ欲望《よくぼう》が旺盛《おうせい》デナク、ソノ点《てん》デ彼女《かのじょ》ト太刀打《たちう》チデキナイ。僕《ぼく》ハ今年《ことし》五十六歳《ごじゅうろくさい》（彼女《かのじょ》ハ四十五《しじゅうご》ニナッタハズダ）ダカラマダソンナニ衰《おとろ》エル年《とし》デハナイノダガ、ドウイウワケカ僕《ぼく》ハアノㄱ《こと》ニハ疲《つか》レヤスクナッテイル。正直《しょうじき》ニ云《い》ッテ、現在《げんざい》ノ僕《ぼく》ハ週《しゅう》ニ一回《いっかい》クライ、――ムシロ十日《とおか》ニ一回《いっかい》クライガ適当《てきとう》ナノダ。トコロガ彼女《かのじょ》ハ（コンナㄱ《こと》ヲ露骨《ろこつ》ニ書《か》イタリ話《はな》シタリスルㄱ《こと》ヲ彼女《かのじょ》ハ最《もっと》モ忌《い》ムノデアル）腺病質《せんびょうしつ》デシカモ心臓《しんぞう》ガ弱《よわ》イニモカカワラズ、アノ方《ほう》ハ病的《びょうてき》ニ強《つよ》イ。サシアタリ僕《ぼく》ガハナハダ当《とう》惑《わく》シ、参《まい》ッテイルノハ、コノ一事《いちじ》ナノダ。僕《ぼく》ハ夫《おっと》トシテ、彼女《かのじょ》ニ十分《じゅうぶん》ノ義務《ぎむ》ヲ果《は》タシ得《え》ナイノハ申《もう》シワケガナイケレドモ、ソウカトイッテ、彼女《かのじょ》ガソノ不足《ふそく》ヲ補《おぎな》ウタメニ、モシ仮《か》リニ、――コンナ〼《こと》ヲ云《い》ウト、私《わたし》ヲソンナミダラナ女《おんな》ト思《おも》ウノデスカト怒《おこ》ルデアロウガ、コレハ「仮《か》リニ」ダ、――他《ほか》ノ男《おとこ》ヲ拵《こしら》エタトスルト、僕《ぼく》ハソレニハ堪《た》エラレナイ。僕《ぼく》ハソンナ仮定《かてい》ヲ想像《そうぞう》シタダケデモ嫉妬《しっと》ヲ感《かん》ズル。ノミナラズ彼女自身《かのじょじしん》ノ健康《けんこう》ノ〼《こと》ヲ考《かんが》エテモ、アノ病的《びょうてき》ナ慾求《よっきゅう》ニ幾分《いくぶん》ノ制御《せいぎょ》ヲ加《くわ》エタ方《ほう》ガヨイノデハアルマイカ。……僕《ぼく》ガ困《こま》ッテイルノハ、僕《ぼく》ノ体力《たいりょく》ガ年々《ねんねん》衰《おとろ》エヲ増《ま》シツツアルヿ《こと》ダ。近頃《ちかごろ》ノ僕《ぼく》ハ性交《せいこう》ノ後《あと》デ実《じつ》ニ非《ひ》常《じょう》ナ疲労《ひろう》ヲ覚《おぼ》エル。ソノ日《ひ》一日《いちにち》グッタリトシテモノヲ考《かんが》エル気力《きりょく》モナイクライニ。……ソレナラ僕《ぼく》ハ彼女《かのじょ》トノ性交《せいこう》ヲ嫌《きら》ッテイルノカトイウト、事実《じじつ》ハソレノ反対《はんたい》ナノダ。僕《ぼく》ハ義務《ぎむ》ノ観念《かんねん》カラ強《し》イテ情慾《じょうよく》ヲ駆《か》リ立《た》テテイヤイヤ彼女《かのじょ》ノ要求《ようきゅう》ニ応《おう》ジテイルノデハ断《だん》ジテナイ。僕《ぼく》ハ幸《こう》カ不幸《ふこう》カ彼女《かのじょ》ヲ熱愛《ねつあい》シテイル。ココデ僕《ぼく》ハ、イヨイヨ彼女《かのじょ》ノ忌避《きひ》ニ触《ふ》レル一点《いってん》ヲ発《あば》カネバナラナイガ、彼女《かのじょ》ニハ彼《かの》女自身《じょじしん》全《まった》ク気《き》ガ付《つ》イテイナイトコロノ或《あ》ル独得《どくとく》ナ長所《ちょうしょ》ガアル。僕《ぼく》ガモシ過去《かこ》ニ、彼女以外《かのじょいがい》ノ種々《しゅじゅ》ノ女《おんな》ト交渉《こうしょう》ヲ持《も》ッタ経験《けいけん》ガナカッタナラバ、彼女《かのじょ》ダケニ備《そな》ワッテイルアノ長所《ちょうしょ》ヲ長所《ちょうしょ》ト知《し》ラズニイルデモアロウガ、若《わか》カリシ頃《ころ》ニ遊《あそ》ビヲシタヿ《こと》ノアル僕《ぼく》ハ、彼女《かのじょ》ガ多《おお》クノ女性《じょせい》ノ中《なか》デモ極《きわ》メテ稀《まれ》ニシカナイ器具《きぐ》ノ所有者《しょゆうしゃ》デアルヿ《こと》ヲ知《し》ッテイル。彼女《かのじょ》ガモシ昔《むかし》ノ島原《しまばら》ノヨウナ妓楼《ぎろう》ニ売《う》ラレテイタトシタラ、必《かなら》ズヤ世間《せけん》ノ評判《ひょうばん》ニナリ、無数《むすう》ノ嫖客《ひょうかく》ガ競《きそ》ッテ彼女《かのじょ》ノ周囲《しゅうい》ニ集《あつ》マリ、天下《てんか》ノ男子《だんし》ハ悉《ことごと》ク彼女《かのじょ》ニ悩殺《のうさつ》サレタカモ知《し》レナイ。（僕《ぼく》ハコンナヿ《こと》ヲ彼女《かのじょ》ニ知《し》ラセナイ方《ほう》ガヨイカモ知《し》レナイ。彼女《かのじょ》ニソウイウ自覚《じかく》ヲ与《あた》エルヿ《こと》ハ、少《すく》クトモ僕自身《ぼくじしん》ノタメニ不利《ふり》カモ知《し》レナイ。シカシ彼女《かのじょ》ハコレヲ聞《き》イテ、果《はた》シテ自《みずか》ラ喜《よろこ》ブデアロウカ恥《は》ジルデアロウカ、アルイハマタ侮辱《ぶじょく》ヲ感《かん》ジルデアロウカ。多《た》分《ぶん》表面《ひょうめん》ハ怒《おこ》ッテ見《み》セナガラ、内心《ないしん》ハ得意《とくい》ニ感《かん》ジルヿ《こと》ヲ禁《きん》ジ得《え》ナイノデハナカロウカ） 僕《ぼく》ハ彼女《かのじょ》ノアノ長所《ちょうしょ》ヲ考《かんが》エタダケデモ嫉妬《しっと》ヲ感《かん》ズル。モシモ僕《ぼく》以外《いがい》ノ男性《だんせい》ガ彼女《かのじょ》ノアノ長所《ちょうしょ》ヲ知《し》ッタナラバ、ソシテ僕《ぼく》ガソノ天与《てんよ》ノ幸運《こううん》ニ十分《じゅうぶん》酬《むく》イテイナイヿ《こと》ヲ知《し》ッタナラバ、ドンナヿ《こと》ガ起《おこ》ルデアロウカ。僕《ぼく》ハソレヲ考《かんが》エルト不安《ふあん》デモアリ、彼女《かのじょ》ニ罪深《つみぶか》イヿ《こと》ヲシテイルトモ思《おも》イ、 自責《じせき》ノ念《ねん》ニ堪《た》エラレナクナル。ソコデ僕《ぼく》ハイロイロナ方法《ほうほう》デ自分《じぶん》ヲ刺戟《しげき》シヨウトスル。タトエバ僕《ぼく》ハ僕《ぼく》ノ性慾点《せいよくてん》――僕《ぼく》ハ眼《め》ヲツブッテ眼瞼《まぶた》ノ上《うえ》ヲ接吻《せっぷん》シテ貰《もら》ウ時《とき》ニ快感《かいかん》ヲ覚《おぼ》エル、――ヲ彼女《かのじょ》ニ刺戟《しげき》シテ貰《もら》ウ。マタ反対《はんたい》ニ僕《ぼく》ガ彼女《かのじょ》ノ性慾点《せいよくてん》——彼女《かのじょ》ハ腋《わき》ノ下《した》ヲ接吻《せっぷん》シテ貰《もら》ウヿ《こと》ヲ好《この》ムノデアル、——ヲ刺戟《しげき》シテ、ソレニヨッテ自分《じぶん》ヲ刺戟《しげき》ショウトスル。シカルニ彼女《かのじょ》ハソノ要求《ようきゅう》ニサエアマリ快《こころよ》ク応《おう》ジテクレナイ。彼女《かのじょ》ハソウイウ「不自然《ふしぜん》ナ遊戯《ゆうぎ》」ニ耽《ふけ》ルヿ《こと》ヲ欲《ほっ》セズ、飽《あ》クマデモオーソドックスナ正攻法《せいこうほう》ヲ要求《ようきゅう》スル。正攻法《せいこうほう》ニ到達《とうたつ》スル手段《しゅだん》トシテノ遊戯《ゆうぎ》デアルヿ《こと》ヲ説明《せつめい》シテモ、彼女《かのじょ》ハココデモ「女《おんな》ラシイ身嗜《みだしな》ミ」ヲ固守《こしゅ》シテソレニ反《はん》スル行為《こうい》ヲ嫌《きら》ウ。彼女《かのじょ》ハマタ僕《ぼく》ガ足《あし》ノ fetishist《フェティシスト》 デアルヿ《こと》ヲ知《し》ッテイナガラ、カツ彼女《かのじょ》ハ自分《じぶん》ガ異常《いじょう》ニ形《かたち》ノ美《うつく》シイ足《あし》（ソレハ四十五歳《しじゅうごさい》ノ女《おんな》ノ足《あし》ノヨウニハ思《おも》エナイ）ノ所《しょ》有者《ゆうしゃ》デアルヿ《こと》ヲ知《し》ッテイルガユエニ、メッタニソノ足《あし》ヲ僕《ぼく》ニ見《み》セヨウトシナイ。真夏《まなつ》ノ暑《あつ》イ盛《さか》リデモ彼女《かのじょ》ハ大概《たいがい》足袋《たび》ヲ穿《は》イテイル。セメテソノ足《あし》ノ甲《こう》ニ接吻《せっぷん》サセテクレト云《い》ッテモ、マア汚《きたな》イトカ、コンナ所《ところ》ニ触《さわ》ルモノデハアリマセントカ云《い》ッテ、ナカナカ願《ねが》イヲ聴《き》イテクレナイ。ソレヤコレヤデ僕《ぼく》ハ一層《いっそう》手《て》ノ施《ほどこ》シヨウガナクナル。……正月《しょうがつ》早々《そうそう》愚痴《ぐち》ヲナラベル結果《けっか》ニナッテ僕《ぼく》モイササカ恥《は》ズカシイガ、デモコンナヿ《こと》モ書《か》イテオク方《ほう》ガヨイト思《おも》ウ。明日《あす》ノ晩《ばん》ハ「ヒメハジメ」デアル。オーソドックスヲ好《この》ム彼女《かのじょ》ハ毎年《まいとし》ノ吉例《きちれい》ニ従《したが》イ、必《かなら》ズソノ行事《ぎょうじ》ヲ厳粛《げんしゅく》ニ行《おこな》ワナケレバ承知《しょうち》シナイデアロウ。

……

一月四日《いちがつよっか》。……今日《きょう》は珍《めずら》しい事件《じけん》に出遇《であ》った。三《さん》ガ日《にち》の間《あいだ》書斎《しょさい》の掃除《そうじ》をしなかったので、今日《きょう》の午後《ごご》、夫《おっと》が散歩《さんぽ》に出《で》かけた留守《るす》に掃除《そうじ》をしにはいったら、あの水仙《すいせん》の活《い》けてある一輪挿《いちりんざ》しの載《の》っている書棚《しょだな》の前《まえ》に鍵《かぎ》が落《お》ちていた。それは全《まった》く何《なん》でもないことなのかも知《し》れない。でも夫《おっと》が何《なん》の理由《りゆう》もなしに、ただ不用意《ふようい》にあの鍵《かぎ》をあんな風《ふう》に落《おと》しておいたとは考《かんが》えられない。夫《おっと》は実《じつ》に用心深《ようじんぶか》い人《ひと》なのだから。そして長年《ながねん》の間毎日日記《あいだまいにちにっき》をつけていながら、かつて一度《いちど》もあの鍵《かぎ》を落《おと》したことなんかなかった

のだから。……私《わたし》はもちろん夫《おっと》が日記《にっき》をつけているこ
とも、その日記帳《にっきちょう》をあの小机《こづくえ》の抽出《ひきだし》に入《い》れて鍵《かぎ》をかけて
いることも、そしてその鍵《かぎ》を時《とき》としては書棚《しょだな》のいろいろ
な書物《しょもつ》の間《あいだ》に、時《とき》としては床《ゆか》の絨緞《じゅうたん》の下《した》に隠《かく》しているこ
とも、とうの昔《むかし》から知《し》っている。しかし私《わたし》は知《し》ってよい
ことと知《し》ってはならないこととの区別《くべつ》は知《し》っている。私《わたし》
が知《し》っているのはあの日記帳《にっきちょう》の所在《しょざい》と、鍵《かぎ》の隠《かく》し場所《ばしょ》だ
けである。決《けっ》して私《わたし》は日記帳《にっきちょう》の中《なか》を開《あ》けて見《み》たりなんか
したことはない。だのに心外《しんがい》なことには、生来疑《せいらいうたが》い深《ぶか》
い夫《おっと》はわざわざあれに鍵《かぎ》をかけたりその鍵《かぎ》を隠《かく》したりし
なければ、安心《あんしん》がならなかったのであるらしい。……

その夫《おっと》が今日《きょう》その鍵《かぎ》をあんな所《ところ》に落《おと》して行《い》ったのはなぜであろうか。何《なに》か心境《しんきょう》の変化《へんか》が起《おこ》って、私《わたし》に日記《にっき》を読《よ》ませる必要《ひつよう》を生《しょう》じたのであろうか。そして、正面《しょうめん》から私《わたし》に読《よ》めと云《い》っても読《よ》もうとしないであろうことを察《さっ》して、「読《よ》みたければ内証《ないしょ》で読《よ》め、ここに鍵《かぎ》がある」と云《い》っているのではなかろうか。そうだとすれば、夫《おっと》は私《わたし》がとうの昔《むかし》から鍵《かぎ》の所在《しょざい》を知《し》っていたことを、知《し》らずにいたということになるのだろうか？　いや、そうではなく、「お前《まえ》が内証《ないしょ》で読《よ》むことを僕《ぼく》も今日《きょう》から内証《ないしょ》で認《みと》める、認《みと》めて認《みと》めないふりをしていてやる」というのだろうか？

……

まあそんなことはどうでもよい。かりにそうであったとしても、私《わたし》は決《けっ》して読《よ》みはしない。私《わたし》は自分《じぶん》でここまでときめている限界《げんかい》を越《こ》えて、夫《おっと》の心理《しんり》の中《なか》にまではいり込《こ》んで行《い》きたくない。私《わたし》は自分《じぶん》の心《こころ》の中《なか》を人《ひと》に知《し》らせることを好《この》まないように、人《ひと》の心《こころ》の奥底《おくそこ》を根掘《ねほ》り葉掘《はほ》りすることを好《この》まない。ましてあの日記帳《にっきちょう》を私《わたし》に読《よ》ませたがっているとすれば、その内容《ないよう》には虚偽《きょぎ》があるかも知《し》れないし、どうせ私《わたし》に愉快《ゆかい》なことばかり書《か》いてあるはずはないのだから。夫《おっと》は何《なん》とでも好《す》きなことを書《か》いたり思《おも》ったりするがよいし、私《わたし》は私《わたし》でそうするであろう。実《じつ》は私《わたし》も、今年《ことし》から日記《にっき》をつけ始《はじ》めている。私《わたし》のように心《こころ》を他《た》人《にん》に語《かた》らない者《もの》は、せめて自分自身《じぶんじしん》に向《むか》って語《かた》って聞《き》かせる必要《ひつよう》がある。ただし私《わたし》は自分《じぶん》が日記《にっき》をつけていることを夫《おっと》に感《かん》づかれるようなヘマはやらない。私《わたし》はこの日記《にっき》を、夫《おっと》の留守《るす》の時《とき》を窺《うかが》って書《か》き、絶対《ぜったい》に夫《おっと》が思《おも》いつかない或《あ》る場所《ばしょ》に隠《かく》しておくことにする。私《わたし》がこれを書《か》く気《き》になった第一《だいいち》の理由《りゆう》は、私《わたし》には夫《おっと》の日記帳《にっきちょう》の所在《しょざい》が分《わか》っているのに、夫《おっと》は私《わたし》が日記《にっき》をつけていることさえも知《し》らずにいる、その優越感《ゆうえつかん》がこの上《うえ》もなく楽《たの》しいからである。……

一昨夜《いっさくや》は年《とし》の始《はじ》めの行事《ぎょうじ》をした。……あゝ、こんなことを筆《ふで》にするとは何《なん》という恥《はず》かしさであろう。亡《な》くなった父《ちち》は昔《むかし》よく「慎ㇾ独《ひとりをつつしむ》」ということを教《おし》えた。私《わたし》がこんなことを書《か》くのを知《し》ったら、どんなにか私《わたし》の堕落《だらく》を歎《なげ》くであろう。……夫《おっと》は例《れい》により歓喜《かんき》の頂天《ちょうてん》に達《たっ》したらしいが、私《わたし》はまた例《れい》により物足《ものた》りなかった。そしてその後《ご》の感《かん》じがたまらなく不快《ふかい》であった。夫《おっと》は彼《かれ》の体力《たいりょく》が続《つづ》かないのを恥《は》じ、私《わたし》に済《す》まないということを毎度口《まいどくち》にする半面《はんめん》、夫《おっと》に対《たい》して私《わたし》が冷静《れいせい》過《す》ぎることを攻撃《こうげき》する。その冷静《れいせい》という意味《いみ》は、彼《かれ》の言葉《ことば》に従《したが》えば私《わたし》は「精力《せいりょく》絶倫《ぜつりん》」で、その方面《ほうめん》では病的《びょうてき》に強《つよ》いけれども、私《わたし》のやり方《かた》はあまりにも「事務的《じむてき》」で、「ありきたり」で、「第一《だいいち》公式《こうしき》」で、変化《へんか》がないというのである。平素何事《へいそなにごと》につけても消極的《しょうきょくてき》で、控《ひか》え目《め》である私《わたし》が、あのことにだけは積極的《せっきょくてき》であるにもかかわらず、二十年来常《にじゅうねんらいつね》に同《おな》じメソッド、同《おな》じ姿勢《しせい》でしか応《おう》じてくれないというのである。——そのくせ夫《おっと》はいつも私《わたし》の無言《むごん》の挑《いど》みを見逃《みのが》さず、私《わたし》の示《しめ》すほんの僅《わず》かな意志表示《いしひょうじ》にも敏感《びんかん》で、直《ただ》ちにそれと察《さっ》しるのである。それはあるいは、私《わたし》の頻繁過《ひんぱんす》ぎる要求《ようきゅう》に絶《た》えず戦々競々《せんせんきょうきょう》としている結果《けっか》、かえってそんな風《ふう》になるのかも知《し》れない。——私《わたし》は実利一点張《じつりいってんば》りで、情味《じょうみ》がないのだそうである。僕《ぼく》がお前《まえ》を愛《あい》している半分《はんぶん》も、お前《まえ》は僕《ぼく》を愛《あい》していないと、夫《おっと》は云《い》う。お前《まえ》は僕《ぼく》を単《たん》なる必要《ひつよう》品《ひん》としか、——それも極《きわ》めて不完全《ふかんぜん》な必要品《ひつようひん》としか考《かんが》えていない、お前《まえ》がほんとうに僕《ぼく》を愛《あい》しているなら、もっと熱情《ねつじょう》があってもよいはずだ、いかなる僕《ぼく》の註文《ちゅうもん》にも応《おう》じてくれるはずだと云《い》う。僕《ぼく》が十分《じゅうぶん》にお前《まえ》を満足《まんぞく》させ得《え》ない一半《いっぱん》の責《せ》めはお前《まえ》にある、お前《まえ》がもっと僕《ぼく》の熱情《ねつじょう》をかき立《た》てるようにしてくれれば、僕《ぼく》だってこんなに無力《むりょく》ではない、お前《まえ》は一向《いっこう》そういう努力《どりょく》をしようとせず、自《みずか》ら進《すす》んでその仕事《しごと》に僕《ぼく》と協力《きょうりょく》してくれない、お前《まえ》は食《く》いしんぼうの癖《くせ》に手《て》を拱《こまね》いて据《す》え膳《ぜん》の箸《はし》を取《と》ることばかり考《かんが》えていると云《い》い、私《わたし》を冷血動物《れいけつどうぶつ》で意地《いじ》の悪《わる》い女《おんな》だとさえ云《い》う。

夫《おっと》が私《わたし》をそういう眼《め》で見《み》るのも一往無理《いちおうむり》のないところ

がある。だけど私《わたし》は、女《おんな》というものはどんな場合《ばあい》にも受《う》け身《み》であるべきもの、男《おとこ》に対《たい》して自分《じぶん》の方《ほう》から能動的《のうどうてき》に働《はたら》きかけてはならないもの、という風《ふう》に、昔気質《むかしかたぎ》の親《おや》たちからしつけられて来《き》たのである。私《わたし》は決《けっ》して熱情《ねつじょう》がないわけではないが、私《わたし》の場合《ばあい》、その熱情《ねつじょう》は内部《ないぶ》に深《ふか》く沈《ちん》潜《せん》する性質《せいしつ》のもので、外《そと》に発散《はっさん》しないのである。強《し》いて発散《はっさん》させようとすればその瞬間《しゅんかん》に消《き》えてなくなってしまうのである。私《わたし》のは青白《あおじろ》い熱情《ねつじょう》で、燃《も》え上《あが》る熱情《ねつじょう》ではないということを、夫《おっと》は理解《りかい》してくれない。……この頃《ごろ》になって私《わたし》がつくづく感《かん》じることは、私《わたし》と彼《かれ》とは間違《まちが》って夫婦《ふうふ》になったのではなかったか、ということである。

私《わたし》にはもっと適《てき》した相手《あいて》があったであろうし、彼《かれ》にもそうであったろうと思《おも》う。私《わたし》と彼《かれ》とは、性的嗜好《せいてきしこう》が反撥《はんぱつ》し合《あ》っている点《てん》が、あまりにも多《おお》い。私《わたし》は父母《ちちはは》の命《めい》ずるまに漫然《まんぜん》とこの家《いえ》に嫁《とつ》ぎ、夫婦《ふうふ》とはこういうものと思《おも》って過《すご》して来《き》たけれども、今《いま》から考《かんが》えると、私《わたし》は自分《じぶん》に最《もっと》も性《しょう》の合《あ》わない人《ひと》を選《えら》んだらしい。これが定《さだ》められた夫《おっと》であると思《おも》うから仕方《しかた》なく怺《こら》えているものの、私《わたし》は時々《ときどき》彼《かれ》に面《めん》と向《むか》ってみて、何《なん》という理由《りゆう》もなしに胸《むね》がムカムカして来《く》ることがある。そう、そのムカムカする感《かん》じは、昨今《さっこん》に始《はじ》まったことではなく、そもそも結婚《けっこん》の第一夜《だいいちゃ》、彼《かれ》と褥《しとね》をともにしたあの晩《ばん》からそうであった。あの遠《とお》い昔《むかし》の新婚旅行《しんこんりょこう》の晩《ばん》、私《わたし》は寝床《ねどこ》にはいって、彼《かれ》が顔《かお》から近眼《きんがん》の眼鏡《めがね》を外《はず》したのを見《み》ると、とたんにゾウッと身慄《みぶる》いがしたことを、今《いま》も明瞭《めいりょう》に思《おも》い出《だ》す。始終眼鏡《しじゅうめがね》をかけている人《ひと》が外《はず》すと、誰《だれ》でもちょっと妙《みょう》な顔《かお》になるものだが、夫《おっと》の顔《かお》は急《きゅう》に白《しら》ッちゃけた、死人《しにん》の顔《かお》のように見《み》えた。夫《おっと》はその顔《かお》を近々《ちかぢか》と傍《そば》に寄《よ》せて、穴《あな》の開《あ》くほど私《わたし》の顔《かお》を覗《のぞ》き込《こ》んだものだった。私《わたし》も自然《しぜん》彼《かれ》の顔《かお》をマジマジと見据《みす》える結果《けっか》になったが、その肌理《きめ》の細《こま》かい、アルミニュームのようにツルツルした皮膚《ひふ》を見《み》ると、私《わたし》はもう一度《いちど》ゾウッとした。昼間《ひるま》は分《わか》らなかったけれども、鼻《はな》の下《した》や唇《くちびる》の周《まわ》りに髯《ひげ》が微《かす》かに生《は》えかかっているのが（彼《かれ》は毛深《けぶか》いたちなのである）見《み》えて、それがまた薄気味《うすきみ》が悪《わる》かった。私《わたし》はそんなに近《ちか》い所《ところ》で男性《だんせい》の顔《かお》を見《み》るのは始《はじ》めてだったので、そのせいもあったかも知《し》れないが、以《い》来私《らいわたし》は、今日《こんにち》でも夫《おっと》の顔《かお》を明《あか》るい所《ところ》で長《なが》い間視《あいだみ》つめているると、あのゾウッとする気持《きもち》になるのである。だから私《わたし》は彼《かれ》の顔《かお》を見《み》ないようにしようと思《おも》い、枕《まくら》もとの電燈《でんとう》を消《け》そうとするのだが、夫《おっと》は反対《はんたい》に、あの時《とき》に限《かぎ》って部屋《へや》を明《あか》るくしようとする。そして私《わたし》の体《からだ》じゅうのここかしこを、能《あた》う限《かぎ》りハッキリ見《み》ようとする。（私《わたし》はそんな要《よう》求《きゅう》にはめったに応《おう》じないことにしているけれども、足《あし》だけはあまり執拗《しつこ》く云《い》うので、已《や》むを得《え》ず見《み》せる）私《わたし》は夫《おっと》以外《いがい》の男《おとこ》を知《し》らないけれども、総体《そうたい》に男性《だんせい》というものは皆《みな》あのように執拗《しつこ》いのであろうか。あのアクドい、べたべたと纏《まつ》わりついてさまざまな必要以外《ひつよういがい》の遊戯《ゆうぎ》をしたがる習性《しゅうせい》は、すべての男子《だんし》に通有《つうゆう》なのであろうか。……

一月七日《いちがつなのか》。……今日木村《きょうきむら》ガ年始《ねんし》ニ来《き》タ。僕《ぼく》ハフォークナーノサンクチュアリヲ読《よ》ミカケテイタノデ、チョット挨拶《あいさつ》シテ書斎《しょさい》ニ上《あが》ッタ。木村《きむら》ハ茶《ちゃ》ノ間《ま》デ妻《つま》ヤ敏子《としこ》トシバラク話《はな》シテイタガ、三時過《さんじす》ギニ「麗《うるわ》しのサブリナ」ヲ見《み》ニ行《い》クト云《い》ッテ、三人《さんにん》デ出《で》カケタ。ソシテ木村《きむら》ハ六時《ろくじ》頃《ごろ》マタ一緒《いっしょ》ニ帰《かえ》ッテ来《き》テ、僕《ぼく》ラ家族《かぞく》トタ食《ゆうしょく》ヲトモニシ、九《く》時《じ》少《すこ》シ過《す》ギマデ話《はな》シテ行《い》ッタ。食事《しょくじ》ノ時《とき》敏子《としこ》ヲ除《のぞ》ク三《さん》人《にん》ハブランデーヲ少量《しょうりょう》ズツ飲《の》ンダ。郁子《いくこ》ハ近頃《ちかごろ》酒量《しゅりょう》ガヤヤ増《ま》シタヨウニ思《おも》ウ。彼女《かのじょ》ニ酒《さけ》ヲ仕込《しこ》ンダノハ僕《ぼく》ダガ、モトモト彼女《かのじょ》ハ行《い》ケル口《くち》ナノダ。彼女《かのじょ》ハ勧《すす》メラレレバ黙《だま》ッテカナリノ量《りょう》ヲ嗜《たしな》ム。酔《よ》ウヿ《こと》ハ酔《よ》ウガ、ソノ酔《よ》イ方《かた》ガ陰性《いんせい》デ、外《そと》ニ発《はっ》セズ、内攻《ないこう》シ、イツマデモジット怺《こら》エテイルノデ、人《ひと》ニハ分《わか》ラナイヿ《こと》ガ多《おお》イ。今夜《こんや》ハ木村《きむら》ガシェリーグラスニ二杯半《にはいはん》マデ彼女《かのじょ》ニススメタ。妻《つま》ハイクラカ青《あお》イ顔《かお》ヲシテイタガ、酔《よ》ッタ様子《ようす》ハ見《み》エナカッタ。カエッテ僕《ぼく》ヤ木村《きむら》ノ方《ほう》ガ紅《あか》イ顔《かお》ニナッタ。木村《きむら》ハソンナニ強《つよ》クハナイ。妻《つま》ヨリ弱《よわ》イクライデアル。妻《つま》ガ僕以外《ぼくいがい》ノ男《おとこ》カラブランデーノ杯《さかずき》ヲ受《う》ケタノハ、今夜《こんや》ガ始《はじ》メテデハナイダロウカ。木村《きむら》ハ最初敏子《さいしょとしこ》ニ差《さ》シタノダガ、「私《わたし》ハダメデス、ドウカママニオ酌《しゃく》ナスッテ」ト敏子《としこ》ガ云《い》ッタカラデアッタ。僕《ぼく》ハカネテカラ、敏子《としこ》ガ木村《きむら》ヲ避《さ》ケル風《ふう》ガアルヿ《こと》ヲ感《かん》ジテイタガ、ソレハ木村《きむら》ガ彼女《かのじょ》ヨリハ彼女《かのじょ》ノ母《はは》ニ親愛《しんあい》ノ情《じょう》ヲ示《しめ》ス傾向《けいこう》ガアルヿ《こと》ヲ、彼女《かのじょ》モ感《かん》ヅクニ至《いた》ッタカラデハナイデアロウカ。僕《ぼく》ハ僕《ぼく》ノ嫉妬《しっと》カラソンナ風《ふう》ニ気《き》ガ廻《まわ》ルノカト思《おも》ッテ、ソノ考《かんが》エヲ努《つと》メテ打《う》チ消《け》シテイタノデアルガ、ヤハリソウデハナサソウデアル。一体《いったい》妻《つま》ハ来客《らいきゃく》ニ対《たい》シテハ不愛想《ぶあいそう》デ、コトニ男《おとこ》ノ客人《きゃくじん》ニハ会《あ》イタガラナイノデアルガ、木村《きむら》ニダケハ親《した》シムノデアル。

敏子《としこ》モ、妻《つま》モ、僕《ぼく》モ、イマダカツテ口《くち》ニ出《だ》シタヿ《こと》ハナイガ、木村《きむら》ハジェームス・スチュアートニ似《に》テイル。ソシテ僕《ぼく》ノ妻《つま》ハ、ジェームス・スチュアートガ好《す》キデアルヿ《こと》ヲ僕《ぼく》ハ知《し》ッテイル。（妻《つま》ハソレヲ口《くち》ニ出《だ》シタヿ《こと》ハナイガ、ジェームス・スチュアートノ映画《えいが》ダト缺《か》カサズ見《み》ニ行《い》クラシイノデアル）モットモ妻《つま》ガ木村《きむら》ニ接近《せっきん》スルノハ、僕《ぼく》ガ彼《かれ》ヲ敏子《としこ》ニ妻《めあ》ワセテハドウカトイウ考《かんが》エガアッテ、家《か》庭《てい》ニ出入《でい》リサセルヨウニシ、妻《つま》ニソレトナク二人《ふたり》ノ様子《ようす》ヲ見《み》ルヨウニト命《めい》ジタカラナノデアル。トコロガ敏子《としこ》ハコノ縁談《えんだん》ニハドウモ気乗《きの》リガシテイナイラシイ。彼女《かのじょ》ハナルベク木村《きむら》ト二人《ふたり》キリニナル機会《きかい》ヲ作《つく》ラヌヨウニシ、イツモホトンド郁子《いくこ》ト三人《さんにん》デ茶《ちゃ》ノ間《ま》デ話《はな》シ、映画《えいが》ヲ見《み》ルニモ必《かなら》ズ母《はは》ヲ誘《さそ》ッテ出《で》カケル。「オ前《まえ》ガツイテ行《い》クカラ悪《わる》イ、二人《ふたり》キリデ出《だ》シテミナサイ」ト云《い》ウノダガ、妻《つま》ハソレニハ不賛成《ふさんせい》デ、母親《ははおや》トシテ監督《かんとく》スル責任《せきにん》ガアルト云《い》ウ。「ソレハオ前《まえ》ノ頭《あたま》ガ時代《じだい》オクレダカラダ、二人《ふたり》ヲ信《しん》用《よう》シタラヨイノダ」ト云《い》ウト、「私《わたし》モソウ思《おも》ウノデスケレドモ、敏子《としこ》ガツイテ来《き》テクレト云《い》ウノデス」ト云《い》ウ。事実《じじつ》敏子《としこ》ガソウ云《い》ウノダトスレバ、ソレハ自分《じぶん》ヨリモ母《はは》ノ方《ほう》ガ木村《きむら》ヲ好《す》イテイルトコロカラ、ムシロ自分《じぶん》ガ母《はは》ノタメニ仲介《ちゅうかい》ノ労《ろう》ヲ取《と》ロウトシテイルノデハアルマイカ。僕《ぼく》ハ何《なん》トナク、妻《つま》ト敏子《としこ》トノ間《あいだ》ニ暗黙《あんもく》ノ示《しめ》シ合《あ》ワセガアルヨウナ気《き》ガシテナラナイ。少《すく》クトモ妻《つま》ハ、自分《じぶん》デハ意《い》識《しき》シテイナイノカモ知《し》レナイガ、自分《じぶん》デハ若《わか》イ二人《ふたり》ヲ監《かん》督《とく》シテイルツモリカモ知《し》レナイガ、実際《じっさい》ハ木村《きむら》ヲ愛《あい》シテイルヨウニ思《おも》エテナラナイ。……

一月八日《いちがつようか》。昨夜《さくや》は私《わたし》も酔《よ》ったけれども、夫《おっと》は一層《いっそう》酔《よ》っていた。夫《おっと》は近頃《ちかごろ》あまり強要《きょうよう》したことのなかった眼瞼《まぶた》の上《うえ》の接吻《せっぷん》を、してくれるようにとしきりに迫《せま》った。私《わたし》もブランデーの加減《かげん》で少《すこ》し常軌《じょうき》を逸《いっ》していたので、フラフラと要求《ようきゅう》に応《おう》じた。それはよいが、接吻《せっぷん》するついでに、あの見《み》てはならないものを、――彼《かれ》の眼鏡《めがね》を外《はず》した顔《かお》を、ついウッカリして見《み》てしまった。私《わたし》はいつも眼瞼《まぶた》に接吻《せっぷん》を与《あた》える時《とき》は、自分《じぶん》も眼《め》をつぶるようにしているのだが、昨夜《さくや》は途中《とちゅう》で眼《め》を開《あ》けてしまった。あのアルミニュームのような皮膚《ひふ》が、キネマスコープで大映《おおうつ》しにして見《み》るように巨大《きょだい》に私《わたし》の眼《め》の前《まえ》に立《た》ち塞《ふさ》がった。私《わたし》はゾウッと身《み》慄《ぶる》いをした。そして自分《じぶん》の顔《かお》が急《きゅう》に青《あお》ざめたのを感《かん》じた。でもよいあんばいに、夫《おっと》は眼鏡《めがね》をすぐにかけた、例《れい》によって私《わたし》の手足《てあし》を事細《ことこま》かに眺《なが》めるために。……私《わたし》は黙《だま》って枕《まくら》もとのスタンドを消《け》した。夫《おっと》は手《て》を伸《の》ばしてスイッチをひねり返《かえ》そうとしたが、私《わたし》はスタンドを遠《とお》くの方《ほう》へ押《お》しやった。「おい、後生《ごしょう》だ、もう一度《いちど》見《み》せてくれ。後生《ごしょう》お願《ねが》い。……」と、夫《おっと》は暗《くら》い中《なか》でスタンドを探《さぐ》ったが、見《み》つからないので諦《あきら》めてしまった。……久《ひさ》しぶりの長《なが》い抱擁《ほうよう》。……

私《わたし》は夫《おっと》を半分《はんぶん》は激《はげ》しく嫌《きら》い、半分《はんぶん》は激《はげ》しく愛《あい》している。私《わたし》は夫《おっと》とほんとうは性《しょう》が合《あ》わないのだけれども、だからといって他《ほか》の人《ひと》を愛《あい》する気《き》にはなれない。私《わたし》には古《ふる》い貞操観念《ていそうかんねん》がこびり着《つ》いているので、それに背《そむ》くことは生《うま》れつきできない。私《わたし》は夫《おっと》のあの執拗《しつよう》な、あの変態的《へんたいてき》な愛撫《あいぶ》の仕方《しかた》にはホトホト当惑《とうわく》するけれども、そういっても彼《かれ》が熱狂的《ねっきょうてき》に私《わたし》を愛《あい》していてくれることは明《あき》らかなので、それに対《たい》して何《なん》とか私《わたし》も報《むく》いるところがなければ済《す》まないと思《おも》う。あゝ、それにつけても、彼《かれ》にもう少《すこ》し昔《むかし》のような体力《たいりょく》があってくれたらば、……一体《いったい》どうして彼《かれ》はあんなにあの方面《ほうめん》の精力《せいりょく》が減退《げんたい》したのであろうか。……彼《かれ》に云《い》わせると、それは私《わたし》があまり淫蕩《いんとう》に過《す》ぎるので、自分《じぶん》もそれにつり込《こ》まれて節度《せつど》を失《うしな》った結果《けっか》である、女《おんな》はその点《てん》不死身《ふじみ》だけれども、男《おとこ》は頭《あたま》を使《つか》うので、ああいうことがじきに体《からだ》にこたえるのだという。そう云《い》われると恥《はず》かしいが、しかし私《わたし》の淫蕩《いんとう》は体質的《たいしつてき》のものなので、自分《じぶん》でもいかんともすることができないことは、夫《おっと》も察《さっ》してくれるであろう。夫《おっと》が真《まこと》に私《わたし》を愛《あい》しているのならば、やはり何《なん》とかして私《わたし》を喜《よろこ》ばしてくれなければいけない。ただくれぐれも知《し》っておいて貰《もら》いたいのは、あの不必要《ふひつよう》な悪《わる》ふざけだけは我慢《がまん》がならないということ、私《わたし》にとってあんな遊《あそ》びは何《なん》の足《た》しにもならないばかりか、かえって気分《きぶん》を損《そこな》うばかりだということ、私《わたし》は本来《ほんらい》は、どこまでも昔風《むかしふう》に、暗《くら》い奥深《おくぶか》い閨《ねや》の中《なか》に垂《た》れ籠《こ》めて、分厚《ぶあつ》い褥《しとね》に身《み》を埋《うず》めて、夫《おっと》の顔《かお》も自分《じぶん》の顔《かお》も分《わか》らないようにして、ひっそりと事《こと》を行《おこな》いたいのだということ、である。夫婦《ふうふ》の趣味《しゅみ》がこの点《てん》でひどく食《く》い違《ちが》っているのはこの上《うえ》もない不幸《ふこう》であるが、お互《たが》いに何《なに》か妥協点《だきょうてん》を見出《みいだ》す工夫《くふう》はないものだろうか。……

一月十三日《いちがつじゅうさんにち》。……四時半頃《よじはんごろ》ニ木村《きむら》ガ来《き》タ。国《くに》カラ鱲子《からすみ》ガ届《とど》キマシタカラ持《も》ッテ来《き》マシタト云《い》ッテ、ソノアト一時間《いちじかん》ホド三人《さんにん》デ話《はな》シテ帰《かえ》リカケル様子《ようす》ダッタノデ、僕《ぼく》ハ下《した》ヘ降《お》リテ行《い》ッテ、飯《めし》ヲ食《く》ッテ行《い》ケト引《ひ》キ留《と》メタ。木村《きむら》ハ別《べつ》ニ辞退《じたい》セズ、デハ御馳走《ごちそう》ニナリマスト云《い》ッテ坐《すわ》リ込《こ》ンダ。食事《しょくじ》ノ支度《したく》ガデキル間《あいだ》、僕《ぼく》ハマタ二階《にかい》ニ上《あが》ッテイクガ、敏子《としこ》ガ一人《ひとり》デ台所《だいどころ》ノ用事《ようじ》ヲ引《ひ》キ受《う》ケテ、妻《つま》ハ茶《ちゃ》ノ間《ま》ニ残《のこ》ッテイタ。御馳走《ごちそう》ト云《い》ッテモ有《あ》リアワセノモノシカナカッタガ、酒《さけ》ノ肴《さかな》ニハ到来《とうらい》ノ鱲子《からすみ》ト、昨日《さくじつ》妻《つま》ガ錦《にしき》ノ市場《いちば》デ買《か》ッテ来《き》タ鮒鮨《ふなずし》ガアッタノデ、スグブランデーニナッタ。妻《つま》ハ甘《あま》イモノガ嫌《きら》イデ、酒飲《さけの》ミノ好《す》クモノガ好《す》キ、ナカンズク鮒鮨《ふなずし》ガ好《す》キダ。――僕《ぼく》ハ両刀使《りょうとうづか》イダケレドモ、鮒鮨《ふなずし》ハアマリ好《す》キデナイ。家《いえ》ジュウデ妻《つま》以外《いがい》ニアレヲ食《く》ウ者《もの》ハイナイ。長崎人《ながさきじん》ノ木村《きむら》モ鱲子《からすみ》ハ好《す》キダガ、鮒鮨《ふなずし》ハ御免《ごめん》ダト云《い》ッテイタ。――木村《きむら》ハ土産物《みやげもの》ナンカ提《さ》ゲテ来《き》タヿ《こと》ハナイノダガ、今日《きょう》ハ始《はじ》メカラ晩《ばん》ノ食事《しょくじ》ヲトモニスル底意《そこい》ガアッタノデアロウ。僕《ぼく》ハ彼《かれ》ノ心《しん》理状態《りじょうたい》ガ今《いま》ノトコロヨク分《わか》ラナイ。郁子《いくこ》ト敏子《としこ》ト、彼自《かれじ》身《しん》ハドッチニ惹《ひ》カレテイルノデアロウカ。モシ僕《ぼく》ガ木村《きむら》デアッタトシテ、ドッチニヨケイ惹《ひ》キ付《つ》ケラレルカトイエバ、ソレハ、年《とし》ハ取《と》ッテイルケレドモ母《はは》ノ方《ほう》デアルヿ《こと》ハ確《たし》カダ。ダガ木村《きむら》ハドウトモ云《い》エナイ。彼《かれ》ノ最後《さいご》ノ目的《もくてき》ハカエッテ敏子《としこ》ニアルノカモ知《し》レナイ。敏子《としこ》ガソレホド彼《かれ》トノ結婚《けっこん》ニ乗《の》リ気《き》デナイラシイノデ、サシアタリ母《はは》ノ歓心《かんしん》ヲ買《か》イ、母《はは》ヲ通《つう》ジテ敏子《としこ》ヲ動《うご》カソウトシテイル？——イヤソンナ「《こと》ヨリモ、僕自身《ぼくじしん》ハドンナツモリナノダロウ。ドンナツモリデ今夜《こんや》モ木村《きむら》ヲ引《ひ》キ留《と》メタノダロウ。コノ心理《しんり》ハ我《われ》ナガラ奇妙《きみょう》ダ。先日《せんじつ》、七日《なのか》ノ晩《ばん》ニ僕《ぼく》ハスデニ木村《きむら》ニ対《たい》シ淡《あわ》イ嫉妬《しっと》（淡《あわ》クモナカッタカモ知《し》レナイ）ヲ感《かん》ジツツアッタノニ、——イヤソウデハナイ、ソレハ去年《きょねん》ノ暮《くれ》アタリカラダッタ、——ソノ半面《はんめん》、僕《ぼく》ハソノ嫉妬《しっと》ヲ密《ひそ》カニ享楽《きょうらく》シツツアッタ、ト云《い》エナイダロウカ。元来僕《がんらいぼく》ハ嫉妬《しっと》ヲ感《かん》ジルトアノ方《ほう》ノ衝動《しょうどう》ガ起《おこ》ルノデアル。ダカラ嫉妬《しっと》ハ或《あ》ル意味《いみ》ニオイテ必要《ひつよう》デモアリ快感《かいかん》デモアル。アノ晩僕《ばんぼく》ハ、木村《きむら》ニ対《たい》スル嫉妬《しっと》ヲ利用《りよう》シテ妻《つま》ヲ喜《よろこ》バスヿ《こと》ニ成功《せいこう》シタ。僕《ぼく》ハ今後《こんご》我々《われわれ》夫婦《ふうふ》ノ性生活《せいせいかつ》ヲ満足《まんぞく》ニ続《つづ》ケテ行《い》クタメニハ、木村《きむら》トイウ刺戟剤《しげきざい》ノ存在《そんざい》ガ欠《か》クベカラザルモノデアルヿ《こと》ヲ知《し》ルニ至《いた》ッタ。シカシ妻《つま》ニ注《ちゅう》意《い》シタイノハ、云《い》ウマデモナイヿ《こと》ダケレドモ、刺戟剤《しげきざい》トシテ利用《りよう》スル範囲《はんい》ヲ逸脱《いつだつ》シナイヿ《こと》ダ。妻《つま》ハ随分《ずいぶん》キワドイ所《ところ》マデ行《い》ッテヨイ。キワドケレバキワドイホドヨイ。僕《ぼく》ハ僕《ぼく》ヲ、気《き》ガ狂《くる》ウホド嫉妬《しっと》サセテホシイ。事《こと》ニヨッタラ範囲《はんい》ヲ蹈《ふ》ミ越《こ》エタノデハアルマイカ、ト、多少疑《たしょううたが》イヲ抱《いだ》カセルクライデアッテモヨイ。ソノクライマデ行《い》クヿ《こと》ヲ望《のぞ》ム。僕《ぼく》ガコノクライニ云《い》ッテモ、トテモ彼女《かのじょ》ハ大胆《だいたん》ナヿ《こと》ハデキソウモナイケレドモ、ソウイウ風《ふう》ニシテ努《つと》メテ僕《ぼく》ヲ刺戟《しげき》シテクレルヿ《こと》ハ、彼女自身《かのじょじしん》ノ幸福《こうふく》ノタメデモアルト思《おも》ッテ貰《もら》イタイ。

一月十七日《いちがつじゅうしちにち》。……木村《きむら》ハアレキリマダ来《こ》ナイガ、僕《ぼく》ト妻《つま》トハアレカラ毎晩《まいばん》ブランデーヲ用《もち》イツアル。妻《つま》ハススメレバ随分行《ずいぶんい》ケル。僕《ぼく》ハ妻《つま》ガ一生懸命《いっしょうけんめい》酔《よ》イヲ隠《かく》シテ冷《つめ》タイ青《あお》ザメタ顔《かお》ヲシテイルノヲ見《み》ルノガ好《す》キダ。妻《つま》ノソウシテイル様子《ようす》ニ何《なん》トモイエナイ色気《いろけ》ヲ感《かん》ジル。僕《ぼく》ハ彼女《かのじょ》ヲ酔《よ》イツブシテ寝《ね》カシテシマオウトイウ底意《そこい》モアッタガ、ドウシテ彼女《かのじょ》ハソノ手《て》ニハ乗《の》ラナイ。酔《よ》ウトマスマス意地《いじ》ガ悪《わる》クナリ、足《あし》ニ触《さわ》ラセマイトスル。ソシテ自分《じぶん》ノ欲《ほっ》スル事《こと》ダケヲ要求《ようきゅう》スル。………

一月二十日《いちがつはつか》。……今日《きょう》は一日頭痛《いちにちずつう》がしている。二日《ふつか》酔《よ》いというほどではないが、昨日《きのう》は少《すこ》し過《すご》したらしい。……だんだん私《わたし》のブランデーの量《りょう》が殖《ふ》えて行《い》くのを木《き》村《むら》さんは心配《しんぱい》している。近頃《ちかごろ》は二杯以上《にはいいじょう》はお酌《しゃく》をしない。「もう好《い》い加減《かげん》になすったら」と、止《と》める方《ほう》に廻《まわ》ろうとする。夫《おっと》は反対《はんたい》に、前《まえ》より一層《いっそう》飲《の》ませたがる。差《さ》されれば拒《こば》まない癖《くせ》を知《し》っているので、いくらでも飲《の》ますつもりらしい。でももうこの辺《あたり》が極量《きょくりょう》である。夫《おっと》や木村《きむら》さんの見《み》ている前《まえ》で取《と》り乱《みだ》したことは一度《いちど》もないが、酒《さけ》を殺《ころ》して飲《の》むために後《あと》が苦《くる》しい。私《わたし》は用心《ようじん》した方《ほう》がよい。

……

一月二十八日《いちがつにじゅうはちにち》。……今夜《こんや》突然《とつぜん》妻《つま》ガ人事不省《じんじふせい》ニナッタ。木村《きむら》ガ来《き》テ、四人《よにん》デ食卓《しょくたく》ヲ囲《かこ》ンデイル最中《さいちゅう》ニ彼女《かのじょ》ガドコカヘ立《た》ッテ行《い》ッテ、シバラク戻《もど》ッテ来《こ》ナイノデ、「ドウナスッタノデショウ」ト木村《きむら》ガ云《い》イ出《だ》シタ。妻《つま》ハブランデーガ過《す》ギルト時々《ときどき》中座《ちゅうざ》シテ便所《べんじょ》ニ隠《かく》レテイル事《こと》ガアルノデ、「ナニ、今《いま》ニ戻《もど》ッテ来《く》ルヨ」ト僕《ぼく》ハ云《い》ッテイタガ、アマリ長《なが》イノデ木村《きむら》ハ気《き》ヲ揉《も》ンデ呼《よ》ビニ行《い》ッタ。ソシテ間《ま》モナク、「オ嬢《じょう》サン、チョット変《へん》ダカライラシッテ下《くだ》サイ」ト、廊下《ろうか》カラ敏子《としこ》ヲ呼《よ》ンダ。――敏子《としこ》ハ今夜《こんや》モホドヨイ所《ところ》デ自分《じぶん》ダケサッサト食事《しょくじ》ヲ済《す》マシテ部屋《へや》ニ引《ひ》キ取《と》ッテイタ。――「オカシイデスヨ、奥《おく》サンガドコニモイラッシャラナイイラシイデス」ト云《い》ウノデ、敏子《としこ》ガ捜《さが》スト、妻《つま》ハ風呂《ふろ》ニ漬《つ》カッタママ浴槽《よくそう》ノ縁《ふち》ニ両手《りょうて》ヲ掛《か》ケ、ソノ上《うえ》ニ顔《かお》ヲ打《う》ツ俯《ぶ》セニシテ睡《ねむ》ッテイタ。「ママ、コンナ所《ところ》デ寝《ね》ナイデヨ」ト云《い》ッテモ返事《へんじ》ヲシナイ。「先生《せんせい》、大変《たいへん》デス」ト木村《きむら》ガ飛《と》ンデ来《き》テ知《し》ラセタ。僕《ぼく》ハ流《なが》シ場《ば》ニ下《お》リテ脈《みゃく》ヲ取《と》ッテ見《み》タ。脈搏《みゃくはく》ガ微弱《びじゃく》デ、一分間《いっぷんかん》ニ九十以上百《ひゃくきゅうじゅういじょうひゃく》近《ちか》クモ打《う》ッテイル。僕《ぼく》ハ裸体《はだか》ニナッテ浴槽《よくそう》ニハイリ、妻《つま》ヲ抱《かか》エテ浴室《よくしつ》ノ板《いた》ノ間《ま》ニ臥《ね》カシタ。敏子《としこ》ハ大《おお》キナバスタオルデ母《はは》ノ体《からだ》ヲ包《つつ》ンデヤッテカラ、「トニカク床《とこ》ヲ取《と》リマショウ」ト云《い》ッテ寝室《しんしつ》ヘ行《い》ッタ。木村《きむら》ハドウシテヨイカ分《わか》ラズ、浴室《よくしつ》ヲ出《で》タリハイッタリウロウロシテイタガ、「君《きみ》モ手《て》ヲ貸《か》シテクレタマエ」ト云《い》ウト安心《あんしん》シテノコノコハイッテ来《き》タ。「早《はや》ク拭《ふ》イテヤラナイト風邪《かぜ》ヲ引《ひ》ク、済《す》マナイガ手伝《てつだ》ッテクレタマエ」ト云《い》ッテ、二人《ふたり》デ乾《かわ》イタタオルヲ持《も》ッテ濡《ぬ》レタ体《からだ》ヲ拭《ふ》キ取《と》ッテヤッタ。(コンナ咄嗟《とっさ》ノ間合《まあい》ニモ僕《ぼく》ハ木村《きむら》ヲ「利用《りよう》」スル「《こと》ヲ忘《わす》レナカッタ。僕《ぼく》ハ彼《かれ》ニ上半身《じょうはんしん》ヲ与《あた》エ、自分《じぶん》ハ下半身《かはんしん》ヲ受《う》ケ持《も》ッタ。

僕《ぼく》ハ足《あし》ノ指《ゆび》ノ股《また》マデモキレイニ拭《ふ》イテヤリ、「君《きみ》、ソノ手《て》ノ指《ゆび》ノ股《また》ヲ拭《ふ》イテヤッテクレタマエ」ト木村《きむら》ニモ命《めい》ジタ。ソシテソノ間《あいだ》ニモ木村《きむら》ノ動作《どうさ》ヤ表情《ひょうじょう》ヲ油断《ゆだん》ナク観察《かんさつ》シタ）敏子《としこ》ガ寝間着《ねまき》ヲ持《も》ッテ来《き》タガ、木村《きむら》ガ手伝《てつだ》ッテイルノヲ見《み》ルト、「湯《ゆ》タンポヲ入《い》レルワ」ト云《い》ッテスグマタ出《で》テ行《い》ッタ。僕《ぼく》ト木村《きむら》ハ二人《ふたり》デ郁子《いくこ》ニ寝間着《ねまき》ヲ着《き》セテ寝室《しんしつ》ヘ運《はこ》ンダ。「脳貧血《のうひんけつ》カモ知《し》レマセンカラ、湯《ゆ》タンポハオ止《や》メニナッタ方《ほう》ガヨクハナイデスカ」ト木村《きむら》ガ云《い》ッタ。医者《いしゃ》ヲ呼《よ》ボウカドウカトシバラク三人《さんにん》デ相談《そうだん》シタ。僕《ぼく》ハ児玉氏《こだまし》ナラ差支《さしつか》エナイト思《おも》ッタケレドモ、ソレデモ妻《つま》ノコウイウ醜態《しゅうたい》ヲ見《み》セルノハ好《この》マシクナカッタ。ガ、心臓《しんぞう》ガ弱《よわ》ッテイルヨウナノデ、結局《けっきょく》来《き》テ貰《もら》ッタ。ヤハリ脳貧血《のうひんけつ》ダソウデ、「御心配《ごしんぱい》ハアリマセン」ト云《い》ッテ、ヴィタカンフルノ注射《ちゅうしゃ》ヲシテ児玉氏《こだまし》ガ帰《かえ》ッテ行《い》ッタノハ、夜中《よなか》ノ二時《にじ》デアッタ。……

一月二十九日《いちがつにじゅうくにち》。昨夜《さくや》飲《の》み過《す》ぎて苦《くる》しくなり便所《べんじょ》に行《い》ったことまでは記憶《きおく》にある。それから風呂場《ふろば》へ行《い》って倒《たお》れたことも微《かす》かに思《おも》い出《だ》すことができる。それ以後《いご》のことはよく分《わか》らない。今朝明《けさあ》け方《がた》に眼《め》が覚《さ》めてみたら誰《だれ》かが運《はこ》んでくれたのだと見《み》えてベッドに寝《ね》ていた。今日《きょう》は終《しゅう》日頭《じつあたま》が重《おも》くて起《お》き上《あが》る気力《きりょく》がない。覚《さ》めたかと思《おも》うとまたすぐ夢《ゆめ》を見《み》て一日《いちにち》じゅうウトウトしている。夕方《ゆうがた》少《すこ》し心持《こころもち》が回復《かいふく》したので、辛《かろ》うじて日記《にっき》にこれだけ書《か》きとめる。これからまたすぐ寝《ね》るつもり。

一月二十九日《いちがつにじゅうくにち》。……妻《つま》ハ昨夜《さくや》ノ事件以来《じけんいらい》マダ一遍《いっぺん》モ起《お》キタ様子《ようす》ガナイ。昨夜僕《さくやぼく》ト木村《きむら》トデ彼女《かのじょ》ヲ風呂場《ふろば》カラ寝室《しんしつ》ヘ運《はこ》ンダノガ十二時頃《じゅうにじごろ》、児玉氏《こだまし》ヲ呼《よ》ンダノガ〇時半《れいじはん》頃《ごろ》、氏《し》ガ帰《かえ》ッタノガ今暁《こんぎょう》ノ二時頃《にじごろ》。氏《し》ヲ送《おく》ッテ出《で》ル𠀋《とき》外《そと》ヲ見《み》タラ美《うつく》シイ星空《ほしぞら》デアッタガ寒気《かんき》ハ凜烈《りんれつ》デアッタ。寝室《しんしつ》ノストーブハイツモ寝《ね》ル前《まえ》一《ひ》トツカミノ石炭《せきたん》ヲ投《な》ゲ込《こ》ンデオケバソレデ大体《だいたい》ヌクマルノダガ、「今日《きょう》ハ暖《あたた》カニシテ上《あ》ゲタ方《ほう》ガヨウゴザンスネ」ト木村《きむら》ガ云《い》ウノデ、彼《かれ》ニ命《めい》ジテ多量《たりょう》ニ石炭《せきたん》ヲ投《な》ゲ込《こ》マセタ。木村《きむら》ハ「デハドウゾオ大事《だいじ》ニ。僕《ぼく》ハ帰《かえ》ラシテ貰《もら》イマス」ト云《い》ッタガ、コンナ時刻《じこく》ニ帰《かえ》ラセルワケニ行《い》カナイ。「寝具《しんぐ》ハアルカラ茶《ちゃ》ノ間《ま》デ泊《とま》ッテ行《ゆ》キタマエ」ト云《い》ッタガ、「ナニ近《ちか》インダカラ何《なん》デモアリマセン」ト云《い》ウ。彼《かれ》ハ郁子《いくこ》ヲ担《かつ》ギ込《こ》ンデカラソノママ寝室《しんしつ》デウロウロシテイタノダガ、(腰掛《こしか》ケルニモ餘分《よぶん》ノ椅子《いす》ガナイノデ、僕《ぼく》ノ寝台《しんだい》ト妻《つま》ノ寝台《しんだい》ノ間《あいだ》ニ立《た》ッテイタ)ソウイエバ敏子《としこ》ハ、木村《きむら》ガハイッテ来《く》ルト入《い》レ違《ちが》イニ出《で》テ行《い》ッテ、ソレキリ姿《すがた》ヲ見《み》セナカッタ。木村《きむら》ハドウシテモ帰《かえ》ルト云《い》イ、「イエ何《なん》デモアリマセン

〳〵」ト云《い》ッテトウトウ帰《かえ》ッテ行《い》ッタ。シカシ正直《しょうじき》ノヿ《こと》ヲ云《い》エバ、実《じつ》ハソウシテ貰《もら》ウ方《ほう》ガ僕《ぼく》ノ望《のぞ》ムトコロダッタノダ。僕《ぼく》ハ先刻《せんこく》カラ或《あ》ル計画《けいかく》ガ心《こころ》ニ浮《う》カビツツアッタノデ、内心《ないしん》ハ木村《きむら》ガ帰《かえ》ッテクレルヿ《こと》ヲ願《ねが》ッテイタノダッタ。僕《ぼく》ハ彼《かれ》ガ立《た》チ去《さ》ッテシマイ、敏子《としこ》モモハヤ現《あら》ワレル恐《おそ》レガナイノヲ確《たし》カメルト、妻《つま》ノベッドニ近《ちか》ヅイテ、彼女《かのじょ》ノ脈《みゃく》ヲ取《と》ッテミタ。ヴィタカンフルガ利《き》イタトミエテ、脈《みゃく》ハ正常《せいじょう》ニ搏《う》チツツアッタ。見《み》タトコロ、彼女《かのじょ》ハ深《ふか》イ深《ふか》イ睡《ねむ》リニ落《お》チテイルヨウニ見《み》エタ。――彼女《かのじょ》ノ性質《せいしつ》カラ推《お》シテ、果《はた》シテホントウニ睡《ねむ》ッテイタノカ寝《ね》タフリヲシテイタノカ、ソノ点《てん》ハ疑《うたが》ワシイ。ダガ寝《ね》タフリヲシテイルノナラソレデモ差支《さしつか》エナイト思《おも》ッタ。——僕《ぼく》ハマズストーブノ火《ひ》ヲ一層《いっそう》強《つよ》ク、カスカニゴウゴウ鳴《な》ルクライニ燃《も》ヤシタ。ソレカラ徐々《じょじょ》ニフロアースタンドノシェードノ上《うえ》ニ被《かぶ》セテアッタ黒《くろ》イ布《ぬの》ノ覆《おお》イヲ除《のぞ》イテ室内《しつない》ヲ明《あか》ルクシタ。フロアースタンドヲ静《しず》カニ妻《つま》ノ寝台《しんだい》ノ側近《そばちか》クニ寄《よ》セテ、彼女《かのじょ》ノ全身《ぜんしん》ガ明《あか》ルイ光《ひかり》ノ輪《わ》ノ中《なか》ニハイルヨウナ位置《いち》ニ据《す》エタ。僕《ぼく》ノ心臓《しんぞう》ハニワカニ激《はげ》シク脈搏《みゃくう》チツツアルノヲ感《かん》ジタ。僕《ぼく》ハカネテカラ夢《ゆめ》ミテイタ〻ガ今夜《こんや》コソ実行《じっこう》デキルト思《おも》イ、ソノ期待《きたい》デ興奮《こうふん》シタ。僕《ぼく》ハ足音《あしおと》ヲ忍《しの》バセテイッタン寝室《しんしつ》ヲ出《で》、二階《にかい》ノ書斎《しょさい》ノデスクカラ螢光燈《けいこうとう》ランプヲ外《はず》シテ、ソレヲ持《も》ッテ戻《もど》ッテ来《き》、ナイトテーブルノ上《うえ》ニ置《お》イタ。コノヿ《こと》ハ僕《ぼく》ガトウカラ考《かんが》エテイタヿ《こと》デアッタ。去年《きょねん》ノ秋《あき》、書斎《しょさい》ノスタンドヲ螢光燈《けいこうとう》ニ改《あらた》メタノモ、実《じつ》ハイツカハコウイウ機会《きかい》ガ来《く》ルデアロウヿ《こと》ヲ豫想《よそう》シタカラナノデアッタ。螢光燈《けいこうとう》ニスルトラジオニ雑音《ざつおん》ガ交《まざ》ルト云《い》ッテ妻《つま》ヤ敏子《としこ》ハ当時《とうじ》反対《はんたい》ダッタノニ、僕《ぼく》ハ視力《しりょく》ガ衰《おとろ》エテ読書《どくしょ》ニ不便《ふべん》デアルヿ《こと》ヲ理由《りゆう》ニ螢光燈《けいこうとう》ニ変《か》エタノダッタガ、――事実読書《じじつどくしょ》ノタメトイウヿ《こと》モアッタニハ違《ちが》イナイノダガ、――ソンナヿ《こと》ヨリモ僕《ぼく》ハ、イツカハ螢光燈《けいこうとう》ノ明《あか》リノ下《した》ニ妻《つま》ノ全裸体《ぜんらたい》ヲ曝《さら》シテ見《み》タイトイウ欲望《よくぼう》ニ燃《も》エテイタノダッタ。コノヿ《こと》ハ螢光燈《けいこうとう》トイウモノノ存在《そんざい》ヲ知《し》ッタ旪《とき》カラノ妄想《もうそう》ダッタノダ。……

……スベテハ豫期《よき》ノゴトクニ行《おこな》ッタ。僕《ぼく》ハモウ一度《いちど》彼女《かのじょ》ノ衣類《いるい》ヲ全部《ぜんぶ》、何《なに》カラ何《なに》マデ彼女《かのじょ》ガ身《み》ニ纏《まと》ッテイルモノヲ悉《ことごと》ク剥《は》ギ取《と》リ、素《す》ッ裸《ぱだか》ニシテ仰向《あおむ》カセ、螢光燈《けいこうとう》トフローアスタンドノ白日《はくじつ》ノ下《もと》ニ横《よこ》タエタ。ソシテ地図《ちず》ヲ調《しら》ベルヨウニ詳細《しょうさい》ニ彼女《かのじょ》ヲ調《しら》ベ始《はじ》メタ。僕《ぼく》ハマズソノ一点《いってん》ノ汚《けが》レモナイ素晴《すば》ラシイ裸身《はだかみ》ヲ眼《め》ノ前《まえ》ニシタ<ruby>トキ</ruby>《とき》ニシバラクハ全《まった》ク度《ど》ヲ失《うしな》ッテ呆然《ぼうぜん》トサセラレテイタ。ナゼトイッテ、僕《ぼく》ハ自分《じぶん》ノ妻《つま》ノ裸体《はだか》ヲカヨウナ全身像《ぜんしんぞう》ノ形《かたち》ニオイテ見《み》タノハ始《はじ》メテダッタカラダ。多《おお》クノ「夫《おっと》」ハ彼《かれ》ノ妻《つま》ノ肉体《にくたい》ノ形状《けいじょう》ニツイテ、恐《おそ》ラクハ巨細《こさい》ニ亙《わた》ッテ、足《あし》ノ裏《うら》ノ皺《しわ》ノ数《かず》マデモ知《し》リ悉《つく》シテイル<ruby>コト</ruby>《こと》デアロウ。トコロガ僕《ぼく》ノ妻《つま》ハ今《いま》マデ僕《ぼく》ニ決《けっ》シテ見《み》セテクレナカッタ。情事《じょうじ》ノ𪜈《とき》ニ自然部分的《しぜんぶぶんてき》ニトコロドコロヲ見《み》タ〻《こと》ハアルケレドモ、ソレモ上半身《じょうはんしん》ノ一部《いちぶ》ニ限《かぎ》ラレテイタノデアッテ、情事《じょうじ》ニ必要《ひつよう》ノナイトコロハ絶対《ぜったい》ニ見《み》セテクレナカッタ。僕《ぼく》ハタダ手《て》デ触《さわ》ッテミテソノ形状《けいじょう》ヲ想像《そうぞう》シ、相当素晴《そうとうすば》ラシイ肉体《にくたい》ノ持主《もちぬし》デアロウト考《かんが》エテイタノデアッテ、ソレユエニコソ白光《はっこう》ノ下《もと》ニ曝《さら》シテ見《み》タイトイウ念願《ねんがん》ヲ抱《いだ》イタワケデアッタガ、サテソノ結果《けっか》ハ僕《ぼく》ノ期待《きたい》ヲ裏切《うらぎ》ラナカッタノミナラズ、ムシロハルカニソレ以上《いじょう》デアッタ。僕《ぼく》ハ結婚後《けっこんご》始《はじ》メテ、自分《じぶん》ノ妻《つま》ノ全裸体《ぜんらたい》ヲ、ソノ全身像《ぜんしんぞう》ノ姿《すがた》ニオイテ見《み》タノデアル。ナカンズクソノ下半身《かはんしん》ヲホントウニ残《のこ》ル隈《くま》ナク見《み》ルヿ《こと》ヲ得《え》タノデアル。彼女《かのじょ》ハ明治四十四年生《めいじしじゅうしねんうま》レデアルカラ、今日《こんにち》ノ青年女子《せいねんじょし》ノヨウナ西洋人臭《せいようじんくさ》イ体格《たいかく》デハナイ。若《わか》イ頃《ころ》ニハ水泳《すいえい》トテニスノ選手《せんしゅ》デアッタトイウダケニ、アノ頃《ころ》ノ日本婦人《にほんふじん》トシテハ均整《きんせい》ノ取《と》レタ骨格《こっかく》ヲ持《も》ッテイルケレドモ、タトエバソノ胸部《きょうぶ》ハ薄《うす》ク、乳《ちち》ト臀部《でんぶ》ノ発達《はったつ》ハ不十分《ふじゅうぶん》デ、脚《あし》モシナヤカニ長《なが》イニハ長《なが》イケレ𪜈《とも》、下腿部《かたいぶ》ガヤヤO型《オーがた》ニ外側《そとがわ》ヘ彎曲《わんきょく》シテオリ、遺憾《いかん》ナガラマッスグトハ云《い》イニクイ。コトニ足首《あしくび》ノトコロガ十分《じゅうぶん》ニ細《ほそ》ク括《くび》レテイナイノガ欠点《けってん》ダケレ𪜈《とも》、僕《ぼく》ハアマリニ西洋人臭《せいようじんくさ》イスラリトシタ脚《あし》ヨリモ、イクラカ昔《むかし》ノ日本婦人式《にほんふじんしき》ノ脚《あし》、私《わたし》ノ母《はは》ダトカ伯母《おば》ダトカイウ人《ひと》ノ歪《ゆが》ンダ脚《あし》ヲ思《おも》イ出《だ》サセル脚《あし》ノ方《ほう》ガ懐《なつか》シクテ好《す》キダ。ノッペラボウニ棒《ぼう》ノヨウニマッスグナノハ曲《くせ》ガナサ過《す》ギル。胸部《きょうぶ》ヤ臀部《でんぶ》モアマリ発達《はったつ》シ過《す》ギタノヨリハ中宮寺《ちゅうぐうじ》ノ本尊《ほんぞん》ノヨウニホンノ微《かす》カナ盛《も》リ上《あが》リヲ見《み》セテイル程度《ていど》ノガ好《す》キダ。妻《つま》ノ体《からだ》ノ形状《けいじょう》ハ、恐《おそ》ラクコンナ風《ふう》デアロウトオオヨソ想像《そうぞう》ハシテイタノダガ、果《はた》シテ想像《そうぞう》ノ通《とお》リデアッタ。シカモ僕《ぼく》ノ想像《そうぞう》ヲ絶《ぜっ》シテイタノハ、全身《ぜんしん》ノ皮膚《ひふ》ノ純潔《じゅんけつ》サダッタ。大概《たいがい》ナ人間《にんげん》ニハ体《からだ》ノドコカシラニチョットシタ些細《ささい》ナ斑点《はんてん》、――薄紫《うすむらさき》ヤ黝黒等《あおぐろなど》ノシミグライハアルモノダガ、妻《つま》ハ体《からだ》ジュウヲ丹念《たんねん》ニ捜《さが》シテモドコニモソンナモノハナカッタ。僕《ぼく》ハ彼女《かのじょ》ヲ俯向《うつむ》キニサセ、臀《しり》ノ孔《あな》マデ覗《のぞ》イテ見《み》タガ、臀肉《でんにく》ガ左右《さゆう》ニ盛《も》リ上《あが》ッテイル中間《ちゅうかん》ノ凹《くぼ》ミノトコロノ白《しろ》サトイッタラナカッタ。……四十五歳《しじゅうごさい》トイウ年齢《ねんれい》ニ達《たっ》スルマデ、ソノ間《あいだ》ニハ女児《じょじ》ヲ一人分娩《ひとりぶんべん》シナガラヨクモソノ皮膚《ひふ》ニ少《すこ》シノ疵《きず》モシミモ附《つ》ケズニ来《き》タモノヨ。僕《ぼく》ハ結婚後何十年間《けっこんごなんじゅうねんかん》モ、暗黒《あんこく》ノ中《なか》デ手《て》ヲモッテ触《ふ》レルヿ《こと》ヲ許《ゆる》サレテイタダケデ、コノ素晴《すば》ラシイ肉体《にくたい》ヲ眼《め》デ視《み》ルヿ《こと》ナク今日《こんにち》ニ至《いた》ッタガ、考《かんが》エテミレバソレガカエッテ幸福《こうふく》デアッタ。二十数年間《にじゅうすうねんかん》ノ同棲《どうせい》ノ後《あと》ニ、始《はじ》メテ妻《つま》ノ肉体美《にくたいび》ヲ知《し》ッテ驚《おどろ》クヿ《こと》ヲ得《え》ル夫《おっと》ハ、今《いま》カラ新《あたら》シイ結婚《けっこん》ヲ始《はじ》メルノト同《おな》ジダ。スデニ倦怠期《けんたいき》ヲ通《とお》リ過《す》ギテイル時期《じき》ニナッテ、私《わたし》ハ昔《むかし》ニ倍加《ばいか》スル情熱《じょうねつ》ヲモッテ妻《つま》ヲ溺愛《できあい》スルヿ《こと》ガデキル。……

僕《ぼく》ハ俯向《うつむ》キニ寝《ね》テイル妻《つま》ノ体《からだ》ヲモウ一度《いちど》仰向《あおむ》キニ打《う》チ反《かえ》シタ。ソウシテシバラク眼《め》ヲモッテソノ姿態《したい》ヲ貪《むさぼ》リ食《く》イ、タダ歎息《たんそく》シテイルバカリデアッタ。フト僕《ぼく》ハ、妻《つま》ハホントウニ寝《ね》テイルノデハナイ、タシカニ寝《ね》タフリヲシテイルノニ違《ちが》イナイト思《おも》ワレテ来《き》タ。彼女《かのじょ》ハ最初《さいしょ》ハホントウニ寝《ね》テイタラシイガ、途中《とちゅう》カラ眼《め》ガ覚《さ》メタノダ。覚《さ》メタケレドモ事《こと》ノ意外《いがい》ニ驚《おどろ》キ呆《あき》レ、アマリニ羞《はず》カシイ恰好《かっこう》ヲシテイルノデ、寝《ね》タフリヲシテ通《とお》ソウトシテイルノダ。僕《ぼく》ハソウ思《おも》ッタ。ソレハアルイハ事実《じじつ》デハナク、僕《ぼく》ノ単《たん》ナル妄想《もうそう》デアルカモ知《し》レナイガ、デモソノ妄想《もうそう》ヲ僕《ぼく》ハ無理《むり》ニモ信《しん》ジタカッタ。コノ白《しろ》イ美《うつく》シイ皮膚《ひふ》ニ包《つつ》マレタ一個《いっこ》ノ女体《にょたい》ガ、マルデ死骸《しがい》ノヨウニ僕《ぼく》ノ動《うご》カスママニ動《うご》キナガラ、実《じつ》ハ生《い》キテ何《なに》モカモ意識《いしき》シテイルノダト思《おも》ウヿ《こと》ハ、僕《ぼく》ニタマラナイ愉悦《ゆえつ》ヲ与《あた》エタ。ダガモシ彼女《かのじょ》ガホントウニ睡《ねむ》ッテイタノダトスレバ、僕《ぼく》ハコンナ悪戯《いたずら》ニ耽《ふけ》ッタヿ《こと》ヲ日記《にっき》ニ書《か》カナイ方《ほう》ガヨイノデハアルマイカ。妻《つま》ガコノ日記帳《にっきちょう》ヲ盗《ぬす》ミ読《よ》ミシテイルヿ《こと》ハホトンド疑《うたが》イナイトシテ、コンナヿ《こと》ヲ書《か》イタラ今後《こんご》酔《よ》ウヿ《こと》ヲ止《や》メハシナイカ。……イヤ、恐《おそ》ラク止《や》メハシナイデアロウ、止《や》メタラ彼女《かのじょ》ガコレヲ盗《ぬす》ミ読《よ》ミシテイルヿ《こと》ヲ証拠立《しょうこだ》テルヨウナモノデアルカラ。彼女《かのじょ》ハコレヲ読《よ》ミサエシナケレバ、意識《いしき》ヲ失《うしな》ッテイル最中《さいちゅう》ニ何《なに》ヲサレタカ知《し》ラナイハズナノデアルカラ。……

僕《ぼく》ハ午前三時頃《ごぜんさんじごろ》カラ約一時間以上《やくいちじかんいじょう》モ妻《つま》ノ裸形《らぎょう》ヲ見守《みまも》リツツ尽《つ》キルヿ《こと》ノナイ感興《かんきょう》ニ浸《ひた》ッテイタ。モチロンソノ間《かん》タダ黙《だま》ッテ眺《なが》メテイタバカリデハナイ。僕《ぼく》ハ、モシ彼女《かのじょ》ガ空寝入《からねい》リヲシテイルノダトスレバ、ドコマデソレヲ押《お》シ通《とお》セルカ試《ため》シテヤレトイウ気《き》モアッタ。最後《さいご》マデ空寝《からね》入《い》リヲセザルヲ得《え》ナイ羽目《はめ》ニ陥《おとしい》レテ困《こま》ラセテヤレトイウ気《き》モアッタ。僕《ぼく》ハイツモ彼女《かのじょ》ガ厭《いや》ガッテイルトコロノ悪戯《いたずら》ノ数々《かずかず》、――彼女《かのじょ》ニ云《い》ワセレバ執拗《しつこ》イ、恥《はず》カシイ、イヤラシイ、オーソドックスデナイトコロノ痴戯《ちぎ》ノ数々《かずかず》ヲ、コノ機会《きかい》デアルト思《おも》ッテ代《かわ》ル代《がわ》ル試《こころ》ミテヤッタ。僕《ぼく》ハ何《なん》トカシテアノ素晴《すば》ラシイ美《うつく》シイ足《あし》ヲ、思《おも》ウ存分《ぞんぶん》ワガ舌《した》ヲモッテ愛撫《あいぶ》シ尽《つく》シタイトイウ長《なが》イ間《あいだ》心《こころ》ニ秘《ひ》メテイタ念願《ねんがん》ヲ、始《はじ》メテ果《は》タスヿ《こと》ガデキタ。ソノ他《ほか》アラユル様々《さまざま》ナヿ《こと》ヲ、彼女《かのじょ》ノ常套語《じょうとうご》ヲ真似《まね》レバ、ココニ書《か》キ記《しる》スノモマコトニ恥《はず》シイヨウナイロイロナヿ《こと》ヲシテミタ。一度《いちど》僕《ぼく》ハ、彼女《かのじょ》ガイカナル反応《はんのう》ヲ示《しめ》スカト思《おも》ッテアノ性慾点《せいよくてん》ヲ接吻《せっぷん》シテヤッタガ、誤《あやま》ッテ眼鏡《めがね》ヲ彼女《かのじょ》ノ腹《はら》ノ上《うえ》ニ落《おと》シタ。彼女《かのじょ》ハソノ時《とき》ハ明《あき》ラカニハットシテ眼《め》ヲ覚《さ》マシタラシク瞬《しばたた》イタ。僕《ぼく》モ思《おも》ワズハットシテ慌《あわ》テテ螢光燈《けいこうとう》ヲ消《け》シ、一時《いちじ》室内《しつない》ヲ暗《くら》クシタ。ソシテルミナール一錠《いちじょう》トカドロノックス半錠《はんじょう》トヲ、ストーブノ上《うえ》ニカカッテイタ湯沸《ゆわか》シノ湯《ゆ》ニ水《みず》ヲ割《わ》リ微温湯《ぬるゆ》ヲ作《つく》ッテ飲《の》マシタ。僕《ぼく》ガ口移《くちうつ》シニスルト、彼女《かのじょ》ハ半《なか》バ夢見《ゆめみ》ツツアルカノゴトキ様子《ようす》デ飲《の》ンダ。（ソノクライノ分量《ぶんりょう》ヲ服《ふく》シテモ利《き》カナイ𠁅《とき》ハ利《き》キハシナイ。僕《ぼく》ハ必《かなら》ズシモ睡《ねむ》ラセルノガ目的《もくてき》デ飲《の》マシタノデハナイ。彼女《かのじょ》ガ睡《ねむ》ル真似《まね》ヲスルノニ都合《つごう》ガヨカロウト思《おも》ッテ飲《の》マシテヤッタノデアル）

彼女《かのじょ》ガ睡《ねむ》リ込《こ》ンダ（モシクハ睡《ねむ》リ込《こ》ンダ風《ふう》ヲシタ）ノヲ見定《みさだ》メテカラ、僕《ぼく》ハ最後《さいご》ノ目的《もくてき》ヲ果《は》タス行動《こうどう》ヲ開始《かいし》シタ。今夜《こんや》ハ僕《ぼく》ハ、妻《つま》ニ妨《さまた》ゲラレルヿ《こと》ナク、スデニ十分《じゅうぶん》ニ豫備運動《よびうんどう》ヲ行《おこな》イ、情慾《じょうよく》ヲ掻《か》キ立《た》テタ後《あと》デアッタシ、異常《いじょう》ナ興奮《こうふん》ニフルイ立《た》ッテイタ際《さい》デアッタカラ、自分《じぶん》デモ驚《おどろ》クホドノ〻ヲ行《おこな》ウ〻《こと》ガデキタ。今夜《こんや》ノ僕《ぼく》ハイツモノ意気《いく》地《じ》ノナイ、イジケタ僕《ぼく》デハナクテ、相当強力《そうとうきょうりょく》ニ、彼女《かのじょ》ノ淫乱《いんらん》ヲ征服《せいふく》デキル僕《ぼく》デアッタ。僕《ぼく》ハ今後《こんご》モ頻繁《ひんぱん》ニ彼女《かのじょ》ヲ悪酔《わるよ》イサセルニ限《かぎ》ルト思《おも》ッタ。トコロデ彼女《かのじょ》ハ、彼女《かのじょ》ノ方《ほう》モ数回《すうかい》ニ亙《わた》リ事《こと》ヲ行《おこな》ッタニモカカワラズナオ完全《かんぜん》ニハ睡《ねむ》リカラ覚《さ》メテイナイヨウニ見《み》エタ。ナオ半醒半睡《はんせいはんすい》ノ状態《じょうたい》ニアルカノゴトクデアッタ。時々彼女《ときどきかのじょ》ハ眼《め》ヲ半眼《はんがん》ニ見開《みひら》イタガ、ソレハアラヌ方角《ほうがく》ヲ見《み》テイタ。手《て》モユックリト動《うご》カシテイタガ夢遊病者《むゆうびょうしゃ》ノヨウナ動《うご》カシ方《かた》デアッタ。ソシテ今《いま》マデニナイ〻《こと》ニハ、僕《ぼく》ノ胸《むね》、腕《うで》、頰《ほお》、頸《くび》、脚《あし》ナドヲ手《て》デ探《さぐ》ルヨウナ動作《どうさ》ヲシタ。彼女《かのじょ》ハコレマデ決《けっ》シテ必要以外《ひつよういがい》ノ部分《ぶぶん》ヲ見《み》タリ触《ふ》レタリシタヿ《こと》ガナカッタノダ。彼女《かのじょ》ノ口《くち》カラ「木村《きむら》サン」トイウ一語《いちご》ガ譫語《うわごと》ノヨウニ洩《も》レタノハコノ時《とき》ダッタ。カスカニ、実《じつ》ニカスカニ、タッタ一度《いちど》ダケデアッタガ、確《たし》カニ彼女《かのじょ》ハソウ云《い》ッタ。コレハホントウノ譫語《うわごと》ダッタノカ、譫語《うわごと》ノゴトク見《み》セカケテ故意《こい》ニ僕《ぼく》ニ聞《き》カセタノデアルカ、コノヿ《こと》ハ今《いま》モナオ疑問《ぎもん》ダ。ソシテイロイロナ意味《いみ》ニ取《と》レル。彼女《かのじょ》ハ寝惚《ねぼ》ケテ、木村《きむら》ト情交《じょうこう》ヲ行《おこな》ッテイルト夢見《ゆめみ》タノデアルカ、ソレトモソウ見《み》セカケテ、「アヽ木村《きむら》サントコンナ風《ふう》ニナッタラナア」ト思《おも》ッテイル気持《きもち》ヲ、僕《ぼく》ニ分《わか》ラセヨウトシテイルノデアロウカ、ソレトモマタ、「私《わたし》ヲ酔《よ》ワセテ今夜《こんや》ノヨウナ悪戯《いたずら》ヲスレバ、私《わたし》ハイツモ木村《きむら》サント一緒《いっしょ》ニ寝《ね》ル夢《ゆめ》ヲ見《み》マスヨ、ダカラコンナ悪戯《いたずら》ハオ止《や》メナサイ」トイウ意味《いみ》デアロウカ。……

……夜八時《よるはちじ》過《す》ぎ木村《きむら》カラ電話《でんわ》。「ソノ後奥《ごおく》サンハイカガデスカ、オ見舞《みま》イニ伺《うかが》ウハズナノデスガ」ト云《い》ウノデ、「アレカラマタ睡眠剤《すいみんざい》ヲ飲《の》マシタノデマダ寝《ね》テイル、別《べつ》ニ苦《くる》シンデハイナイラシイカラ心配《しんぱい》ニ及《およ》バヌ」ト答《こた》エル。

……

一月三十日《いちがつさんじゅうにち》。あれからまだずっとベッドにいる。時刻《じこく》は今午前九時半《いまごぜんくじはん》。月曜《げつよう》で夫《おっと》は三十分《さんじっぷん》ほど前《まえ》に出《で》かけたらしい。出《で》かける前《まえ》そっと寝室《しんしつ》にはいって来《き》、私《わたし》が空寝入《からねい》りしていると、しばらく寝息《ねいき》を窺《うかが》ってもう一度足《いちどあし》に接吻《せっぷん》して出《で》て行《い》った。婆《ばあ》やが「御気分《ごきぶん》はいかがですか」と云《い》ってはいって来《き》たので、熱《あつ》いタオルを持《も》って来《こ》させ、室内《しつない》の洗面台《せんめんだい》で簡単《かんたん》に顔《かお》を洗《あら》い、牛乳《ぎゅうにゅう》と半熟卵《はんじゅくたまご》を一個《いっこ》持《も》って来《こ》させた。「敏子《としこ》は」と云《い》うと「お部屋《へや》にいらっしゃいます」ということだったが姿《すがた》を見《み》せない。私《わたし》はもう気《き》分《ぶん》も良《よ》くなり、起《お》きて起《お》きられなくはないのだが、寝《ね》たまま日記《にっき》をつけることにして一昨夜以来《いっさくやいらい》の出来事《できごと》を静《しず》かに思《おも》い返《かえ》している。いったい一昨日《おととい》の夜《よる》はどうしてあんなに酔《よ》ったのかしら。体《からだ》の工合《ぐあい》もいくらかあったに違《ちが》いないが、一《ひと》つにはブランデーがいつものスリースタースではなかった。夫《おっと》はあの日《ひ》新《あたら》しいのを一本《いっぽん》買《か》って来《き》たのだが、ブランデー・オブ・ナポレオンと書《か》いてある、クルボアジエという名《な》のブランデーであった。私《わたし》には大層《たいそう》口《くち》あたりが好《よ》かったので、つい度《ど》を過《すご》した。私《わたし》は人《ひと》に酔《よ》ったところを見《み》られるのが嫌《いや》なので、飲《の》み過《す》ぎて気分《きぶん》が悪《わる》くなると便所《べんじょ》へ閉《と》じ籠《こも》る癖《くせ》があるのだが、あの晩《ばん》もそうであった。私《わたし》は何十分間《なんじっぷんかん》ぐらい便所《べんじょ》に籠《こも》っていたのだろうか。何十分《なんじっぷん》？　いや一時間《いちじかん》も二時間《にじかん》もではなかったろうか。私《わたし》はちっとも苦《くる》しくはなかった。苦《くる》しいよりは恍惚《こうこつ》とした気持《きもち》だった。意識《いしき》はぼんやりしていたけれども全然《ぜんぜん》覚《おぼ》えがないわけではなく、ところどころ分《わか》っている部分《ぶぶん》もある。あまり長時間《ちょうじかん》便器《べんき》に跨《また》がって蹲踞《うずくま》っていたので、腰《こし》や脚《あし》が疲《つか》れて、いつの間《ま》にか金隠《きんかく》しの前《まえ》に両《りょう》手《て》をついてしまい、とうとう頭《あたま》までべったり板《いた》の間《ま》について しまっていたことも、うろ覚《おぼ》えに思《おも》い出《だ》される。そして私《わたし》は体《からだ》じゅうが便所臭《べんじょくさ》くなった気《き》がして外《そと》へ出《で》たのであったが、その臭気《しゅうき》を洗《あら》い落《おと》すつもりだったのか、まだ足《あし》もとがふらついているので人《ひと》に遇《あ》うのが嫌《いや》だったのか、そのまま風呂場《ふろば》へ行《い》って着物《きもの》を脱《ぬ》いだのであったらしい。らしいというのは、何《なに》か遠《とお》い遠《とお》い夢《ゆめ》の中《なか》の出来事《できごと》のように記憶《きおく》に残《のこ》っているのだが、それから先《さき》はどうなったのか思《おも》い出《だ》せない。（右《みぎ》の上膊部《じょうはくぶ》に絆創膏《ばんそうこう》が貼《は》ってあるのは誰《だれ》かに注射《ちゅうしゃ》されたのらしいが児玉先生《こだませんせい》でも呼《よ》んだのだろうか）気《き》がついた時《とき》はすでにベッドの中《なか》にいて、早《はや》い朝《あさ》の日光《にっこう》が寝室《しんしつ》を薄明《うすあか》るくしていた。それが昨日《きのう》の払暁《ふつぎょう》の午前六時頃《ごぜんろくじごろ》のことだったらしいのだが、それ以後《いご》ずっと意識《いしき》がハッキリしつづけていたわけではない。私《わたし》は頭《あたま》が割《わ》れるように痛《いた》み、全身《ぜんしん》がズシンと深《ふか》く沈《ちん》下《か》して行《ゆ》くのを感《かん》じつつ幾度《いくど》も眼《め》が覚《さ》めたり睡《ねむ》ったりすることを繰《く》り返《かえ》していた、――いや、完全《かんぜん》に覚《さ》め切《き》ることも睡《ねむ》り切《き》ることもなく、その中間《ちゅうかん》の状態《じょうたい》を昨日一日《きのういちにち》繰《く》り返《かえ》していた。頭《あたま》はガンガン痛《いた》かったけれども、その痛《いた》さを忘《わす》れさせる奇怪《きかい》な世界《せかい》を出《で》たりはいったりしつづけていた。あれはたしかに夢《ゆめ》に違《ちが》いないけれども、あんなに鮮《あざや》かな、事実《じじつ》らしい夢《ゆめ》というものがあるだろうか。私《わたし》は最初《さいしょ》、突然自分《とつぜんじぶん》が肉体的《にくたいてき》な鋭《するど》い痛苦《つうく》と悦楽《えつらく》との頂天《ちょうてん》に達《たっ》していることに心《こころ》づき、夫《おっと》にしては珍《めずら》しく力強《ちからづよ》い充実《じゅうじつ》感《かん》を感《かん》じさせると不思議《ふしぎ》に思《おも》っていたのだったが、間《ま》もなく私《わたし》の上《うえ》にいるのは夫《おっと》ではなくて木村《きむら》さんであることが分《わか》った。それでは私《わたし》を介抱《かいほう》するために木村《きむら》さんはここに泊《とま》っていたのだろうか。夫《おっと》はどこへ行《い》ったのだろうか。私《わたし》はこんな道《みち》ならぬことをしてよいのだろうか。……

しかし、私《わたし》にそんなことを考《かんが》える餘裕《よゆう》を許《ゆる》さないほどその快感《かいかん》は素晴《すば》らしいものだった。夫《おっと》は今《いま》までにただの一《いち》度《ど》もこれほどの快感《かいかん》を与《あた》えてくれたことはなかった。夫《ふう》婦生活《ふせいかつ》を始《はじ》めてから二十何年間《にじゅうなんねんかん》、夫《おっと》は何《なん》とつまらない、およそこれとは似《に》ても似《に》つかない、生《なま》ぬるい、煮《に》えきらない、後味《あとあじ》の悪《わる》いものを私《わたし》に味《あじ》あわせていたことだろう。今《いま》にして思《おも》えばあんなものは真《しん》の性交《せいこう》ではなかったのだ。これがほんとのものだったのだ。木村《きむら》さんが私《わたし》にこれを教《おし》えてくれたのだ。……私《わたし》はそう思《おも》う一方《いっぽう》、それがほんとうは一部分夢《いちぶぶんゆめ》であることも分《わか》っていた。私《わたし》を抱擁《ほうよう》している男《おとこ》は木村《きむら》さんのように見《み》えるけれども、それは夢《ゆめ》の中《なか》でそう感《かん》じているので、実《じつ》はこの男《おとこ》は夫《おっと》なのだということ、——夫《おっと》に抱《だ》かれながら、それを木村《きむら》さんと感《かん》じているのだということ、——それも私《わたし》には分《わか》っていた。多分《たぶん》夫《おっと》は、一昨日《おととい》私《わたし》を風呂場《ふろば》からここへ運《はこ》び込《こ》んで寝《ね》かしつけておいてから、私《わたし》が意識《いしき》を失《うしな》っているのをよいことにして私《わたし》の体《からだ》をいろいろと弄《もてあそ》んだに違《ちが》いない。私《わたし》は彼《かれ》があまり猛烈《もうれつ》に腋《わき》の下《した》を吸《す》いつづけるので、ハッとして或《あ》る一瞬間《いっしゅんかん》意識《いしき》を回復《かいふく》した時《とき》があった。——彼《かれ》がその動作《どうさ》に熱中《ねっちゅう》し過《す》ぎて掛《か》けていた眼鏡《めがね》を落《おと》したのが、私《わたし》の脇腹《わきばら》の上《うえ》に落《お》ちてヒヤリとしたので、とたんに私《わたし》は眼《め》を覚《さ》ましたのだった。——私《わたし》は体《からだ》じゅうの衣類《いるい》を全部《ぜんぶ》キレイに剥《は》ぎ取《と》られ、一絲《いっし》も纏《まと》わぬ姿《すがた》にされて仰向《あおむ》けに臥《ね》かされ、フロアスタンドと、枕元《まくらもと》の螢光燈《けいこうとう》のスタンドとが青白《あおじろ》い圏《けん》を描《えが》いている中《なか》に曝《さら》されていた。――そうだ、螢光燈《けいこうとう》の光《ひかり》があまり明《あか》るいので眼《め》が覚《さ》めたのかも知《し》れない。――それでも私《わたし》はただボンヤリしていただけであったが、夫《おっと》は私《わたし》の腹《はら》の上《うえ》に落《お》ちた眼鏡《めがね》を拾《ひろ》って掛《か》け、腋《わき》の下《した》を止《や》めて下腹部《かふくぶ》のところに唇《くちびる》を当《あ》てて吸《す》い始《はじ》めた。私《わたし》は反射的《はんしゃてき》に身《み》をすくめ、慌《あわ》てて体《からだ》を隠《かく》そうとして毛布《もうふ》を探《さぐ》ったのを覚《おぼ》えているが、夫《おっと》も私《わたし》が眼《め》を覚《さ》ましかけたのに気《き》がついて私《わたし》に羽根布団《はねぶとん》と毛布《もうふ》を着《き》せ、枕《まくら》元《もと》の螢光燈《けいこうとう》を消《け》し、フロアスタンドのシェードの上《うえ》に覆《おお》いを被《かぶ》せた。——寝室《しんしつ》に螢光燈《けいこうとう》などが置《お》いてあるわけはないのだが、夫《おっと》は書斎《しょさい》のデスクにあるのを持《も》って来《き》たのだ。夫《おっと》は螢光燈《けいこうとう》の光《ひかり》の下《した》で、私《わたし》の体《からだ》のデテイルを仔細《しさい》に点檢《てんけん》することに限《かぎ》りない愉悦《ゆえつ》を味《あじ》わったのであろうと思《おも》うと、——私《わたし》は私自身《わたしじしん》でさえそんなに細《こま》かく見《み》たことのない部分々々《ぶぶんぶぶん》を夫《おっと》に見《み》られたのかと思《おも》うと、顔《かお》が赧《あか》くなるのを覚《おぼ》える。夫《おっと》はよほど長時間私《ちょうじかんわたし》を裸体《はだか》にしておいたのに違《ちが》いなく、その証拠《しょうこ》には、私《わたし》に風邪《かぜ》を引《ひ》かせまいために、——そうしてまた眼《め》を覚《さ》まさせまいために、——ストーブを真赤《まっか》に燃《も》やして部屋《へや》を異常《いじょう》に煖《あたた》めてあった。私《わたし》は夫《おっと》に弄《もてあそ》ばれたことを、今《いま》になって考《かんが》えると腹立《はらだ》たしくも恥《はず》かしく感《かん》じるけれども、その時《とき》はそんなことよりも頭《あたま》がガンガン疼《うず》くのに堪《た》えられなかった。夫《おっと》が、——カドロノックスかルミナールかイソミタールか、何《なに》か睡《すい》眠剤《みんざい》だったのだろう、――水《みず》と一緒《いっしょ》にタブレットを噛《か》み砕《くだ》いたものを口《くち》うつしに飲《の》ましたが、頭《あたま》の痛《いた》みを忘《わす》れたいので私《わたし》は素直《すなお》にそれを飲《の》んだ。と、間《ま》もなく私《わたし》はまた意識《いしき》を失《うしな》いかけ、半醒半睡《はんせいはんすい》の状態《じょうたい》に入《はい》ったのだった。私《わたし》が、夫《おっと》ではなくて木村《きむら》さんを抱《だ》いて寝《ね》ているような幻覚《げんかく》を見《み》たのはそれからであった。幻覚《げんかく》？　というと、何《なに》かぼうっと今《いま》にも消《き》えてなくなりそうに空《くう》に浮《う》かんでいるもののようだけれども、私《わたし》が見《み》たのはそんな生《なま》やさしいものではない。私《わたし》は「抱《だ》いて寝《ね》ているような幻覚《げんかく》」と云《い》ったが、「ような」ではなく、ほんとうに「抱《だ》いて寝《ね》ていい」た実感《じっかん》が今《いま》もなお腕《うで》や腿《もも》の肌《はだ》にハッキリ残《のこ》っているのである。それは夫《おっと》の肌《はだ》に触《ふ》れたのとは全《まった》く違《ちが》う感覚《かんかく》である。私《わたし》はシカとこの手《て》をもって木村《きむら》さんの若々《わかわか》しい腕《うで》の肉《にく》を掴《つか》み、その弾力《だんりょく》のある胸板《むないた》に壓《お》しつけられた。何《なに》よりも木村《きむら》さんの皮膚《ひふ》は非常《ひじょう》に色白《いろじろ》で、日本人《にほんじん》の皮膚《ひふ》ではないような気《き》がした。それに、……あゝ、恥《はず》かしいことだが、……よもやよもや夫《おっと》はこの日記《にっき》の存在《そんざい》を知《し》るはずはないし、まして内容《ないよう》を読《よ》むわけはないと思《おも》うので書《か》くのだけれども、……あゝ、夫《おっと》がこの程度《ていど》であってくれたら、……夫《おっと》はどうしてこういう工合《ぐあい》に行《い》かないのだろう。……実《じつ》に奇妙《きみょう》なことなのだが、私《わたし》はそう思《おも》いながらそれが夢《ゆめ》であることも、……夢《ゆめ》といっても、一部分《いちぶぶん》が現実《げんじつ》で、一部分《いちぶぶん》が夢《ゆめ》であることを、……というのは、ほんとうは夫《おっと》に犯《おか》されているのであって、夫《おっと》が木村《きむら》さんのように見《み》えているのであるらしいことも、意《い》識《しき》のどこかで感《かん》じていた。ただそれにしてはおかしいのは、あの内容《ないよう》の充実感《じゅうじつかん》だけが、……夫《おっと》のものとは思《おも》われない壓覚《あっかく》だけが、依然《いぜん》として感《かん》じられているのであった。

……………もしあのクルボアジエのお蔭《かげ》であのように酔《よ》う

ことができるのであったら、そしてあのような幻覚《げんかく》を感《かん》じることができるのであったら、私《わたし》は何度《なんど》でもあのブランデーを飲《の》ましてほしい。私《わたし》は私《わたし》にああいう酔《よ》いを教《おし》えてくれた夫《おっと》に感謝《かんしゃ》しなければならない。だがそれにしても、私《わたし》が幻覚《げんかく》で見《み》たものは、果《はた》して実際《じっさい》の木村《きむら》さんなのであろうか。私《わたし》は現実《げんじつ》には木村《きむら》さんの容貌《ようぼう》衣服《いふく》を通《とお》しての姿態《したい》を知《し》っているだけで、まだ一遍《いっぺん》もハダカを見《み》たことはないのに、どうしてそれが幻覚《げんかく》になって出《で》て来《き》たのであろうか。あれは私《わたし》の空想《くうそう》している木村《きむら》さんであって、現実《げんじつ》の木村《きむら》さんとは違《ちが》うのであろうか。一度《いちど》私《わたし》は、夢《ゆめ》や幻覚《げんかく》でなく、実際《じっさい》に木村《きむら》さんのハダカの姿《すがた》を見《み》てみたい気《き》がする。……

一月三十日《いちがつさんじゅうにち》。……正午過《しょうごす》ぎ木村《きむら》カラ学校《がっこう》ヘ電話《でんわ》、「御《ご》容態《ようだい》ハイカガデスカ」ト云《い》ウカラ「今朝《けさ》僕《ぼく》ガ出《で》カケル時《とき》マデハ寝《ね》テイタガモウ何《なん》デモナサソウダ。今夜《こんや》マタ飲《の》ミニ来《き》テクレタマエ」ト云《い》ッタラ、「トンデモナイ、一昨夜《おととい》ノ晩《ばん》ハビックリシマシタ、少《すこ》シ先生《せんせい》モ慎《つつし》ンデ下《くだ》サイ。シカシトニカクオ見舞《みまい》ニ参《まい》リマス」ト云《い》ッテイタガ、午後四時《ごごよじ》ニ来《き》タ。妻《つま》モモウ起《お》キテ茶《ちゃ》ノ間《ま》ニイタ。木《き》村《むら》ハ「モウスグ失礼《しつれい》シマス」ト云《い》ッタガ、「今夜《こんや》ハゼヒ飲《の》ミ直《なお》ソウヨ、マアイイマアイイ」ト僕《ぼく》ハ強《つよ》ク引《ひ》キ止《と》メタ。妻《つま》モ傍《そば》デソレヲ聞《き》キナガラニヤニヤシテイタ。決《けっ》シテ嫌《いや》ナ顔《かお》ハシテイナカッタ。木村《きむら》モ口《くち》デハソウ云《い》イナガラソノ実腰《じっこし》ヲ上《あ》ゲル様子《ようす》ハナカッタ。木村《きむら》ハ一昨日《おととい》ノ深《しん》夜《や》、彼《かれ》ガ辞去《じきょ》シタ後《あと》ニワレワレノ寝室《しんしつ》ニオイテイカナル事件《じけん》ガ起《おこ》ッタカヲ知《し》ルハズハナイノダガ、(僕《ぼく》ハ一昨夜《おととい》夜《よ》ガ明《あ》ケル前《まえ》ニ螢光燈《けいこうとう》ヲ二階《にかい》ノ書斎《しょさい》ニ戻《もど》シテオイタ)、ソシテマタ、マサカ自分《じぶん》ガ郁子《いくこ》ノ幻影《げんえい》ノ世界《せかい》ニ現《あら》ワレ、彼女《かのじょ》ヲ陶酔《とうすい》セシメタ㆓ヲ知《し》ッテイルハズハナイノダガ、ニモカカワラズ、内心郁子《ないしんいくこ》ヲ酔《よ》ワセタガッテイルカノゴトキ様子《ようす》ガ見《み》エルノハ何故《なぜ》デアロウカ。木村《きむら》ハ、郁子《いくこ》ガ何《なに》ヲ欲《ほっ》シテイルカヲ知《し》ッテイルカノゴトクデアル。知《し》ッテイルトスレバ、ソレハ以心伝心《いしんでんしん》デアロウカ、アルイハ郁子《いくこ》カラ暗示《あんじ》サレタノデアロウカ。タダ敏子《としこ》ダケハ、三人《さんにん》デ酒《さけ》ガ始《はじ》マルト必《かなら》ズ嫌《いや》ナ顔《かお》ヲシテ自分《じぶん》ダケサッサト切《き》リ上《あ》ゲテ出《で》テ行《い》ッテシマウ。

……今夜《こんや》モ妻《つま》ハ中座《ちゅうざ》シテ便所《べんじょ》ニ隠《かく》レ、ソレカラ風呂《ふろ》場《ば》(風呂《ふろ》ハ一日置《いちにちお》キナノダガ、当分毎日《とうぶんまいにち》沸《わ》カス𠮷《こと》ニスルト妻《つま》ハ婆《ばあ》ヤニ話《はな》シテイタ。婆《ばあ》ヤハ通《かよ》イナノデタ方水《ゆうがたみず》ダケ張《は》ッテオイテ帰《かえ》リ、瓦斯《ガス》ニ火《ひ》ヲ付《つ》ケルノハワレワレノウチノ誰《だれ》カナノダガ、今夜《こんや》ハ時分《じぶん》ヲ見計《みはか》ラッテ郁子《いくこ》ガ付《つ》ケタ)ヘ行《い》ッテ倒《たお》レタ。スベテ一昨日《おととい》ノ通《とお》リデアッタ。児《こ》玉氏《だましし》ガ来《き》テカンフルヲ射《さ》シタ。敏子《としこ》ガ逃《に》ゲタノモ、木村《きむら》ガ適当《てきとう》ニ介抱《かいほう》シテ辞去《じきょ》シタノモ先夜《さくや》ト同《おな》ジ。ソノ後《ご》ノ僕《ぼく》ノ行動《こうどう》モ同《おな》ジ。ソシテ最《もっと》モ奇怪《きかい》ナノハ、妻《つま》ノアノ譫語《うわごと》モ同《おな》ジ。……「木村《きむら》サン」トイウ一語《いちご》ガ今夜《こんや》モ彼女《かのじょ》ノ口《くち》カラ洩《も》レタ。彼女《かのじょ》ハ今夜《こんや》モ同《おな》ジ夢《ゆめ》、同《おな》ジ幻覚《げんかく》ヲ、同《おな》ジ状《じょう》況《きょう》ノ下《もと》ニオイテ見《み》タ？……僕《ぼく》ハ彼女《かのじょ》ニ愚弄《ぐろう》サレテイルト解《かい》スベキナノデアロウカ。……

二月九日《にがつここのか》。……今日《きょう》敏子《としこ》が別居《べっきょ》させてくれと申《もう》し出《で》た。理由《りゆう》は静《しず》かに勉強《べんきょう》したいからであると云《い》い、幸《さいわ》い別《べっ》居《きょ》するに好都合《こうつごう》な家《いえ》があるので急《きゅう》にその気《き》になったのだと云《い》う。それは同志社《どうししゃ》で彼女《かのじょ》がフランス語《ご》を教《おし》えて貰《もら》っていたフランスの老夫人《ろうふじん》の家《いえ》で、今《いま》も敏子《としこ》はその老夫人《ろうふじん》に個人教授《こじんきょうじゅ》を受《う》けているのである。夫人《ふじん》の夫《おっと》は日本人《にほんじん》であるが、目下中風《もっかちゅうふう》で臥床《がしょう》しており、夫人《ふじん》だけが同志社《どうししゃ》に教鞭《きょうべん》を執《と》ったり個人教授《こじんきょうじゅ》をしたりして夫《おっと》を養《やしな》っているのであるが、夫《おっと》が発病《はつびょう》して以来自宅《いらいじたく》では敏子以外《としこいがい》に生徒《せいと》を取《と》らず、もっぱら出教授《できょうじゅ》を主《しゅ》にしている。家《いえ》は夫婦二人《ふうふふたり》きりで、間数《まかず》は廣《ひろ》くないけれども、夫《おっと》が書斎《しょさい》に使《つか》っていた離《はな》れ座敷《ざしき》の八畳《はちじょう》が今《いま》は不用《ふよう》に帰《き》しているから、そこに寝泊《ねとま》りして下《くだ》されば夫人《ふじん》も病人《びょうにん》の夫《おっと》を置《お》いて外出《がいしゅつ》するのに安心《あんしん》である。電話《でんわ》もあるし、瓦斯風呂《ガスぶろ》の設備《せつび》もある。敏子《としこ》が借《か》りてくれれば願《ねが》ってもない仕合《しあわ》せであると夫人《ふじん》の方《ほう》から話《はなし》があった。ピアノを持《も》ち込《こ》むのなら、離《はな》れ座《ざ》敷《しき》の床下《ゆかした》に煉瓦《れんが》でも敷《し》いてネダを丈夫《じょうぶ》にし、電話《でんわ》も切《き》り換《か》えができるようにし、便所《べんじょ》や風呂場《ふろば》も、夫《おっと》の病室《びょうしつ》を通《とお》り抜《ぬ》けて行《い》くようになっていて不便《ふべん》であるから、離《はな》れから直接《ちょくせつ》行《い》けるように通路《つうろ》をつける、それも極《きわ》めて簡単《かんたん》に僅《わず》かな費用《ひよう》で取《と》りつけられる、夫人《ふじん》の留守中《るすちゅう》、病人《びょうにん》の夫《おっと》に電話《でんわ》がかかって来《く》ることはめったにないが、あっても一切不問《いっさいふもん》に附《ふ》することにきめてあるから、敏子《としこ》はそんなことに一々煩《いちいちわずら》わされないでよいと云《い》う、そういう条件《じょうけん》で、部屋代《へやだい》も安《やす》くするそうだから、しばらくそうさしてほしいと云《い》うのである。このところほとんど三日置《みっかお》きぐらいに木村《きむら》さんが来《き》てブランデーが始《はじ》まり、クルボアジエはすでに二本目《にほんめ》が空《から》になり、そのたびごとに私《わたし》が風呂場《ふろば》で倒《たお》れるので、敏子《としこ》も愛憎《あいそ》が尽《つ》きたのであろう。深夜両親《しんやりょうしん》の寝室《しんしつ》で時々煌々《ときどきこうこう》と電燈《でんとう》が点《とも》ったり、螢光燈《けいこうとう》ランプが輝《かがや》いたりするのも、彼女《かのじょ》は気《き》がついて不思議《ふしぎ》に感《かん》じているに違《ちが》いない。ただし全《まった》くそれだけが理由《りゆう》であるのか、他《ほか》にも私《わたし》たちに秘《ひ》している理由《りゆう》があって別居《べっきょ》を欲《ほっ》しているのであるか、そこのところは何《なん》とも云《い》えない。「パパが何《なん》とおっしゃるかあなたが直接聞《ちょくせつき》いてごらん。パパがよいとおっしゃれば私《わたし》は反対《はんたい》しません」と答《こた》える。……

二月十四日《にがつじゅうよっか》。……木村《きむら》ガ今日《きょう》妻《つま》ガ台所《だいどころ》ヘ立《た》ッテ行《い》ッタ留守《るす》ニ妙《みょう》ナ話《はなし》ヲシタ。「アメリカニポーラロイド(Polaroid)《ポラロイド》トイウ写真機《しゃしんき》ガアルノヲ御存《ごぞん》ジデスカ」ト云《い》ウノダッタ。ソノ写真機《しゃしんき》ハ写《うつ》シタモノガ即座《そくざ》ニ現像《げんぞう》サレテ出《で》テ来《く》ル。テレビデ相撲《すもう》ノ実写《じっしゃ》ノ後《あと》デ、アナウンサーガ取《と》リ口《くち》ノ解説《かいせつ》ヲスル時《とき》ニ、キメ手《て》ノ状況《じょうきょう》ガ早《はや》クモスチル写真《しゃしん》ニ撮《と》ラレテ出《で》テ来《く》ルノハポーラロイドヲ使《つか》ッテ写《うつ》スノデアル。操作《そうさ》ハ極《きわ》メテ簡単《かんたん》デ、普通《ふつう》ノ写真機《しゃしんき》ト変《かわ》リハナク、携帯《けいたい》ニモ便利《べんり》デアル。ストロボノフラッシュヲ用《もち》イレバ露出時間《ろしゅつじかん》モ長《なが》キヲ要《よう》シナイカラ、三脚《さんきゃく》ヲ使《つか》ワナイデ写《うつ》セル。目下《もっか》ノトコロ好事《こうず》ノ士《し》ガ稀《まれ》ニ用《もち》イルノミデ一般《いっぱん》ニ普及《ふきゅう》シテイナイガ、普通《ふつう》ノ手札型《てふだがた》ノロールフィルムニ印画紙《いんがし》ガ重《かさ》ネテアルモノデ、容易《ようい》ニ日本《にほん》デハ手《て》ニ入《はい》ラズ、一々《いちいち》アメリカカラ取《と》リ寄《よ》セルノデアル。トコロデ木村《きむら》ノ友人《ゆうじん》ニソノ機械《きかい》トフィルムヲ持《も》ッテイル人《ひと》ガアルノダガ、「オ入《い》リ用《よう》ナラ借《か》リテ来《き》テモヨロシュウゴザイマス」ト云《い》ウノダッタ。ソウ云《い》ワレテ僕《ぼく》ハ直《ただ》チニ一《ひと》ツノ着想《ちゃくそう》ヲ思《おも》イツイタガ、シカシ、僕《ぼく》ニソウイウ機械《きかい》ノアルㄱヲ教《おし》エタラ僕《ぼく》ガ喜《よろこ》ブデアロウトイウㄱヲ《こと》、ドウシテ木村《きむら》ハ察《さっ》シタノデアロウカ、ソレガ不思議《ふしぎ》ダ。彼《かれ》ハヨクヨクワレワレ夫婦《ふうふ》ノ間《あいだ》ノ秘密《ひみつ》ヲ知《し》ッテイルモノト思《おも》ワナケレバナラナイ。……

二月十六日《にがつじゅうろくにち》。……先刻《せんこく》、午後四時頃《ごごよじごろ》、ちょっと気《き》になる出来事《できごと》があった。私《わたし》は日記帳《にっきちょう》を茶《ちゃ》の間《ま》の押入《おしいれ》の用箪笥《ようだんす》の抽出《ひきだし》（私以外《わたしいがい》には用《よう》のない、誰《だれ》も手《て》を触《ふ》れることのない抽出《ひきだし》）の、臍《へそ》の緒書《おがき》だの父母《ちちはは》の古手紙《こてがみ》だのの重《かさ》ねてある一番下《いちばんした》に突《つ》っ込《こ》んでおいて、なるべく夫《おっと》の外出《がいしゅつ》の隙《すき》を狙《ねら》って書《か》くようにしているのだが、忘《わす》れないうちに書《か》いておきたいこともあるし、急《きゅう》に書《か》きたい衝動《しょうどう》に駆《か》られることもあるので、夫《おっと》の外出《がいしゅつ》を待《ま》っていられず、彼《かれ》が書斎《しょさい》に閉《と》じ籠《こも》っている時《とき》にも書《か》く。書斎《しょさい》はこの茶《ちゃ》の間《ま》の真上《まうえ》にあるので、音《おと》は聞《きこ》えて来《こ》ないけれども、夫《おっと》が今《いま》何《なに》をしつつあるか、書見《しょけん》をしているか、書《か》き物《もの》をしているか、彼《かれ》は彼《かれ》で日記《にっき》をつけているか、それともボンヤリ考《かんが》えごとをしているか等々《とうとう》のことは、おおよそ私《わたし》に察知《さっち》できるような気《き》がするのだが、それは恐《おそ》らく夫《おっと》の方《ほう》も同《どう》様《よう》であろう。書斎《しょさい》はいつもシーンとして静《しず》かなのだけれども、しかし時々《ときどき》、夫《おっと》が俄然《がぜん》息《いき》を詰《つ》めて階《した》下の茶《ちゃ》の間《ま》に注意《ちゅうい》を凝《こ》らし始《はじ》めたらしく思《おも》われる、或《あ》る特別《とくべつ》にシーンとしてしまう――ような気《き》がする――瞬間《しゅんかん》がある。私《わたし》が二《に》階《かい》を意識《いしき》しながら密《ひそ》かに日記帳《にっきちょう》を取《と》り出《だ》して筆《ふで》を執《と》りつつある時《とき》に、ややもするとそういう瞬間《しゅんかん》が訪《おとず》れるのであるが、それは私《わたし》の気《き》のせいばかりでもあるまい。私《わたし》は音《おと》を立《た》てないようにするために、西洋紙《せいようし》にペン字《じ》で書《か》くことを避《さ》け、かように柔《やわら》かい薄《うす》い雁皮紙《がんぴし》を袋綴《ふくろと》じにした小《こ》型《がた》の和装《わそう》の帳面《ちょうめん》を作《つく》り、それへ毛筆《もうひつ》の細字《ほそじ》でしたためているのだが、さっきは私《わたし》としてついぞないことに、書《か》く方《ほう》に興《きょう》が乗《の》り過《す》ぎて、ほんの一二秒《いちにびょう》の間《あいだ》二階《にかい》への注意《ちゅうい》を怠《おこた》っていた。と、その時故意《ときこい》か偶然《ぐうぜん》か、夫《おっと》が音《おと》もなく便所《べんじょ》へ下《お》りて来《き》て、茶《ちゃ》の間《ま》の前《まえ》を素通《すどお》りして、用《よう》を済《す》ますとまたすぐ二階《にかい》へ上《あが》って行《い》った。「音《おと》もなく」というのは、私《わたし》が主観的《しゅかんてき》にそう感《かん》じたので、夫《おっと》は多分用便《たぶんようべん》をする以外《いがい》に他意《たい》はなかったのであろう。夫《おっと》としては足音《あしおと》を忍《しの》ばしたわけではなく、全《まった》く普通《ふつう》の歩《ある》き方《かた》で階段《かいだん》を下《お》りて来《き》たのを、たまたま私《わたし》が注意《ちゅうい》を外《そ》らしていたために聞《き》くべき音《おと》を聞《き》き損《そこな》ったのであろう。とにかく私《わたし》は夫《おっと》が階《かい》段《だん》を下《お》り切《き》った時《とき》に始《はじ》めて足音《あしおと》に心《こころ》づいた。私《わたし》は食卓《しょくたく》に靠《もた》れて書《か》いていたのだが、慌《あわ》てて日記帳《にっきちょう》と矢立《やたて》（私《わたし》はこういう場合《ばあい》に備《そな》えて硯《すずり》を用《もち》いず、矢立《やたて》を用《もち》いている。それは父《ちち》の遺品《いひん》で、唐木《とうぼく》で作《つく》った、中国製《ちゅうごくせい》のものらしい骨董的価値《こっとうてきかち》のある矢立《やたて》である）を卓《たく》の下《した》に隠《かく》したので、現場《げんば》は見《み》られないで済《す》んだが、帳面《ちょうめん》を慌《あわ》てて隠《かく》す時《とき》に雁《がん》皮《ぴ》の紙《かみ》を揉《も》みくしゃにしたので、ひょっとしたら、あの紙《かみ》に特有《とくゆう》なぴらぴらした音《おと》が聞《きこ》えはしなかったかと思《おも》う。いや、聞《きこ》えたに違《ちが》いないと思《おも》う。そして、あの音《おと》を聞《き》けば雁皮《がんぴ》を想像《そうぞう》するに違《ちが》いないし、そうすればそれを私《わたし》が何《なん》の目的《もくてき》で使《つか》っているかを、推知《すいち》したのではあるまいかと思《おも》う。私《わたし》は今後用心《こんごようじん》しなければいけないが、夫《おっと》に日記帳《にっきちょう》の存在《そんざい》を嗅《か》ぎつかれたとすれば、どうしたらよいか。今《いま》さら隠《かく》し場所《ばしょ》を変《か》えたところで、この狭《せま》い室内《しつない》のどこへ隠《かく》しても発見《はっけん》されずに済《す》むはずはない。唯一《ゆいいつ》の方法《ほう》は、夫《おっと》の在宅中《ざいたくちゅう》は私《わたし》も努《つと》めて家《いえ》を空《あ》けないようにすることである。私《わたし》は近頃頭《ちかごろあたま》の重《おも》い日《ひ》がつづくので、以前《いぜん》のように頻繁《ひんぱん》に外出《がいしゅつ》することはなく、錦《にしき》への買《か》い出《だ》しも大《たい》概敏子《がいとしこ》か婆《ばあ》やに任《まか》せているのだが、実《じつ》は木村《きむら》さんに、朝《あさ》日会館《ひかいかん》で「赤《あか》と黒《くろ》」を上映《じょうえい》しているのを見《み》に行《い》きませんかと、この間《あいだ》から誘《さそ》われているのである。行《い》きたいことは行《い》きたいが、何《なに》かそれまでに対抗策《たいこうさく》を考《かんが》えておく必要《ひつよう》がある。……

二月十八日《にがつじゅうはちにち》。……昨夜《さくや》デ僕《ぼく》ハ、妻《つま》ノ「木村《きむら》サン」トイウ語《ことば》ヲ耳《みみ》ニスルヿ《こと》ガ四回《よんかい》ニ及《およ》ンダ。モハヤアノ譫語《うわごと》ハ、譫語《うわごと》ヲ装《よそお》ッテイルノデアルヿ《こと》ヲ疑《うたが》ウ餘地《よち》ガナクナッタ。トスルト、何《なん》ノ目的《もくてき》デサヨウナヿ《こと》ヲスルノデアロウカ。「私《わたし》ハホントウハ睡《ねむ》ッテイルノデハナイ、睡《ねむ》ッタフリヲシテイルノデスヨ」トイウヿ《こと》ヲ分《わか》ラセテイルノデアルトシテモ、ソレハ、「私《わたし》ハセメテ相手《あいて》ヲアナタト思《おも》イタクナイノデス、木村《きむら》サンダト思《おも》イタイノデス、ソウシナケレバ感興《かんきょう》ガ湧《わ》イテ来《こ》ナイノダカラ、結局《けっきょく》ハソレガアナタノタメデモアリマス」トイウ意味《いみ》ナノカ、「コレモヤハリアナタヲ嫉妬《しっと》サセテ刺戟《しげき》ヲ与《あた》エル手段《しゅだん》ナノデス。私《わたし》ハドンナ場合《ばあい》デモ常《つね》ニ夫《おっと》ニ忠実《ちゅうじつ》ナル妻《つま》デアル以外《いがい》ノ何者《なにもの》デモアリマセン」トイウ意味《いみ》ナノカ。……………

……………敏子《としこ》ガ今日《きょう》イヨイヨ別居《べっきょ》ヲ決行《けっこう》スル〻《こと》ニナッテ、マダム岡田《おかだ》ノ家《いえ》ニ引《ひ》キ移《うつ》ッタ。風呂場《ふろば》ト離《はな》レ屋《や》トヲ廊下《ろうか》デツナゲルノト、ピアノノ床下《ゆかした》ニ煉瓦《れんが》ヲ積《つ》ム工事《こうじ》ハアラカタ終《おわ》ッタガ、電話《でんわ》ノ切《き》リ換《か》エガマダデアルシ、今日《きょう》ハ赤口《しゃっこう》デ日《ひ》ガ悪《わる》イカラ二十一日《にじゅういちにち》ノ大安《たいあん》マデ待《ま》チナサイト昨日《きのう》郁子《いくこ》ハ云《い》ッテイタガ、敏子《としこ》ハ構《かま》ワズ行《い》ッテシマッタ。ピアノダケハ運搬《うんぱん》ノ都合《つごう》デ二《に》三日後《さんにちおく》レルガ、他《ほか》ノ荷物《にもつ》ハ木村《きむら》ガ手伝《てつだ》イニ来《き》テ大体運《だいたいはこ》ンダ。(昨夜《さくや》ノ今日《きょう》デ郁子《いくこ》ハ例《れい》ニヨリ今朝《けさ》ハマダ昏睡《こんすい》シテイタ。夕方《ゆうがた》ニナッテヨウヤク起《お》キタノデ引《ひ》ッ越《こ》シノ手伝《てつだ》イハセズニシマッタ) 場所《ばしょ》ハ田中関田町《たなかせきでんちょう》デアルカラ、ココカラ歩《ある》イテ五六分《ごろっぷん》ノ所《ところ》ダ。木村《きむら》ガ間借《まが》リシテイルノモ百万遍《ひゃくまんべん》ノ近所《きんじょ》デ田《た》中門前町《なかもんぜんちょう》デアルカラ、コノ方《ほう》ハ関田町《せきでんちょう》ニ一層近《いっそうちか》イ。木村《きむら》ハ手伝《てつだ》イニ来《き》タツイデニ、「ヨロシュウゴザイマスカ」ト階段《かいだん》ノ途中《とちゅう》カラ声《こえ》ヲカケテ上《あが》ッテ来《き》テ書斎《しょさい》ニハイリ、「オ約束《やくそく》ノ品《しな》ヲ持《も》ッテ来《き》マシタ」トポーラロイドヲ置《お》イテ行《い》ッタ。

二月十九日《にがつじゅうくにち》。……敏子《としこ》の心理状態《しんりじょうたい》が私《わたし》には掴《つか》めない。彼女《かのじょ》は母《はは》を愛《あい》しているようでもあり憎《にく》んでいるようでもある。だが少《すく》なくとも、彼女《かのじょ》が父《ちち》を憎《にく》んでいることは間違《まちが》いない。彼女《かのじょ》は父母《ちちはは》の閨房関係《けいぼうかんけい》を誤解《ごかい》し、生来淫蕩《せいらいいんとう》な体《たい》質《しつ》の持主《もちぬし》であるのは父《ちち》であって、母《はは》ではないと思《おも》っているらしい。母《はは》は生《う》まれつき繊弱《せんじゃく》なたちで過度《かど》の房事《ぼうじ》には堪《た》えられないのに、父《ちち》が無理《むり》やりに云《い》うことを聴《き》かせ、常《じょう》軌《き》を逸《いっ》した、よほど不思議《ふしぎ》な、アクドイ遊戯《ゆうぎ》に耽《ふけ》るので、心《こころ》にもなく母《はは》はそれに引《ひ》きずられているのだと思《おも》っているらしい。（ほんとうを云《い》うと、私《わたし》が彼女《かのじょ》にそう思《おも》わせるように仕向《しむ》けたのである）昨日彼女《きのうかのじょ》は最後《さいご》の荷物《にもつ》を取《と》りに来《き》て寝室《しんしつ》へ挨拶《あいさつ》に見《み》えた時《とき》に、「ママはパパに殺《ころ》されるわよ」とたった一言《ひとこと》警告《けいこく》を発《はっ》して行《い》った。私同様沈《わたしどうようちん》黙主義《もくしゅぎ》の彼女《かのじょ》にしては珍《めずら》しいことだ。彼女《かのじょ》は私《わたし》の胸部疾《きょうぶしっ》患《かん》が、こんなことから悪化《あっか》して本物《ほんもの》になりはしないかを、ひそかに心配《しんぱい》しているらしくもあるのだが、そうしてそれゆえに父《ちち》を憎《にく》んでいるらしいのだが、でもその警告《けいこく》の云《い》い方《かた》が妙《みょう》に私《わたし》には意地《いじ》の悪《わる》い、毒《どく》と嘲《あざけ》りを含《ふく》んだ語《ことば》のように聞《きこ》えた。娘《むすめ》の身《み》として母《はは》を案《あん》じる暖《あたた》かい気持《きもち》から云《い》っているようには受《う》け取《と》れなかった。彼女《かのじょ》の心《こころ》の奥底《おくそこ》には、自分《じぶん》の方《ほう》が母《はは》より二十年《にじゅうねん》も若《わか》いにかかわらず、容《よう》貌姿態《ぼうしたい》の点《てん》において自分《じぶん》が母《はは》に劣《おと》っているというコンプレックスがあるのではないか。彼女《かのじょ》は最初《さいしょ》から木村《きむら》さんは嫌《きら》いだと云《い》っていたが、母《はは》――ジェームス・スチュアート――木村《きむら》さん――という風《ふう》に気《き》を廻《まわ》して、ことさら彼《かれ》を嫌《きら》っているらしく装《よそお》っているので、本心《ほんしん》は反対《はんたい》なのではないか。そして内々《ないない》私《わたし》に敵意《てきい》を抱《いだ》きつつあるのではないか。

……私《わたし》はできるだけ家《いえ》を空《あ》けないことにしているけれども、いつどんな事情《じじょう》で外出《がいしゅつ》の必要《ひつよう》に迫《せま》られることがあるかも知《し》れず、夫《おっと》も授業中《じゅぎょうちゅう》であるべき時刻《じこく》に突然《とつぜん》帰《き》宅《たく》することがないとも限《かぎ》らず、いかに日記帳《にっきちょう》を処置《しょち》しておくべきかについて種々《しゅじゅ》考《かんが》えた。隠《かく》しても無駄《むだ》であるとすれば、私《わたし》の留守《るす》に夫《おっと》が果《はた》してあの内容《ないよう》を盗《ぬす》み読《よ》みしたかどうかを、せめて確《たし》かめる方法《ほうほう》だけは講《こう》じておきたい。せめて私《わたし》は、夫《おっと》が内証《ないしょ》で私《わたし》の日記帳《にっきちょう》に眼《め》を通《とお》したかどうかを、知《し》るだけは知《し》りたい。私《わたし》は何《なに》か日記帳《にっきちょう》に目印《めじるし》をつけておく。夫《おっと》が内証《ないしょ》で中《なか》を覗《のぞ》いたか否《いな》かは目印《めじるし》を見《み》れば分《わか》るようにしておく。その目印《めじるし》は私《わたし》にだけ分《わか》って、彼《かれ》には分《わか》らないようなものであれば一層《いっそう》よい。——いや、彼《かれ》にも分《わか》るようなものの方《ほう》がかえってよいのではあるまいか。彼《かれ》が、自分《じぶん》が盗《ぬす》み読《よ》みしていることを妻《つま》に知《し》られたと悟《さと》れば、以後《いご》盗《ぬす》み読《よ》みすることを慎《つつ》しむ結果《けっか》になりはしまいか。（どうだか怪《あや》しいものだけれども）——が、いずれにしてもそういう目印《めじるし》を考《かん》えることは容易《ようい》でない。一回《いっかい》は成功《せいこう》するかも知《し》れないが、たびたび同《おな》じ方法《ほうほう》を用《もち》いれば裏《うら》を掻《か》かれる恐《おそ》れがある。たとえば爪楊枝《つまようじ》を何《なん》ページ目《め》かに挟《はさ》んでおいて、開《あ》けるとパラリと落《お》ちるようにしておく。一回《いっかい》は巧《うま》く行《い》くとして、二回目《にかいめ》からは夫《おっと》はその爪楊枝《つまようじ》を落《おと》さないように取《と》り扱《あつか》い、それが何《なん》ページ目《め》に挟《はさ》んであるかを勘定《かんじょう》して、もとの通《とお》りに戻《もど》しておくであろう。（夫《おっと》はそういう点《てん》は実《じつ》に陰険《いんけん》なのである）そうかといって一回々々《いっかいいっかい》新《あたら》しい方法《ほうほう》を案出《あんしゅつ》することは不《ふ》可能《かのう》に近《ちか》い。私《わたし》はいろいろ考《かんが》えて、試《こころ》みにスコッチ印《じるし》のセロファンテープの六〇〇番《ろっぴゃくばん》を適当《てきとう》の長《なが》さ（測《はか》ってみたら五《ご》センチ三《さん》ミリあった）に切《き》り、帳面《ちょうめん》の表紙《ひょうし》の或《あ》る一《いっ》箇所《かしょ》を選《えら》んで、表《おもて》と裏《うら》とをそのテープで封《ふう》じてみた。（その位置《いち》は天《てん》から八《はっ》センチ二《に》ミリ、地《ち》から七《なな》センチ五《ご》ミリの所《ところ》であったが、テープの長《なが》さや貼《は》る位置《いち》はそのつど少《すこ》しずつ変《か》える必要《ひつよう》がある）こうすると、中《なか》を読《よ》むためにはテープを一度《いちど》剥《は》がさなければならない。一度《いちど》剥《は》がして、また新《あたら》しいテープを同《おな》じ長《なが》さに切《き》り、同《おな》じ位置《いち》に正確《せいかく》に貼《は》っておくということは、理論上《りろんじょう》できなくはないにしても、実際《じっさい》にはとても面倒《めんどう》で煩瑣《はんさ》で、できるものではない。それにテープを剥《は》がし取《と》る時《とき》に、どんなに注意深《ちゅういぶか》くしても周囲《しゅうい》の表紙《ひょうし》の表面《ひょうめん》に擦過《さっか》した痕《あと》を残《のこ》すことになる。好《こう》都合《つごう》にも私《わたし》の日記帳《にっきちょう》の表紙《ひょうし》は、ももけやすい奉書《ほうしょ》に胡粉《ごふん》を塗《ぬ》ったような紙《かみ》なので、テープを剥《は》がすと、それと一緒《いっしょ》に周囲《しゅうい》の表面《ひょうめん》がところどころ二三《にさん》ミリぐらい剥《は》ぎ取《と》られて行《い》く。この方法《ほうほう》を用《もち》いると、夫《おっと》は絶対《ぜったい》に、痕跡《こんせき》を残《のこ》すことなく内容《ないよう》を読《よ》むことはできない。……

二月二十四日《にがつにじゅうよっか》。……敏子《としこ》ノ別居以来《べっきょいらい》、木村《きむら》ハ遊《あそ》ビニ来《く》ル表向《おもてむ》キノ口実《こうじつ》ガナクナッタワケダケレドモ、相変《あいかわ》ラズ二三日《にさんにち》置《お》キニ来《く》ル。僕《ぼく》ノ方《ほう》カラモ電話《でんわ》ヲカケル。(敏《とし》子《こ》モ日《ひ》ニ一度《いちど》ハ顔《かお》ヲ見《み》セルラシイガ長《なが》クハイナイ) ポーラロイドハスデニ二晩《ふたばん》使用《しよう》シタ。写真《しゃしん》ハ全裸体《ぜんらたい》ノ正面《しょうめん》ト背面《はいめん》、各部分《かくぶぶん》ノ詳細図《しょうさいず》、イロイロナ形状《けいじょう》ニ四肢《しし》ヲ歪曲《わいきょく》サセ彎屈《わんくつ》サセ、折《お》ッタリ伸《の》バシタリシテ最《もっと》モ蠱惑的《こわくてき》ナル角《かく》度《ど》カラ撮《と》ッタ。僕《ぼく》ガコレラヲ撮《と》ッタ目的《もくてき》ハ何《なに》ニアルカトイウト、第一《だいいち》ハ撮《と》ルヿ自体《ことじたい》ニ興味《きょうみ》ヲ感《かん》ジタカラダ。寝《ね》テイル（モシクハ寝《ね》テイルフリヲシテイル）女体《にょたい》ヲ自由《じゆう》ニ動《うご》カシテ種々《しゅじゅ》ナ姿態《したい》ヲ作《つく》ッテミルヿ《こと》ニ愉悦《ゆえつ》ヲ覚《おぼ》エタカラダ。第二《だいに》ノ目的《もくてき》ハ、コレラヲ僕《ぼく》ノ日記帳《にっきちょう》ニ貼付《てんぷ》シテオクヿ《こと》ダ。ソウスレバ妻《つま》ハ必《かなら》ズコレラノ写真《しゃしん》ヲ見《み》ルニ違《ちが》イナイ。ソウスレバ彼女《かのじょ》ハ今《いま》マデ彼女自身《かのじょじしん》気《き》ガツカナイデイタ部分《ぶぶん》ノ彼女《かのじょ》ノ姿態《したい》ノ美《び》ヲ発見《はっけん》シ、ソシテ驚《おどろ》クニ違《ちが》イナイ。第三《だいさん》ノ目的《もくてき》ハ、ソウスレバ彼女《かのじょ》モ、僕《ぼく》ガイカニ彼女《かのじょ》ノ裸体《はだか》ヲ見《み》タガッテイルカノ理由《りゆう》ヲ解《かい》シ、僕《ぼく》ニ同感《どうかん》——ムシロ感激《かんげき》スルデモアロウカラダ。（本年五十六歳《ほんねんごじゅうろくさい》ノ夫《おっと》ガ四十五歳《しじゅうごさい》ノ妻《つま》ノ裸体《はだか》ニカクモ憧《あこが》レルトイウヿ《こと》ハ希有《けう》ノヿ《こと》ダ。ソレヲ考《かんが》エテミルガヨイ）第四《だいよん》ノ目的《もくてき》ハ、ソウスルヿ《こと》ニヨッテ彼女《かのじょ》ヲ極度《きょくど》ニ辱《はず》カシメ、彼女《かのじょ》ガドコマデシラヲ切《き》ッテイラレルカヲ試《ため》シテヤリタイノダ。コノ写真《しゃしん》機《き》ハレンズガ暗《くら》ク、レンジ・ファインダーガ付《つ》イテイナイノデ、目測《もくそく》デ写《うつ》サナケレバナラズ、僕《ぼく》ノヨウナ未熟《みじゅく》ナモノガ撮《と》ッタノデハピンボケニナリヤスイ。ソレニ、ポーラロイド用《よう》ノフィルムモ最近《さいきん》ハ非常《ひじょう》ニ感光度《かんこうど》ノ優《すぐ》レタモノガ出《で》テイルソウダケレドモ、日本《にほん》デハチョット入手《にゅうしゅ》困難《こんなん》ダソウデ、木村《きむら》ノ持《も》ッテ来《き》タモノハ期限《きげん》ノ切《き》レタ古《こ》フィルムデアルカラ、ヨイ結果《けっか》ガ得《え》ラレルハズハナイ。一々《いちいち》フラッシュヲ用《もち》イナケレバナラナイヿ《こと》モ厄介《やっかい》デ不便《ふべん》ダ。コノ機械《きかい》デハ僕《ぼく》ハワズカニ第一《だいいち》ト第四《だいよん》ノ目的《もくてき》ヲ満足《まんぞく》サセ得《う》ルニ過《す》ギナイノデ、マダ今《いま》ノトコロ貼付《てんぷ》スルヿ《こと》ヲ見合《みあ》ワセテイル。……

二月二十七日《にがつにじゅうしちにち》。日曜《にちよう》だというのに、木村《きむら》さんが朝九時《あさくじ》半《はん》に「赤《あか》と黒《くろ》」を見《み》に行《い》きませんかと云《い》ってやって来《き》た。今《いま》は大学志望《だいがくしぼう》の学生《がくせい》たちが入学試験《にゅうがくしけん》の準備《じゅんび》に追《お》われているので、教師《きょうし》たちも相当忙《そうとういそが》しい。三月《さんがつ》になればかえっていくらか暇《ひま》になるが今月《こんげつ》は週《しゅう》に何回《なんかい》か学校《がっこう》に残《のこ》って、補習授業《ほしゅうじゅぎょう》をしてやらなければならない。宿《やど》に帰《かえ》ってからも、時々《ときどき》学校以外《がっこういがい》の学生《がくせい》で、特《とく》に木村《きむら》さんに指導《しどう》を仰《あお》ぎに来《く》る者《もの》もある。木村《きむら》さんは勘《かん》がよくて、ヤマを当《あ》てることが名人《めいじん》で、木村《きむら》さんがここと思《おも》ったところはきっと試験《しけん》に出《で》るのだという。彼《かれ》のそういう勘《かん》のよさは私《わたし》にも分《わか》るような気《き》がする。学問《がくもん》のことはどうか知《し》れないが、勘《かん》では私《わたし》の夫《おっと》なんかとても木村《きむら》さんの足元《あしもと》にも及《およ》びそうもない。……そんなわけで、今月《こんげつ》は日曜《にちよう》だけが一番《いちばん》ゆっくりできるのだそうだが、日曜《にちよう》は夫《おっと》が朝《あさ》から家《いえ》にいるので、私《わたし》の外出《がいしゅつ》には都合《つごう》が悪《わる》い。木村《きむら》さんは来《き》がけに敏子《としこ》に声《こえ》をかけて来《き》たので、敏子《としこ》も後《あと》から誘《さそ》いに来《き》た。「自《じ》分《ぶん》は一緒《いっしょ》に行《い》きたくはないのだが、二人《ふたり》では工合《ぐあい》が悪《わる》いだろうから、ママのために犠牲《ぎせい》になって附《つ》き合《あ》って上《あ》げる」といったような顔《かお》をしている。「日曜《にちよう》は朝早《あさはや》く行《い》かないと席《せき》がありませんからね」と木村《きむら》さんは云《い》う。「己《おれ》は一日家《いちにちいえ》にいるよ。構《かま》わないから行《い》って来《き》なさい、『赤《あか》と黒《くろ》』は見《み》たいと云《い》っていたじゃないか」と夫《おっと》が傍《はた》からしきりにすすめる。夫《おっと》のすすめる理由《りゆう》は分《わか》るが、こういう場合《ばあい》のことも考《かんが》えておいたのであるから、三人《さんにん》で出《で》かけることにした。十時半《じゅうじはん》に入場《にゅうじょう》し、午後一時過《ごごいちじす》ぎ退場《たいじょう》。昼《ひる》の食事《しょくじ》に寄《よ》るように云《い》ったけれども二人《ふたり》とも宿《やど》へ帰《かえ》った。夫《おっと》は一日《いちにち》家《いえ》にいると云《い》ったくせに、私《わたし》が戻《もど》ると入《い》れ違《ちが》いに三時頃《さんじごろ》から夕方《ゆうがた》まで散歩《さんぽ》に出《で》かけて帰《かえ》らなかった。私《わたし》は夫《おっと》が留守《るす》になると早速日記帳《さっそくにっきちょう》を取《と》り出《だ》してみた。表紙《ひょうし》セロファンテープは大体元《だいたいもと》の位置《いち》に貼《は》ってあった。拡大鏡《かくだいきょう》をあてて見《み》ても一見擦《いっけんす》り切《き》れた痕《あと》がなかった。が、拡大鏡をあてて見ると、微《かす》かに二三箇所疵《にさんかしょきず》のあること（よほど注意深《ちゅういぶか》く剥《は》がしたとみえる）が蔽《おお》い隠《かく》すべくもなかった。私《わたし》は二段《にだん》構《がま》えをして、テープの外《ほか》に、内部《ないぶ》にも何枚目《なんまいめ》ということを数《かぞ》えて小楊枝《こようじ》を挟《はさ》んでおいたが、それも前《まえ》と違《ちが》った場《ば》所《しょ》になっていた。今《いま》は夫《おっと》がこの日記帳《にっきちょう》を盗《ぬす》み読《よ》みしたことは疑《うたが》いない。すると私《わたし》は、今後日記《こんごにっき》を附《つ》けることを継《けい》続《ぞく》すべきであろうか中止《ちゅうし》すべきであろうか。私《わたし》は自分《じぶん》の胸中《きょうちゅう》を他人《たにん》に語《かた》ることを欲《ほっ》しないがゆえに、自分自身《じぶんじしん》にだけ語《かた》って聞《き》かせるのが目的《もくてき》で日記《にっき》をつけ始《はじ》めたのであるが、今《いま》や他人《たにん》に読《よ》まれていることが明《あき》らかになった以上《いじょう》、中止《ちゅうし》すべきであるようにも思《おも》うけれども、他人《たにん》というのが夫《おっと》であり、表面《ひょうめん》はどこまでも互《たが》いに見《み》ない建《た》て前《まえ》になっているのであるから、やはり継続《けいぞく》してしかるべきであるように思《おも》う。つまりこれからは、こういう方法《ほうほう》で、間接《かんせつ》に夫《おっと》にものを云《い》うのである。直接《ちょくせつ》には恥《はず》かしくて云《い》えないことも、この方法《ほうほう》でなら云《い》える。しかしくれぐれも、夫《おっと》が内証《ないしょ》で読《よ》むことは仕方《しかた》がないとして、決《けっ》して読《よ》んだということを露骨《ろこつ》に云《い》わないで貰《もら》いたい。もっとも彼《かれ》は読《よ》んでも読《よ》まないふりをする人《ひと》だから、そんなことを断《ことわ》る必要《ひつよう》はないかも知《し》れない。次《つぎ》に、夫《おっと》はどうであろうとも、私《わたし》は決《けっ》して夫《おっと》の日記帳《にっきちょう》を読《よ》んでいないことを信《しん》じてほしい。私《わたし》が至《いた》って舊式《きゅうしき》な、かりにも他人《たにん》の手記《しゅき》などを盗《ぬす》み読《よ》むことのできるような育《そだ》ち方《かた》をした女《おんな》でないことは、誰《だれ》よりも夫《おっと》がよく知《し》っている。私《わたし》は夫《おっと》の日記帳《にっきちょう》のありかを知《し》っており、時《とき》にはそれにそっと手《て》を触《ふ》れたこともあり、稀《まれ》には中《なか》を開《あ》けて見《み》たことさえもないではないが、文字《もじ》は一字《いちじ》も読《よ》んだことはない。それは本当《ほんとう》のことなのである。……

二月二十七日《にがつにじゅうしちにち》。……ヤッパリ推察通《すいさつどお》リダッタ。妻《つま》ハ日記《にっき》ヲツケテイタノダ。僕《ぼく》ハ今日《きょう》マデワザトコノヿ《こと》ヲ日記《にっき》ニ書《か》カズニイタノダガ、実《じつ》ハ数日前《すうじつまえ》ニウスウス気《き》ガ付《つ》イタノダッタ。先日《せんじつ》ノ午後《ごご》、便所《べんじょ》ヘ下《お》リテ茶《ちゃ》ノ間《ま》ノ前《まえ》ヲ通《とお》ッタ𣇃《とき》ニ、中硝子《なかガラス》ノ中《なか》ヲ覗《のぞ》クト妻《つま》ガ不安定《ふあんてい》ナ姿勢《しせい》デ食卓《しょくたく》ニ靠《もた》レテイタ。ソノ前《まえ》ニ僕《ぼく》ハ、雁皮《がんぴ》ノヨウナ紙《かみ》ガ急《きゅう》ニクシャクシャト揉《も》ミクシャニサレル音《おと》ヲ聞《き》イタ。ソレモ一枚《いちまい》ヤ二枚《にまい》デハナイ。恐《おそ》ラク一冊《いっさつ》ニ綴《と》ジタ厚味《あつみ》ノアルモノガ慌《あわ》テテ荒々《あらあら》シク座布団《ざぶとん》ノ下《した》カ何《なに》カヘ押《お》シ隠《かく》サレル音《おと》デアッタ。僕《ぼく》ノ家庭《かてい》デ雁皮《がんぴ》ヲ使《つか》ウヿ《こと》ハメッタニナイ。僕《ぼく》ハ妻《つま》ガ、嵩張《かさば》ラナイデ音《おと》ノシナイアノ紙《かみ》ヲ何《なん》ノ用途《ようと》ニ使《つか》ッテイルカヲ直《ただ》チニ想像《そうぞう》スルヿ《こと》ガデキタ。デモ今日《きょう》マデハソレヲ確《たし》カメル機会《きかい》ガナカッタガ、今日彼女《きょうかのじょ》ガ映画《えいが》ヲ見《み》ニ出《で》カケタ間《あいだ》ニ茶《ちゃ》ノ間《ま》ヲ捜《さが》シテ、容易《ようい》ニ探《さぐ》リアテルヿ《こと》ヲ得《え》タ。トコロガ何《なん》ト驚《おどろ》イタヿ《こと》ニハ、早《はや》クモ僕《ぼく》ニ嗅《か》ギツカレルヿ《こと》ヲ豫想《よそう》シテ、セロファンテープデ封《ふう》ジテアルノダ。馬鹿《ばか》ナヿ《こと》ヲスル女《おんな》デアル。彼女《かのじょ》ノ疑《うたが》イ深《ぶか》イノニハ呆《あき》レル。僕《ぼく》ハ女房《にょうぼう》ノ日記《にっき》トイエドモ、無断《むだん》デ読《よ》ムヨウナヿ《こと》ヲスル卑劣漢《ひれつかん》デハナイ。ガ、ツイ意地悪《いじわる》ナ気持《きもち》ガ起《おこ》ッテ、テープヲ上手《じょうず》ニ痕跡《こんせき》ヲトドメルヿ《こと》ナク剥《は》ガスヿ《こと》ガデキルカドウカヲ試《ため》シテミタ。僕《ぼく》ハ彼女《かのじょ》ニ、「テープデハ駄目《だめ》ダゾ、コンナモノデハ知《し》ラナイウチニ盗《ぬす》ミ読《よ》ミミサレルゾ、モットホカノ方法《ほうほう》ヲ考《かんが》エロ」ト注意《ちゅうい》シテヤリタクナッタノダ。結果《けっか》ハシカシ失敗《しっぱい》ダッタ。サスガニ彼女《かのじょ》ノ計画《けいかく》ノ綿密《めんみつ》ナノニハ恐《おそ》レ入《い》ッタ。僕《ぼく》ハ随分注意深《ずいぶんちゅういぶか》ク剥《は》ガシ取《と》ッタツモリデアッタガ、表紙《ひょうし》ニ痕《あと》ヲツケテシマッタ。結局《けっきょく》アレヲ彼女《かのじょ》ニ悟《さと》ラレルヿ《こと》ナシニ剥《は》ガスヿ《こと》ハ不可能《ふかのう》デアルヿ《こと》ガ分《わか》ッタ。テープノ寸法《すんぽう》モ測《はか》ッテアッタニ違《ちが》イナイト思《おも》ウガ、ウッカリ丸《まる》メテシマッタノデ調《しら》ベルヿ《こと》ガデキナイ。目分量《めぶんりょう》デ同《おな》ジクライノ寸法《すんぽう》ノテープデマタ封《ふう》ヲシテオイタ。彼女《かのじょ》ガ心付《こころづ》カズニイルハズハナイ。シカシクレグレモ断《ことわ》ッテオクガ、僕《ぼく》ハ封《ふう》ハ切《き》ッタケレドモ、――中《なか》ヲ開《ひら》イテハ見《み》タケレドモ、文字《もじ》ハ一字《いちじ》モ読《よ》ミハシナイ。アンナ細字《ほそじ》デ書《か》イテアルモノヲ近眼《きんがん》ノ僕《ぼく》ガ読《よ》ムノハツライ。ソレハ信《しん》ジテ貰《もら》イタイ。モットモ、僕《ぼく》ガ読《よ》マナイト云《い》エバ云《い》ウホド反対《はんたい》ニ「読《よ》ンダ」ト思《おも》ウノガ彼女《かのじょ》ナノダ。読《よ》マナイデモ読《よ》ンダト思《おも》ワレルクライナラ読《よ》ンダ方《ほう》ガヨイヨウナモノダガ、ソレデモ僕《ぼく》ハ断《だん》ジテ読《よ》マナイ。僕《ぼく》ハ実《じつ》ハ、彼女《かのじょ》ガ日記《にっき》ニ、木村《きむら》ニ対《たい》スル心持《こころもち》ヲドンナ風《ふう》ニ告白《こくはく》シテイルカ、ソレヲ知《し》ルノガ恐《おそ》ロシイノダ。郁子《いくこ》ヨ、願《ねが》ワクバ日記《にっき》ニソレヲ書《か》カナイデクレ。僕《ぼく》ハ盗《ぬす》ミ読《よ》ミハシナイケレドモ、ソレニシテモ本当《ほんとう》ノ〓《こと》ハ書《か》カナイデオイテクレ。譃《うそ》デモ、木村《きむら》ハ刺戟剤《しげきざい》トシテ利用《りよう》シテイルニ過《す》ギズ、ソレ以上《いじょう》ノ何者《なにもの》デモナイトシテオイテクレ。

……

今朝木村《けさきむら》ガ郁子《いくこ》ヲ映画《えいが》ニ誘《さそ》イ出《だ》シニ来《き》タノハ、カネテ僕《ぼく》ガ頼《たの》ンデオイタカラダ。僕《ぼく》ハ、「コノゴロ僕《ぼく》ノ在宅《ざいたく》ノ時《とき》ニ妻《つま》ガ外出《がいしゅつ》シテイル〻《こと》ガ少《すく》ナイ。用事《ようじ》ハスベテ婆《ばあ》ヤニ云《い》イツケテイル。ドウモ変《へん》ダト思《おも》ウ〻《こと》ガアルカラ彼女《かのじょ》ヲ連《つ》レ出《だ》シテ二三時間《にさんじかん》過《す》ゴシテ来《き》テクレ」ト云《い》ッタカラダ。敏子《としこ》モ一緒《いっしょ》ニツイテ行《い》ッタノハ、今《いま》マデノ慣例《かんれい》ニヨッタノダロウガ、ソレニシテモ彼女《かのじょ》ノ気持《きもち》ヲ解《かい》スルニ苦《くる》シム。敏子《としこ》ハ母親《ははおや》ニ似《に》テ母親以上《ははおやいじょう》ニ複雑《ふくざつ》ナトコロガアル。思《おも》ウニ彼女《かのじょ》ハ、世間《せけん》ノ多《おお》クノ父親《ちちおや》ト違《ちが》イ、僕《ぼく》ガ彼女《かのじょ》ヨリモ彼女《かのじょ》ノ母《はは》ヲ熱狂的《ねっきょうてき》ニ愛《あい》シテイルラシイノニ憤懣《ふんまん》ヲ感《かん》ジテイルノデハナイカ。モシソウナラバソレハ誤《あやま》リデ、僕《ぼく》ハ彼女《かのじょ》ラヲ同等《どうとう》ニ愛《あい》シテイルノデアル。タダ愛《あい》シカタガ全然違《ぜんぜんちが》ウダケナノデアル。イカナル父親《ちちおや》モ、自分《じぶん》ノ娘《むすめ》ヲファナチックニ愛《あい》スル奴《やつ》ハイナイ。イツカコノ〻《こと》ハ敏子《としこ》ニ説明《せつめい》シテヤラネバナラナイ。……今夜《こんや》ハ敏子《としこ》ノ別居後《べっきょご》始《はじ》メテ、四人《よにん》デ夕食《ゆうしょく》ノ卓《たく》ヲ囲《かこ》ンダ。敏子《としこ》ハ先《さき》ニ去《さ》リ、妻《つま》ハブランデーノ後例《あとれい》ノゴトクニナッタ。夜《よる》オソク木村《きむら》ガ去《さ》ル𠂇《とき》僕《ぼく》ハポーラロイドヲ返《かえ》シタ。「現像《げんぞう》ノ面倒《めんどう》ガナイトイウ長所《ちょうしょ》ハアルケレドモ、フラッシュヲ用《もち》イルノガ手数《てかず》デアルシ、ヤハリ普通《ふつう》ノ機械《きかい》ノ方《ほう》ガ撮《と》リヨイネ。家《いえ》ニアルツワイス・イコンヲ使《つか》ッテ写《うつ》シテミヨウカト思《おも》ウ」ト云《い》ッタラ、「現像《げんぞう》ハ外《そと》ヘオ出《だ》シニナルノデスカ」ト彼《かれ》ガ聞《き》イタ。僕《ぼく》ハソノ〻ヲ種々考《しゅじゅかんが》エテイタノダガ、「君《きみ》ガ自宅《じたく》デ現像《げんぞう》シテクレルワケニハ行《い》カナイダロウカ」ト云《い》ッタラ、木村《きむら》ハチョット困《こま》ッタ顔《かお》ヲシテ、「オ宅《たく》デ現像《げんぞう》ナスッタライカガデス」ト云《い》ウ。「君《きみ》ハ僕《ぼく》ガ何《なん》ノ写真《しゃしん》ヲ撮《と》ルノデアルカ分《わか》ッテイルダロウネ」ト云《い》ッタラ、「ヨクハ存《ぞん》ジマセンケレドモ」ト云《い》ウ。「人《ひと》ニ見《み》ラレテハ困《こま》ル写真《しゃしん》ダガ、僕《ぼく》ガ自宅《じたく》デ現像《げんぞう》スルノハ工合《ぐあい》ガ悪《わる》イ。引《ひ》キ伸《の》バシモシタイト思《おも》ウノダガ、家《いえ》ニハ暗室《あんしつ》ヲ作《つく》ルニ適当《てきとう》ナ場所《ばしょ》モナイ。君《きみ》ノ今《いま》イル宿《やど》ニ作《つく》ル〻《こと》ハデキナイダロウカ。君《きみ》ニダケハ見《み》ラレテモ仕方《しかた》ガナイ」ト云《い》ッタラ、

「場所《ばしょ》ハナイヿ《こと》モアリマセン、宿《やど》ノ主人《しゅじん》ニ話《はな》シテ見《み》マショウ」ト云《い》ウ。……

二月二十八日《にがつにじゅうはちにち》。……朝八時《あさはちじ》、妻《つま》ガマダ昏睡中《こんすいちゅう》ニ木村《きむら》ガ来《き》タ。登校《とうこう》ノ途中《とちゅう》ニ寄《よ》ッタノダト云《い》ウ。僕《ぼく》モマダ寝床《ねどこ》ニイタガ、彼《かれ》ノ声《こえ》ガスルノデ起《お》キテ茶《ちゃ》ノ間《ま》ニハイルト、「先生《せんせい》、オーケーデス」ト云《い》ウ。何《なん》ノヿ《こと》カト思《おも》ッタラ、暗室《あんしつ》ノヿ《こと》デアッタ。彼《かれ》ノ宿《やど》デハ近頃《ちかごろ》風呂《ふろ》ヲ立《た》テナイノデ、風呂場《ふろば》ガ空《あ》イテイルカラ、アスコヲ使《つか》ッテモ構《かま》ワナイ、アスコナラ水道《すいどう》モジャンジャン使《つか》エルト云《い》ウ。早速《さっそく》ソノ手配《てはい》ヲシテ貰《もら》ウヿ《こと》ニシタ。……

三月三日《さんがつみっか》。……木村《きむら》ハ試験《しけん》デ忙《いそが》シイトイウノニ、僕以上《ぼくいじょう》ニ熱心《ねっしん》デアル。……昨夜僕《さくやぼく》ハ長《なが》イコト使《つか》ッタヿ《こと》ノナカッタイコンヲ取《と》リ出《だ》シテ、三十六枚《さんじゅうろくまい》ノフィルムヲ一夜《いちや》ニ全部写《ぜんぶうつ》シテシマッタ。木村《きむら》ハ今日《きょう》マタ何気《なにげ》ナイ様《よう》子《す》デヤッテ来《き》タ。ソシテ「ヨロシュウゴザイマスカ」ト書斎《しょさい》ニハイッテ来《き》テ僕《ぼく》ノ顔色《かおいろ》ヲ見《み》ルノデアッタ。正直《しょうじき》ヲ云《い》ウト、僕《ぼく》ハコノ現像《げんぞう》ヲ木村《きむら》ニ委嘱《いしょく》スベキデアルカ否《いな》カニツイテ、ソノ時《とき》マデナオ決《けっ》シカネルトコロガアッタ。彼《かれ》ハ郁子《いくこ》ノ裸《はだか》ノ姿態《したい》ヲスデニタビタビ見《み》テイルノデアルカラ、他人《たにん》ニ委嘱《いしょく》スルトスレバ彼《かれ》ヲ措《お》イテ他《ほか》ニナイ。ガ、彼《かれ》トイエドモ瞬間的《しゅんかんてき》ニ部分《ぶぶん》々《ぶぶん》ヲチラリチラリト見《み》テイルニ過《す》ギズ、様々《さまざま》ナ角度《かくど》カラ蠱惑的《こわくてき》ナ姿勢《しせい》ノトコロヲシミジミト眺《なが》メタ｢《こと》ハナイノデアル。ソウイウ彼《かれ》ニ委嘱《いしょく》スル｢《こと》ハ、彼《かれ》ヲアマリニ刺戟《しげき》スル｢《こと》ニナリハシナイカ。彼《かれ》ガソコマデ蹈《ふ》ミトドマッテクレレバヨイガ、ソレ以上《いじょう》ノ｢《こと》ガ起《おこ》ル懸念《けねん》ガアリハシナイカ。ソウナッタ時《とき》ニ、ソレヲ挑発《ちょうはつ》シタ者《もの》ハ誰《だれ》デモナイ僕《ぼく》デアッタトスルト、責《せ》メラレテヨイノハ僕《ぼく》ノミデアル。彼《かれ》ニ責任《せきにん》ハナイ｢《こと》ニナル。トコロデマタ、妻《つま》ガソノ写真《しゃしん》ヲ見《み》セラレタ場合《ばあい》ノ｢《こと》モ考《かんが》エテミル必要《ひつよう》ガアル。マズ何《なに》ヨリモ、彼女《かのじょ》ハ夫《おっと》ガ自分《じぶん》ノ知《し》ラヌ間《ま》ニソンナ写真《しゃしん》ヲ撮《と》リ、シカモソレヲ他人《たにん》ニ現像《げんぞう》サセタ｢《こと》ヲ憤《いきどお》ル――アルイハ憤《いきどお》ル真似《まね》ヲスル――｢《こと》ハ確《たし》カデアル。次《つぎ》ニ、彼女《かのじょ》ハ自分《じぶん》ノ恥《はず》カシイ姿《すがた》ヲ木村《きむら》ニ見《み》ラレテシマッタ以上《いじょう》、――シカモ夫《おっと》ガソレヲサセタノデアル以上《いじょう》、自分《じぶん》ハ木村《きむら》ト不義《ふぎ》ヲスルヿ《こと》ヲ夫《おっと》ニ許《ゆる》サレタモ同《どう》然《ぜん》デアルト考《かんが》エルニ至《いた》ルカモ知《し》レナイ。因果《いんが》ナヿ《こと》ニ、僕《ぼく》ハソコマデ想像《そうぞう》スルトイヨイヨタマラナイ嫉妬《しっと》ヲ感《かん》ジ、ソノ嫉妬《しっと》ノ快感《かいかん》ノユエニアエテソノ危険《きけん》ヲ冒《おか》シテミタクナルノデアッタ。僕《ぼく》ハ意《い》ヲ決《けっ》シテ木村《きむら》ニ云《い》ッタ、「デハコレノ現像《げんぞう》ヲ頼《たの》ム、絶対《ぜったい》ニ誰《だれ》ニモ見《み》セナイデスベテヲ君《きみ》自身《じしん》デシテクレタマエ。現像《げんぞう》シタノヲ一往《いちおう》見《み》セテ貰《もら》ッタ上《うえ》デ、中《なか》カラ面白《おもしろ》イモノヲ選《えら》ンデ手札型《てふだがた》ニ引《ひ》キ伸《の》バシテ貰《もら》ウ」ト。木村《きむら》ハ内心《ないしん》ハナハダシク興奮《こうふん》シテイタニ違《ちが》イナイガ、「ハア」ト云《い》ッテ努《つと》メテ無表情《むひょうじょう》ヲ装《よそお》ッテ、諒承《りょうしょう》シテ去《さ》ッタ。……

三月七日《さんがつなのか》。……今日《きょう》また書斎《しょさい》の書棚《しょだな》の前《まえ》に鍵《かぎ》が落《お》ちていた。今年《ことし》になって二度目《にどめ》である。この前《まえ》は正月四日《しょうがつよっか》の朝《あさ》であった。夫《おっと》の留守《るす》に掃除《そうじ》にはいったら、水仙《すいせん》の活《い》けてある一輪挿《いちりんざ》しの前《まえ》に落《お》ちていた。今朝《けさ》は臘梅《ろうばい》の花《はな》が萎《しぼ》んでいるのに心《こころ》づいて、侘助椿《わびすけつばき》に活《い》けかえようと思《おも》って行《い》ったら、あの時《とき》と同《おな》じ所《ところ》にあの鍵《かぎ》が落《お》ちていた。これはわけがあるなと思《おも》って抽出《ひきだし》を開《あ》け、夫《おっと》の日記帳《にっきちょう》を取《と》り出《だ》してみたら、何《なん》と、私《わたし》がしたのと同《おな》じようにテープで封《ふう》がしてあった。これは夫《おっと》が、「ぜひ開《あ》けてみろ」ということをわざと反対《はんたい》に云《い》っているのだ。夫《おっと》の日記帳《にっきちょう》は普通《ふつう》に学生《がくせい》が使《つか》うノートブックで、表紙《ひょうし》はツルツルの厚《あつ》い西洋紙《せいようし》であるから、私《わたし》のよりは剥《は》がしやすいように見《み》えた。私《わたし》はこのテープを、巧《うま》く痕跡《こんせき》を留《とど》めないように剥《は》がすことができるかどうかを試《ため》してみたい好奇心《こうきしん》だけに駆《か》られて、——全《まった》くただその好奇心《こうきしん》のみで、——剥《は》がしてみた。ところが、いくら上手《じょうず》に剥《は》がしてもやはり微《かす》かながら痕跡《こんせき》が残《のこ》る。あんなツルツルの硬《かた》い紙《かみ》でも、どうしても多少《たしょう》の疵《きず》がつく。テープの貼《は》られた所《ところ》だけに型《かた》が残《のこ》るのならよいが、剥《は》がす拍子《ひょうし》に周囲《しゅうい》に疵《きず》がひろがるので、誰《だれ》かが開《あ》けたことは蔽《おお》い隠《かく》しようもない。私《わたし》は新《あたら》しいテープをまた貼《は》っておいたけれども、夫《おっと》は当然《とうぜん》それに心《こころ》づいて、私《わたし》が中《なか》を盗《ぬす》み読《よ》みしたと思《おも》うことは疑《うたが》いない。しかし私《わたし》は幾度《いくど》も云《い》う通《とお》り、内容《ないよう》は一字《いちじ》も読《よ》んでいないことを神《かみ》かけて誓《ちか》う。夫《おっと》は私《わたし》が猥談《わいだん》を聴《き》くのを嫌《いや》がるので、ああいう形《かたち》で私《わたし》に話《はな》しかけたいのが本意《ほんい》なのかも知《し》れないと思《おも》うが、それゆえにこそなおさら私《わたし》は読《よ》むのを厭《いと》わしく、汚《けが》らわしくさえ思《おも》う。私《わたし》は夫《おっと》の日記帳《にっきちょう》を急《いそ》いでさっと開《あ》けてみて、厚《あつ》みがどのくらいに達《たっ》したかを測《はか》る。それももちろん好奇心《こうきしん》からである。私《わたし》は眼《め》をもって、夫《おっと》のあの非常《ひじょう》に線《せん》の細《ほそ》い、神経質《しんけいしつ》なペン字《じ》が性急《せいきゅう》に走《はし》っているページ面《めん》を、蟻《あり》が這《は》うのを見るように見《み》るだけですぐページを伏《ふ》せる。が、今日《きょう》はページ面《めん》に何《なに》か猥褻《わいせつ》な写真《しゃしん》らしいものが何枚《なんまい》も貼《は》ってあるのに気《き》がついた。私《わたし》は慌《あわ》てて眼《め》を閉《と》じ、いつもより一層《いっそう》急《いそ》いでページを伏《ふ》せた。一体《いったい》あれは何《なん》だったのだろう。あんな写真《しゃしん》をどこから持《も》って来《き》、何《なん》の目的《もくてき》で貼《は》ったのだろう。……私《わたし》に見《み》せるのが目的《もくてき》なのではあるまいか。あの写真《しゃしん》に写《うつ》されている人物《じんぶつ》は誰《だれ》なのだろう。突然私《とつぜんわたし》に、或《あ》るはなはだ厭《いと》わしい想像《そうぞう》が浮《う》かんだ。この間《あいだ》じゅう、夜中私《よなかわたし》は夢《ゆめ》の中《なか》で、時々室内《ときどきしつない》がにわかにパッと明《あか》るくなったような感《かん》じを抱《いだ》いたことが一二度《いちにど》あった。当時私《とうじわたし》は、誰《だれ》かがフラッシュを用《もち》いて私《わたし》を撮影《さつえい》しつつあるような幻影《げんえい》を見《み》ているのだと思《おも》っていた。その「誰《だれ》か」は、夫《おっと》であるような気《き》もしたし、木村《きむら》さんであるような気《き》もしたこともあった。しかし今考《いまかんが》えると、あれは夢《ゆめ》や幻影《げんえい》ではなかったのかも知《し》れない。事実《じじつ》は夫《おっと》が——まさか木村《きむら》さんであるはずはない、——私《わたし》を写《うつ》していたのかも知《し》れない。そういえばいつぞや、「お前《まえ》はお前自身《まえじしん》の体《からだ》がどんなに立派《りっぱ》で美《うつく》しいかということを知《し》らずにいる。一度写真《いちどしゃしん》に撮《と》って見《み》せてやりたいね」と云《い》っていたことがあったのを思《おも》い出《だ》す。そうだ、きっとあの写真《しゃしん》は私《わたし》を撮《と》ったものなのだ。

……………

……私《わたし》はときどき昏睡中《こんすいちゅう》に、自分《じぶん》が裸体《はだか》にされることをボンヤリ感《かん》じている。今《いま》まではそれも自分《じぶん》の妄想《もうそう》ではないかと思《おも》っていたけれども、もしあの写真《しゃしん》が私《わたし》のものであるとすれば、やはり事実《じじつ》だったのである。しかし私《わたし》は、自分《じぶん》が眼覚《めざ》めている時《とき》には許《ゆる》すわけに行《い》かないけれども、知《し》らないうちに写《うつ》されるのなら許《ゆる》しても差支《さしつか》えないと思《おも》う。浅《あさ》ましい趣味《しゅみ》ではあるけれども、夫《おっと》は私《わたし》の裸体《はだか》を見《み》ることが好《す》きなのであるから、せめて夫《おっと》に忠実《ちゅうじつ》な妻《つま》の勤《つと》めとして、知《し》らないうちにハダカにされることぐらいは忍耐《にんたい》しなければいけないと思《おも》う。これが封建時《ほうけんじ》代《だい》の貞淑《ていしゅく》な女房《にょうぼう》であったら、妻《つま》が夫《おっと》の命《めい》に服《ふく》するのである以上《いじょう》、どんなに忌《い》まわしいイヤらしいことであっても、進《すす》んで云《い》いつけに従《したが》ったであろうし、従《したが》わなければならなかったであろう。まして私《わたし》の夫《おっと》は、そういう気狂《きちが》いじみた遊戯《ゆうぎ》によって刺戟《しげき》を受《う》けるのでなければ、私《わたし》を満足《まんぞく》させるような行為《こうい》をなし得《え》ないのであるとすればなおさらである。私《わたし》は義務《ぎむ》を果《は》たしているのみではない。一面《いちめん》私《わたし》は、貞淑《ていしゅく》で柔順《じゅうじゅん》なる妻《つま》であることの代償《だいしょう》として、私《わたし》の限《かぎ》りなく旺盛《おうせい》なる淫欲《いんよく》を充《み》たさして貰《もら》っているのである。それにしても夫《おっと》は、何故《なぜ》私《わたし》を裸体《はだか》にするだけで足《た》りとせず、それを写真《しゃしん》に撮《と》った上《うえ》、恐《おそ》らくは私《わたし》に示《しめ》すのが目的《もくてき》で、その写真《しゃしん》を引《ひ》き伸《の》ばして帳面《ちょうめん》に貼《は》ったりするのであろうか。極度《きょくど》の淫乱《いんらん》と極度《きょくど》のハニカミとが一《ひと》つ心《こころ》に同居《どうきょ》している私《わたし》であることを、最《もっと》もよく承知《しょうち》している夫《おっと》ではないか。そうしてまた、夫《おっと》はあの引《ひ》き伸《の》ばしを誰《だれ》に依頼《いらい》したのであるか。ああいうものを他人《たにん》の眼《め》に触《ふ》れさせてまで、そんなことをする必要《ひつよう》がどこにあったのであるか。それは私《わたし》に対《たい》する単《たん》なるイタズラか、それとも何《なに》か意味《いみ》のあることなのか。いつも私《わたし》の「お上品趣味《じょうひんしゅみ》」を冷《ひ》やかしている夫《おっと》として、私《わたし》のつまらないハニカミ癖《ぐせ》を矯正《きょうせい》してやろうという意図《いと》なのか。……

三月十日《さんがつとおか》。……コンナ⼂《こと》ヲココニ書《か》イテヨイカ悪《わる》イカ、妻《つま》ガコレヲ読《よ》ンダ場合《ばあい》ニドンナ結果《けっか》ニナルカ疑問《ぎもん》ダガ、僕《ぼく》ハ白状《はくじょう》スルト、コノ間《あいだ》カラ心身《しんしん》ニ或《あ》ル種《しゅ》ノ異状《いじょう》ヲ来《き》タシツツアル——ヨウナ気《き》ガシテイル。「気《き》ガシテイル」トイウノハ、ソレガソンナニ大《たい》シタ〓《こと》デモナイノイローゼニ過《す》ギナイヨウニモ思《おも》エルカラダ。本来僕《ほんらいぼく》ハ必《かなら》ズシモアノ方《ほう》ノ精力《せいりょく》ガ常人《じょうじん》ニ劣《おと》ッテイタワケデハナイ。ダガ中年以後《ちゅうねんいご》、妻《つま》ノ度《ど》ハズレテ旺盛《おうせい》ナ請求《せいきゅう》ニ応《おう》ズル必要《ひつよう》ガアッタタメニ、早期《そうき》ニ精力《せいりょく》ヲ消耗《しょうもう》シ尽《つく》シ、今日《こんにち》デハアノ方面《ほうめん》ノ欲望《よくぼう》ガハナハダ微弱《びじゃく》ニナッテシマッタ。イヤ、欲《よく》望《ぼう》ハ大《おお》イニアルノダガ、ソレヲ裏付《うらづ》ケル体力《たいりょく》ガ欠《か》ケテシマッタトイッタ方《ほう》ガヨイ。ソコデイロイロ不自然《ふしぜん》ナ、無《む》理《り》ナ方法《ほうほう》デ強《し》イテ感情《かんじょう》ニ刺戟《しげき》ヲ与《あた》エ、辛《かろ》ウジテアノ病的《びょうてき》ニ絶倫《ぜつりん》ナ妻《つま》ニ対抗《たいこう》シテイル次第《しだい》ダガ、コンナヿ《こと》ガ果《はた》シテイツマデ続《つづ》クデアロウカト、僕《ぼく》ハトキドキ恐《おそ》ロシクナル。以前《いぜん》、コノ十年間《じゅうねんかん》グライハ、僕《ぼく》ハ常《つね》ニ妻《つま》ノ攻撃《こうげき》ニ壓倒《あっとう》サレツヅケテイタ意気地《いくじ》ナシノ夫《おっと》デアッタノニ、最近《さいきん》ノ僕《ぼく》ハソウデモナイ。今年《ことし》ニナッテニワカニ木村《きむら》トイウ刺戟《しげき》剤《ざい》ヲ利用《りよう》スルヿ《こと》ヲ覚《おぼ》エ、ブランデートイウ妙薬《みょうやく》ヲ見《み》ツケ出《だ》シタオ蔭《かげ》デ、目下《もっか》ノトコロ、僕《ぼく》ハ自分《じぶん》ニモ不思議《ふしぎ》ナクライ旺盛《おうせい》ナ慾望《よくぼう》ニ駈《か》ラレテイル。ソノ上《うえ》僕《ぼく》ハ精力《せいりょく》ノ補給《ほきゅう》ヲスルタメニ相馬博士《そうまはかせ》ニ相談《そうだん》シ、大体月《だいたいつき》ニ一回《いっかい》男性《だんせい》ホルモンノデポヲ用《もち》イテイルノダガ、ソレダケデハマダ不足《ふそく》ナ気《き》ガシ、脳下垂体前葉《のうかすいたいぜんよう》ホルモンノ五百単位《ごひゃくたんい》ヲ三日《みっか》カ四《よっ》日《か》オキニ注射《ちゅうしゃ》シテイル。（コレハ相馬氏《そうまし》ニハ内証《ないしょ》デ、自《じ》分《ぶん》デ施《ほどこ》シテイルノデアル）シカシ自分《じぶん》ガ珍《めずら》シクモカヨウニ旺盛《おうせい》ナ状態《じょうたい》ヲ維持《いじ》シ得《え》テイルノハ、恐《おそ》ラク薬剤《やくざい》ノ利《き》キメヨリモ主《しゅ》トシテ精神的興奮《せいしんてきこうふん》ノシカラシメルトコロデアルニ違《ちが》イナイ。嫉妬《しっと》ガ醸《かも》ス激《はげ》シイ情熱《じょうねつ》、妻《つま》ノ全裸体《ぜんらたい》ヲ思《おも》ウ存分《ぞんぶん》見《み》ルヿ《こと》ニヨッテ加速度的《かそくどてき》ニ促進《そくしん》サレル性《せい》ノ衝動《しょうどう》、ソウイウモノガトドマルトコロヲ知《し》ラヌマデニ僕《ぼく》ヲ狂気《きょうき》ニ導《みちび》イテイルノデアル。サシアタリハ妻《つま》ヨリモ僕《ぼく》ノ方《ほう》ガハルカニ淫蕩《いんとう》ナ男《おとこ》ニナッタ。僕《ぼく》ハ夜《よ》ナ夜《よ》ナ、自分《じぶん》ガカツテ夢《ゆめ》ニダモ想像《そうぞう》シタヿ《こと》ノナカッタ法悦境《ほうえつきょう》ニ浸《ひた》リツツアルノヲ思《おも》ッテ、自分《じぶん》ノ幸福《こうふく》ヲ感謝《かんしゃ》シナイデハイラレナイガ、同時《どうじ》ニマタ、コンナ幸福《こうふく》ガイツマデツヅクハズハナイ、イツカハ報復《ほうふく》ガ来《く》ルノデアル、自分《じぶん》ハ刻々《こくこく》ニ命《いのち》ヲ削《けず》リツツアルノデアル、トイウ豫感《よかん》モシテイル。イヤ、現《げん》ニソノ報復《ほうふく》ノ前触《まえぶ》レデハアルマイカト思《おも》ワレル現象《げんしょう》ガ、精神《せいしん》ト肉体《にくたい》トノ両方面《りょうほうめん》ニ、スデニ二三《にさん》ニトドマラズ発生《はっせい》シツツアルノヲ感《かん》ジル。コノ間《あいだ》、先週《せんしゅう》ノ月曜日《げつようび》ノ朝《あさ》、木村《きむら》ガ登校《とうこう》ノ途中《とちゅう》ダトイッテ立《た》チ寄《よ》ッタ日《ひ》ノ朝《あさ》デアッタ、僕《ぼく》ハ木村《きむら》ガ来《き》タノデベッドカラ起《お》キ上《あが》ッテ茶《ちゃ》ノ間《ま》ヘ行《い》コウトシタノデアッタガ、ソノ時《とき》奇怪《きかい》ナヿ《こと》ガ起《おこ》ッタ。起《お》キタトタンニソノ辺《へん》ニアルスベテノ物象《ぶっしょう》ガ、ストーブノ煙突《えんとつ》、障子《しょうじ》、襖《ふすま》、欄間《らんま》、柱等々《はしらとうとう》ノ線《せん》ガ、カスカニ二重《にじゅう》ニナッテ見《み》エタ。ソロソロ年《とし》ノセイデ眼《め》ガ霞《かす》ムヨウニナッタノカト思《おも》ッテ、一生懸命《いっしょうけんめい》眼《め》ヲ擦《こす》ッテミタガ、ソウデハナイラシイ。何《なに》カ視覚《しかく》ニ異状《いじょう》ナ変化《へんか》ガ起《おこ》ッタノデアルラシイ。今《いま》マデニモ、夏《なつ》ニナルト脳貧血《のうひんけつ》ヲ起《おこ》シテ軽《かる》イ眩暈《めまい》ヲ感《かん》ズルヿ《こと》ハ時々《ときどき》アッタガ、ソウイウモノトハ明《あき》ラカニ違《ちが》ウ。眩暈《めまい》ナラ大概《たいがい》二《に》三分間《さんぷんかん》デ平常《へいじょう》ニ復《ふく》スルノダガ、イツマデタッテモ物《もの》ガ二重《にじゅう》ニ見《み》エルノデアル。障子《しょうじ》ノ桟《さん》、便所《べんじょ》ヤ風呂場《ふろば》ノタイルノ目地《めじ》、ソレラガスベテ二重《にじゅう》ニ見《み》エ、カツ少《すこ》シズツ歪《ゆが》ンデ見《み》エル。ソノ重《かさ》ナリ工合《ぐあい》ヤ歪《ゆが》ミ工合《ぐあい》ハゴク僅《わず》カデ、動作《どうさ》ニ不便《ふべん》ヲ感《かん》ズルホドノコトハナク、人《ひと》ニ気付《きづ》カレルコトモナイノデ、今日《きょう》マデソノママニシテイルガ、アノ日《ひ》カラズット、今《いま》モソノ状態《じょうたい》ガツヅイテイル。不便《ふべん》ヤ苦痛《くつう》ハナイトイウモノノ、何《なん》トナク気味《きみ》ガ悪《わる》イ⼀《こと》ハ否定《ひてい》デキナイ。眼科《がんか》ヘ行《い》ッテ診《み》テ貰《もら》オウトハ思《おも》ッテイルガ、単《たん》ニ眼《め》ダケノ故障《こしょう》デナク、モット致命的《ちめいてき》ナトコロニ病源《びょうげん》ガアルヨウナ気《き》ガシテ、行《い》クノガ恐《こわ》クモアル。ソレニ、コレハ多分半分以上神経《たぶんはんぶんいじょうしんけい》ノ所業《しわざ》ダト思《おも》ウケレドモ、トキドキ体《からだ》ガ急《きゅう》ニフラフラトシテ平衡《へいこう》ヲ失《うしな》イ、右《みぎ》カ左《ひだり》カ、ドチラカヘ倒《たお》レソウニナル⼀《こと》ガアル。平衡感覚《へいこうかんかく》ヲツカサドル神経《しんけい》ハドコヲ通《とお》ッテイルノカ知《し》レナイガ、イツモ後頭部《こうとうぶ》ノトコロ、チョウド脊髄《せきずい》ノ真上《まうえ》ノトコロニ空洞《くうどう》ガ生《しょう》ジタヨウナ感《かん》ジガシ、ソコヲ中心《ちゅうしん》ニ体《からだ》ガ一方《いっぽう》ヘ傾《かたむ》クノデアル。コンナヿ《こと》ハノイローゼ的現象《てきげんしょう》ダト思《おも》エバ思《おも》エルノデアルガ、昨日《きのう》モウ一《ひと》ツ不思議《ふしぎ》ナヿ《こと》ガ起《おこ》ッタ。午後三時頃《ごごさんじごろ》、木村《きむら》ニ電話《でんわ》ヲカケヨウトシタラ、毎日《まいにち》ノヨウニカケテイル彼《かれ》ノ学校《がっこう》ノ電話番号《でんわばんごう》ガドウシテモ浮《う》カンデ来《こ》ナイ。度忘《どわす》レトイウヿ《こと》ハアルガ、ソレハソウイウ忘《わす》レカタデハナク、完全《かんぜん》ナ記憶喪失《きおくそうしつ》ニ似《に》タ忘《わす》レカタデアッタ。局番《きょくばん》モ、局名《きょくめい》モ、スベテガ思《おも》イ出《だ》セナイノデアッタ。僕《ぼく》ハ驚《おどろ》キカツ慌《あわ》テタ。試《こころ》ミニソノ学校《がっこう》ノ校名《こうめい》ヲ思《おも》イ出《だ》ソウトシテミタガ、ソレモ駄目《だめ》デアッタ。最《もっと》モ驚《おどろ》イタノハ、木村《きむら》ハ木村《きむら》何《なに》トイウ姓名《せいめい》デアッタカト考《かんが》エテミタガ、ソレモ思《おも》イ出《だ》セナカッタ。家《いえ》ニ使《つか》ッテイル婆《ばあ》ヤノ名前《なまえ》モ駄目《だめ》デアッタ。僕《ぼく》ノ妻《つま》ノ名前《なまえ》ガ郁子《いくこ》デ、娘《むすめ》ノ名前《なまえ》ガ敏子《としこ》デアルヿ《こと》ハサスガニ忘《わす》レテイナカッタガ、亡《な》クナッタ妻《つま》ノ父《ちち》ノ名前《なまえ》、母《はは》ノ名前《なまえ》ハ浮《う》カンデ来《こ》ナカッタ。敏子《としこ》ガ部屋《へや》借《が》リヲシテイル家《いえ》ノ名前《なまえ》モ、ソレガ日本人《にほんじん》ヲ夫《おっと》ニ持《も》ツ佛蘭西《フランス》婦人《ふじん》ノ家《いえ》デ、ソノ人《ひと》ハ同志社大学《どうししゃだいがく》ノ佛語《ふつご》教師《きょうし》デアルヿ《こと》ハ分《わか》ッテイタガ、名前《なまえ》ハドウシテモ出《で》テ来《こ》ナカッタ。ハナハダシキハコノ家《いえ》ノ所在地《しょざいち》ノ町名《ちょうめい》ガ、――左京区《さきょうく》トイウヿ《こと》マデハ分《わか》ルガ、吉田牛《よしだうし》ノ宮町《みやちょう》トイウ名《な》ガ出《で》テ来《こ》ナカッタ。僕《ぼく》ハ内心《ないしん》非常《ひじょう》ナ不安《ふあん》ニ襲《おそ》ワレタ。モシコノ状態《じょうたい》ガ持続《じぞく》シ、カツソノ程度《ていど》ガ漸次《ぜんじ》ニ昂進《こうしん》スルトスレバ、ヤガテ僕《ぼく》ハ大学教授《だいがくきょうじゅ》ノ職《しょく》ニ堪《た》エナクナリハシナイカ。ソレドコロカ単独《たんどく》デ外出《がいしゅつ》スルヿ《こと》モ、人《ひと》ト応対《おうたい》スルヿ《こと》モ不可能《ふかのう》ニナリ、結局癈人《けっきょくはいじん》ニナッテシマウノデハナイカ。タダシ現在《げんざい》ノトコロデハ、記憶喪失《きおくそうしつ》トイッテモ思《おも》イ出《だ》セナイノハ主《しゅ》トシテ人名《じんめい》ヤ地名《ちめい》デアッテ、事柄《ことがら》ヲ忘《わす》レテイルノデハナイ。ソノ佛蘭西人《フランスじん》ノ名前《なまえ》ハ思《おも》イ出《だ》セナイケレドモ、ソウイウ佛蘭西人《フランスじん》ガイルヿ《こと》、ソノ家《いえ》ニ敏子《としこ》ガ間借《まが》リシテイルヿ《こと》ハ分《わか》ッテイル。ツマリ頭《あたま》ノ中《なか》ノ、人物《じんぶつ》ヤ物《もの》ノ名称《めいしょう》ヲ伝達《でんたつ》スル神経《しんけい》ガ麻痺《まひ》シタノミデ、知覚《ちかく》ヤ伝達《でんたつ》ヲツカサドル組織《そしき》全部《ぜんぶ》ガ麻痺《まひ》シテシマッタワケデハナイ。幸《さいわ》イニシテソノ麻痺状態《まひじょうたい》ニ置《お》カレテイタ期間《きかん》ハモノノ二三十分《にさんじっぷん》ニ過《す》ギズ、間《ま》モナク遮断《しゃだん》サレテイタ神経《しんけい》ノ通路《つうろ》ガ復舊《ふっきゅう》シ、失《うしな》ワレタ記憶《きおく》ガ戻《もど》ッテ来《き》テスベテガ平生《へいぜい》ノ通《とお》リニナッタ。ソノ間僕《かんぼく》ハ、果《はた》シテイツマデ続《つづ》クカ分《わか》ラナイ不安《ふあん》ヲ密《ひそ》カニ怺《こら》エツツ、誰《だれ》ニモ何《なに》モ語《かた》ラズ、気《き》ヅカレモセズニ過《す》ゴシテシマッタガ、――ソシテソレ以後《いご》ハ何《なに》ゴトモナク無事《ぶじ》ニ過《す》ギテイルノデアルガ、イツ何時《なんどき》、再《ふたた》ビアアイウ状態《じょうたい》ガ襲《おそ》ッテ来《く》ルカモ知《し》レナイトイウ不安《ふあん》、――ソノ状態《じょうたい》ガ二三十分《にさんじっぷん》デナク、一日《いちにち》モ二日《ふつか》モ、一年《いちねん》も二年《にねん》モ、事《こと》ニヨレバ一生《いっしょう》ツヅク〻《こと》ガアルカモ知《し》レナイトイウ不安《ふあん》ハ、今《いま》モナオ消《き》エ去《さ》ッテハイナイ。妻《つま》ハコレヲ読《よ》ンダトシテ、ドウイウ処置《しょち》ニ出《で》ルデアロウカ。僕《ぼく》ノ将来《しょうらい》ヲ慮《おもんぱか》ッテ、今後《こんご》ハ行動《こうどう》ニ幾分《いくぶん》ノ制御《せいぎょ》ヲ加《くわ》エルデアロウカ。僕《ぼく》ノ推測《すいそく》スル限《かぎ》リデハ、恐《おそ》ラクソンナ「事《こと》」ハアルマイ。彼女《かのじょ》ノ理性《りせい》ハ制御《せいぎょ》ヲ命《めい》ジタトシテモ、彼女《かのじょ》ノ飽《あ》クナキ肉体《にくたい》ハ理性《りせい》ノ言《こと》ニ耳《みみ》ヲ貸《か》サズ、僕《ぼく》ヲ破滅《はめつ》ニ追《お》イ込《こ》ムマデモ満足《まんぞく》ヲ求《もと》メテ已《や》マナイデアロウ。「何《なに》ヲ云《い》ウノダ、夫《おっと》ハコノトコロ大分好調《だいぶこうちょう》ガツヅクト思《おも》ッタラ、トウトウタマリカネテ降参《こうさん》スルノダナ。攻撃《こうげき》ノ手《て》ヲ少《すこ》シ緩《ゆる》メテ貰《もら》ウタメニソンナ嚇《おど》カシヲ云《い》ウノダナ」――グライニ彼女《かのじょ》ハ思《おも》ウカモ知《し》レナイ。イヤ、ソレヨリモ何《なに》ヨリモ、今《いま》ノトコロ僕《ぼく》自身《じしん》ガ自分《じぶん》ヲ制御《せいぎょ》デキナクナッテイル。僕《ぼく》ハモトモト病気《びょうき》ニ対《たい》シテ大胆《だいたん》ナ方《ほう》デハナク、スコブル臆病《おくびょう》ナノデアルガ、今度《こんど》ノ「ニ関《かん》シテハ、五十六歳《ごじゅうろくさい》ノ今日《こんにち》ニ至《いた》ッテ始《はじ》メテ生《い》キ甲斐《がい》ヲ見出《みいだ》シタ心地《ここち》デ、或《あ》ル点《てん》デハ彼女《かのじょ》以上《じょう》ニ積極的《せっきょくてき》、猪突的《ちょとつてき》ニナッテイル。……

三月十四日《さんがつじゅうよっか》。……午前中《ごぜんちゅう》、夫《おっと》の留守《るす》に敏子《としこ》が来《き》て「ママに話《はなし》がある」と云《い》った。何《なに》か真剣《しんけん》な顔《かお》をしている。何《なん》の話《はなし》かと聞《き》くと、「昨日木村《きのうきむら》さんの所《ところ》で写真《しゃしん》を見《み》たわよ」と、私《わたし》の眼《め》の中《なか》をじっと視《み》つめた。そう云《い》われてもまだ私《わたし》には分《わか》らなかったので問《と》い返《かえ》すと、「ママ、私《わたし》はどんな場合《ばあい》にもママの味方《みかた》よ、ほんとうのことを云《い》ってよ」と云《い》う。昨日《きのう》、木村《きむら》さんにフランス語《ご》の本《ほん》を借《か》りる約束《やくそく》をしていたので、通《とお》りかかりに寄《よ》った。木村《きむら》さんは留守《るす》だったけれどもはいって行《い》って、書棚《しょだな》からその本《ほん》を抜《ぬ》き取《と》ったら、中《なか》に数葉《すうよう》の手札型《てふだがた》の写真《しゃしん》が挟《はさ》んであった、――「ママ、あれは一体《いったい》どういう意味《いみ》」と云《い》うのだった。「何《なん》のことか分《わか》らない」と云《い》うと、「なぜ私《わたし》に隠《かく》すのよ」と云《い》う。私《わたし》はおおよそ、その写真《しゃしん》というのは先日夫《せんじつおっと》の日記《にっき》帳《ちょう》に貼《は》ってあったあれと同《おな》じものなのであろう、そしてそれは、やはり想像《そうぞう》した通《とお》り私《わたし》の浅《あさ》ましい姿《すがた》を撮《と》ったものなのであろう、ということまでは察《さっ》しがついた。が、何《なん》と云《い》って敏子《としこ》に説明《せつめい》したものか急《きゅう》には返答《へんとう》ができなかった。敏子《としこ》は実際《じっさい》の事実《じじつ》よりももっとずっと悪質《あくしつ》な、よほど深刻《しんこく》な事件《じけん》が伏在《ふくざい》しているように思《おも》っていることは推量《すいりょう》できた。恐《おそ》らく敏子《としこ》は、その写真《しゃしん》は私《わたし》と木村《きむら》さんとの間《あいだ》に不倫《ふりん》な関係《かんけい》が存在《そんざい》することを示《しめ》す以外《いがい》の何《なに》ものでもないと、解《かい》しているであろう。私《わたし》は夫《おっと》と木村《きむら》さんのため、また私自身《わたしじしん》のために、直《ただ》ちに釈明《しゃくめい》の労《ろう》を取《と》るべきであったが、事実《じじつ》をありのままに述《の》べたとしても、敏《とし》子《こ》がそれを素直《すなお》に受《う》け取《と》ってくれるかどうか疑問《ぎもん》であった。私《わたし》はしばらく考《かんが》えてから云《い》った。——あり得《う》べからざることのようだけれども、私《わたし》は実《じつ》は、世《よ》の中《なか》に私《わたし》のそういう恥《は》ずべき姿《すがた》を撮《と》った写真《しゃしん》があるということを、今《いま》あなたから聞《き》かされるまでは確《たし》かには知《し》らなかったのだ。もしそういうものがあるとすれば、それは私《わたし》が昏睡《こんすい》している間《あいだ》にパパが撮影《さつえい》したもので、木村《きむら》さんはただその現像《げんぞう》をパパから依頼《いらい》されたに過《す》ぎない。木村《きむら》さんと私《わたし》との間《あいだ》には断《だん》じてそれ以上《いじょう》の関係《かんけい》はない。パパがなぜ私《わたし》を昏睡《こんすい》させ、なぜそんな写真《しゃしん》を撮《と》り、なぜその現像《げんぞう》を自《じ》分《ぶん》でしないで木村《きむら》さんにやらせたか、等《とう》の理《り》由《ゆう》は想像《そうぞう》に任《まか》せる。現在《げんざい》の娘《むすめ》の前《まえ》で、これだけのことを口《くち》にするさえ私《わたし》には忍《しの》びがたい。もうこれ以上《いじょう》は聞《き》かないでほしい。

ただ、すべてはパパの命令《めいれい》に従《したが》ってしたことであり、私《わたし》はどこまでもパパに忠実《ちゅうじつ》に仕《つか》えることを妻《つま》の任務《にんむ》と心得《こころえ》ているので、いやいやながら云《い》われる通《とお》りにしたのであることを信《しん》じてほしい。あなたには理解《りかい》しがたいことかも知《し》れないが、舊式《きゅうしき》な道徳《どうとく》で育《そだ》って来《き》たママは、こうするよりほかはないのである。ママの裸体写真《らたいしゃしん》がそんなにパパを喜《よろこ》ばすのなら、ママはあえて恥《はじ》を忍《しの》んでカメラの前《まえ》に立《た》つであろう、まして別人《べつじん》ならぬパパ自身《じしん》が操作《そうさ》しているカメラであるなら。――「ママ、ママは本気《ほんき》で云《い》ってるの?」と敏子《としこ》は呆《あき》れた。「本気《ほんき》よ」と云《い》うと、「私《わたし》はママを軽蔑《けいべつ》する」と憤然《ふんぜん》たる語調《ごちょう》で云《い》った。私《わたし》は敏子《としこ》を怒《おこ》らせるのが少《すこ》し面白《おもしろ》くなって来《き》たので、幾分感《いくぶんかん》情《じょう》を誇張《こちょう》した気味《きみ》もあった。「ママは貞女《ていじょ》の亀鑑《きかん》というわけね」と敏子《としこ》はくやしそうな顔《かお》に冷笑《れいしょう》を浮《う》かべた。敏《とし》子《こ》には、パパが現像《げんぞう》を木村《きむら》さんに託《たく》した心理状態《しんりじょうたい》がどうにも不思議《ふしぎ》でたまらないらしく、理由《りゆう》なくママを辱《はず》かしめ、木村《きむら》さんを苦《くる》しめたと云《い》ってパパを非難《ひなん》して已《や》まないので、「そういうことに娘《むすめ》が立《た》ち入《い》って貰《もら》いたくない」と私《わたし》は云《い》った。「パパがママを辱《はず》かしめたとあなたは云《い》うけれども、果《はた》して辱《はず》かしめたであろうか。ママはそうは感《かん》じていない」と、私《わたし》は云《い》ってやった。「パパはママを今《いま》も熱愛《ねつあい》しているのである。パパはママの肉体《にくたい》が年齢《ねんれい》のわりに若《わか》くて美《うつく》しいことを、誰《だれ》か自分以外《じぶんいがい》の男性《だんせい》に見《み》せて確《たし》かめたい気持《きもち》があったのだと思《おも》う。その気持《きもち》は少《すこ》し病的《びょうてき》かも知《し》れないけれども、私《わたし》には分《わか》る」――私《わたし》は夫《おっと》を擁護《ようご》する必要《ひつよう》を感《かん》じたので、云《い》いにくいことをかなり上手《じょうず》に、巧《うま》く云《い》ったつもりである。私《わたし》の日記《にっき》を盗《ぬす》み読《よ》みするに違《ちが》いない夫《おっと》は、ここを読《よ》んで私《わたし》がどんなに夫《おっと》を庇《かば》うために苦心《くしん》したかを察《さっ》してくれてもよいと思《おも》う。「でもそれだけの気持《きもち》かしら。パパは木村《きむら》さんがママをどう思《おも》っているか知《し》っていながら、随分意地《ずいぶんいじ》が悪《わる》いのね」と敏子《としこ》は云《い》った。私《わたし》はそれには答《こた》えなかった。敏子《としこ》は木村《きむら》さんがあの写真《しゃしん》をあの本《ほん》の間《あいだ》に挟《はさ》んでおいたのは、「木《き》村《むら》さんのすることだから」ただの不注意《ふちゅうい》とは思《おも》えない、何《なに》か訳《わけ》があるような気《き》がする、敏子《としこ》に何《なに》かの役目《やくめ》を負《お》わせるつもりかも知《し》れないと云《い》い、木村《きむら》さんに対《たい》する彼女《かのじょ》の観察《かんさつ》をいろいろ述《の》べるところがあったが、それはここに書《か》かない方《ほう》が夫《おっと》のためによいと思《おも》う。……

三月十八日《さんがつじゅうはちにち》。……佐々木《ささき》ノ帰朝祝賀宴《きちょうしゅくがえん》ガアッタノデ十時過《じゅうじす》ギニ帰宅《きたく》シタ。妻《つま》ハ夕刻《ゆうこく》カラ外出中《がいしゅつちゅう》トノヿ《こと》デアッタ。多分映画《たぶんえいが》ニ出《で》カケタノデアロウト察《さっ》シ、書斎《しょさい》デ日記《にっき》ヲツケテイタガ、十一時過《じゅういちじす》ギテモ戻《もど》ラナイ。十一時半《じゅういちじはん》ニ敏子《としこ》カラ電話《でんわ》デ、「パパチョット来《き》テヨ」ト云《い》ウ。「ドコダ」ト云《い》ウト「関田町《せきでんちょう》ヨ」ト云《い》ウ。「ママハ」ト云《い》ウト「ココニイル」ト云《い》ウ。「モウ遅《おそ》イカラ帰《かえ》ルヨウニ云《い》イナサイ、コチラハ婆《ばあ》ヤガ今帰《いまかえ》ッタノデ僕一人《ぼくひとり》ダ」ト云《い》ウト、急《きゅう》ニ電話口《でんわぐち》デ声《こえ》ヲヒソメテ、「ママガ関田町《せきでんちょう》ノ風呂場《ふろば》デ倒《たお》レタノヨ、児玉先生《こだませんせい》ヲ呼《よ》ンデモヨクッテ」ト云《い》ウ。「ソコニ誰《だれ》ト誰《だれ》ガイルノダ」ト云《い》ウト「三人《さんにん》ヨ」ト云《い》ウ。「説《せつ》明《めい》ハ後《あと》デスルワ。トニカク注射《ちゅうしゃ》ヲ急《いそ》イダ方《ほう》ガイイト思《おも》ウワ。パパガ来《こ》ラレナイナラ児玉先生《こだませんせい》ニ来《き》テ貰《もら》イマス」ト云《い》ウ。「児玉《こだま》サンハ呼《よ》バナイデモイイ。僕《ぼく》ガ注射《ちゅうしゃ》シテヤル。オ前《まえ》ガコッチヘ留守番《るすばん》ニ来《こ》イ」――僕《ぼく》ハ昨今《さっこん》ヴィタカンフルノ注射液《ちゅうしゃえき》ヲ絶《た》ヤシタ「ガナイノデ、家《いえ》ヲ空《あ》ケタママ、敏子《としこ》ノ来《く》ルノヲ待《ま》タズニ出《で》カケタ。(コンナ時《とき》ニ先日《せんじつ》ノ記憶喪失《きおくそうしつ》ガ襲《おそ》ッテ来《き》ハシナイカトイウ恐怖《きょうふ》ガ、チラト脳裡《のうり》ヲカスメタ)僕《ぼく》ハ関田町《せきでんちょう》ノ家《いえ》ノ所在《しょざい》ハ分《わか》ッテイタガ、中《なか》ヘハイルノハ始《はじ》メテダ。敏子《としこ》ガ門《もん》ノ前《まえ》ニ立《た》ッテイテ、庭《にわ》カラスグニ離《はな》レ座敷《ざしき》ヘ案内《あんない》シ、「デハ私《わたし》ハ留守番《るすばん》ニ行《い》ッテイマス」ト云《い》ッテ出《で》テ行《い》ッタ。「ドウモ御心配《ごしんぱい》ヲカケマシテ」ト木村《きむら》ガ挨拶《あいさつ》シタ。僕《ぼく》ハ木村《きむら》ニハ何《なん》ノ説明《せつめい》モ求《もと》メナカッタ。木村《きむら》ノ方《ほう》カラモソノ事《こと》ニツイテハ一言《ひとこと》モ言《い》イ出《だ》サナカッタ。ドッチモバツガ悪《わる》イノデ、急《いそ》イデ注射《ちゅうしゃ》ノ用意《ようい》ニカカッタ。ピアノノ前《まえ》ノ畳《たたみ》ノ上《うえ》ニ寝床《ねどこ》ガ取《と》ッテアッテ妻《つま》ガ静《しず》カニ寝《ね》カサレテイタ。ソノ傍《そば》ノチャブ台《だい》ガ杯盤狼藉《はいばんろうぜき》ト取《と》リ散《ち》ラカサレテイタ。枕元《まくらもと》ノ壁《かべ》ニ妻《つま》ノ外出用《がいしゅつよう》ノ衣服《いふく》ガ、敏子《としこ》ガ洋服《ようふく》ヲ吊《つ》ルノニ用《もち》イル造花《ぞうか》ヤリボンノ飾《かざ》リノ付《つ》イタハンガーニ懸《か》ケテ吊《つ》ッテアッテ、妻《つま》ハ長襦袢《ながじゅばん》一《ひと》ツデ寝《ね》テイタ。妻《つま》ハ年《とし》ヨリモ派手《はで》好《この》ミナノダガ、ソノ長襦袢《ながじゅばん》ハコトニケバケバシイ感《かん》ジガシタ。異常《いじょう》ナ時《とき》ト場所《ばしょ》ノセイデ特《とく》ニソウ感《かん》ジタノカモ知《し》レナイ。脈搏《みゃくはく》ハイツモコウイウ場合《ばあい》ノ脈搏《みゃくはく》ト同《おな》ジデアッタ。「オ嬢《じょう》サント二人《ふたり》デココマデオ連《つ》レシマシタ」トダケ木村《きむら》ガ云《い》ッタ。体《からだ》ハ一通《ひととお》リ拭《ふ》イテアッタガマダ体《からだ》ジュウニ湿《しめ》リ気《け》ガアリ長襦袢《ながじゅばん》ガベットリシテイタ。長襦袢《ながじゅばん》ノ紐《ひも》ガ結《むす》ンデナカッタ。一《ひと》ツ変《かわ》ッタヿ《こと》ハ、髪《かみ》ガ解《ほど》ケテ乱《みだ》レテイテ襦袢《じゅばん》ノ襟《えり》ガヒドク濡《ぬ》レテイタ。今《いま》マデ自宅《じたく》ノ浴室《よくしつ》デ倒《たお》レタトキ《とき》ハ、髪《かみ》ハ常《つね》ニ束《たば》ネテアッテ、コンナニ解《ほど》ケテイタヿ《こと》ハナイ。コレハ木村《きむら》ノ趣味《しゅみ》ナノカモ知《し》レナイト思《おも》ッタ。木村《きむら》ハコノ家《いえ》ノ勝手《かって》ヲ心得《こころえ》テイルラシク、浴室《よくしつ》カラ洗面器《せんめんき》ソノ他《た》ヲ運《はこ》ンダリ湯《ゆ》ヲ沸《わ》カシタリ注射器《ちゅうしゃき》ノ消毒《しょうどく》ヲ手伝《てつだ》ッタ。………「ココニ寝《ね》カシテオクワケニモ行《い》クマイ」ト、約一時間後《やくいちじかんご》ニ僕《ぼく》ガ云《い》ッタ。「母屋《おもや》ハ早寝《はやね》デ、マダムハ何《なに》モ知《し》ラナイヨウデス」ト木村《きむら》ガ云《い》ッタ。脈《みゃく》ハ大分《だいぶ》ヨクナッテイルノデ連《つ》レテ帰《かえ》ルヿ《こと》ニシ、木村《きむら》ニ自動車《じどうしゃ》ヲ呼《よ》ンデ来《こ》サセタ。「ソコマデ僕《ぼく》ガ負《お》ブッテ行《い》キマス」ト木村《きむら》ガ云《い》ッテ背中《せなか》ヲ出《だ》シタ。僕《ぼく》ガ妻《つま》ヲ抱《だ》キ起《おこ》シテ、長襦袢《ながじゅばん》ノママデ木村《きむら》ノ背《せ》ニ乗《の》セ、ハンガーノ着物《きもの》ト羽織《はおり》ヲ外《はず》シテ上《うえ》カラ着《き》セタ。庭《にわ》ヲ横切《よこぎ》ッテ門前《もんぜん》ノ自動車《じどうしゃ》ノ所《ところ》マデ行《い》キ、二人《ふたり》ガカリデ車《くるま》ニ入《い》レタ。小型《こがた》ノ六十圓《ろくじゅうえん》ノ事《こと》ダッタノデ木村《きむら》ガ前《まえ》ニ掛《か》ケタ。ブランデーノ匂《にお》イガ襦袢《じゅばん》ヤ衣裳《いしょう》ニ浸《し》ミ通《とお》ッテイテ車《くるま》ノ中《なか》ガ噎《む》セ返《かえ》ルヨウダッタ。僕《ぼく》ハ妻《つま》ヲ横抱《よこだ》キニシテ腰《こし》カケ、冷《ひ》エ冷《び》エシタ彼女《かのじょ》ノ髪《かみ》ノ中《なか》ニ自分《じぶん》ノ顔《かお》ヲ埋《うず》メ、ソノ足《あし》ヲ握《にぎ》リ締《し》メカツ接吻《せっぷん》シタ。(木村《きむら》ニハ見《み》エナイハズデアッタガ気取《けど》ッタカモ知《し》レナイ)木村《きむら》ハ寝室《しんしつ》マデ手伝《てつだ》ッテ運《はこ》ンデカラ「先生《せんせい》、今夜《こんや》ノ「ハ私《わたし》ヲオ信《しん》ジニナッテ下《くだ》サイ、オ嬢《じょう》サンガスベテ御存《ごぞん》ジデス」ト云《い》ッタ。「モウ帰《かえ》ッテモヨロシュウゴザイマスカ」ト云《い》ウカラ「アア」トダケ答《こた》エタ。木村《きむら》ガ去《さ》ッテカラ、敏子《としこ》ガ留守番《るすばん》ヲシテイテクレタノヲ思《おも》イ出《だ》シテ、茶《ちゃ》ノ間《ま》ヤ敏子《としこ》ノ部屋《へや》ヘ行《い》ッテミタガモウイナカッタ。先刻《せんこく》僕《ぼく》ラガ郁子《いくこ》ヲ自動車《じどうしゃ》カラ抱《だ》キオロシタ時《とき》ハ玄関《げんかん》ニウロウロシテイタヨウデアッタガ、僕《ぼく》ラト入《い》レ違《ちが》イニ黙《だま》ッテ関田町《せきでんちょう》ヘ帰《かえ》ッテシマッタラシイ。僕《ぼく》ハイッタン書斎《しょさい》ニ上《あが》リ、取《と》リアエズ今夜《こんや》ノ今《いま》マデノ出来事《できごと》ヲ急《いそ》イデ日記《にっき》ニ書《か》キ留《と》メタ。書《か》キナガラ僕《ぼく》ハ、コノ数時間後《すうじかんご》ニ経験《けいけん》スルヿ《こと》ガデキルデアロウ悦楽《えつらく》ノ種々相《しゅじゅそう》ヲ豫想《よそう》シタ。

……

三月十九日《さんがつじゅうくにち》。……払暁《ふつぎょう》マデ僕《ぼく》ハ一睡《いっすい》モシナカッタ。

昨夜《さくや》ノ突然《とつぜん》ノ事件《じけん》ハ何《なに》ヲ意味《いみ》スルカ、ソレヲ考《かんが》エルヿ《こと》ハ恐怖《きょうふ》ニ似《に》タ楽《たの》シサデアッタ。僕《ぼく》ハマダ木村《きむら》カラモ、敏子《としこ》カラモ、妻《つま》カラモ、何《なん》ノ説明《せつめい》モ聞《き》イテイナイ。聞《き》ク機会《きかい》ガナカッタカラデモアルガ、アマリ早《はや》ク聞《き》キタクナカッタカラデモアッタ。聞《き》カシテ貰《もら》ウ前《まえ》ニ、自分一人《じぶんひとり》デ考《かんが》エルノガ楽《たの》シミデモアッタ。自分《じぶん》デ勝手《かって》ニ、コレハコウイウワケナノカ、イヤソウデハナクテコウナノカト、サマザマナ場合《ばあい》ヲ想像《そうぞう》シテ嫉妬《しっと》ヤ憤怒《ふんぬ》ニ駆《か》ラレテイルト、際《さい》限《げん》モナク旺盛《おうせい》ナ淫慾《いんよく》ガ発酵《はっこう》シテ来《く》ル。事実《じじつ》ヲハッキリ突《つ》キ止《と》メテシマウトカエッテソウイウ快感《かいかん》ガ消《き》エル。妻《つま》ハ明《あ》ケ方《がた》カラ例《れい》ノ譫語《うわごと》ヲ始《はじ》メタ。「木村《きむら》サン」トイウ語《ことば》ガ今暁《こんぎょう》ハ頻繁《ひんぱん》ニ、或《あ》ル時《とき》ハ強《つよ》ク或《あ》ル時《とき》ハ弱《よわ》ク、トギレトギレニ繰《く》リ返《かえ》サレタ。ソノ声《こえ》ノ絶《た》エテハ続《つづ》キツツアル間《ま》ニ僕《ぼく》ハ始《はじ》メタ。……瞬時《しゅんじ》ニシテ嫉妬《しっと》モ憤怒《ふんぬ》モナクナッテシマッタ。妻《つま》ガ昏睡《こんすい》シテイルカ、眼覚《めざ》メテイルカ、眠《ねむ》ッタフリヲシテイルカモ問題《もんだい》デナクナリ、僕《ぼく》ガ僕《ぼく》デアルカ木村《きむら》デアルカサエモ分《わか》ラナクナッタ。……ソノ時《とき》僕《ぼく》ハ第四次元《だいよじげん》ノ世界《せかい》ニ突入《とつにゅう》シタトイウ気《き》ガシタ。タチマチ高《たか》イ高《たか》イ所《ところ》、忉利天《とうりてん》ノ頂辺《てっぺん》ニ登《のぼ》ッタノカモ知《し》レナイト思《おも》ッタ。過去《かこ》ハスベテ幻影《げんえい》デココニ真実《しんじつ》ノ存在《そんざい》ガアリ、僕《ぼく》ト妻《つま》トガタダ二人《ふたり》ココニ立《た》ッテ相擁《あいよう》シテイル。……自分《じぶん》ハ今《いま》死《し》ヌカモ知《し》レナイガ刹那《せつな》ガ永遠《えいえん》デアルノヲ感《かん》ジタ。

……

三月十九日《さんがつじゅうくにち》。……昨夜《さくや》のことを念《ねん》のために委《くわ》しく書《か》き留《と》めておこうと思《おも》う。昨夜《さくや》は夫《おっと》の帰《かえ》りが夜《よる》になることが分《わか》っていたので、「私《わたし》たちも映画《えいが》に出《で》かけるかも知《し》れない」と、私《わたし》は前《まえ》もって夫《おっと》に断《ことわ》っておいた。四時半《よじはん》頃《ごろ》に木村《きむら》さんが誘《さそ》いに来《き》たが、敏子《としこ》は五時頃《ごじごろ》おくれて来《き》た。「遅《おそ》いじゃないか」と云《い》うと、「時間《じかん》が半端《はんぱ》だから食事《しょくじ》を済《す》ましてからの方《ほう》がよくはなくって。ママ、今日《きょう》は私《わたし》がサーヴィスするから関田町《せきでんちょう》で御飯《ごはん》を上《あが》ってってよ。まだ一遍《いっぺん》も私《わたし》の所《ところ》で落《お》ち着《つ》いたことはないじゃないの」と敏子《としこ》が云《い》った。「かしわを百目《ひゃくめ》買《こ》うて来《き》たわ」と、彼女《かのじょ》は鶏肉《かしわにく》や野菜《やさい》や豆腐《とうふ》を両手《りょうて》に持《も》って木村《きむら》さんと私《わたし》を連《つ》れ出《だ》したが、「これはここのを寄附《きふ》して貰《もら》うわ」と、まだ半分以上残《はんぶんいじょうのこ》っていたクルボアジエの罎《びん》も提《さ》げて出《で》て来《き》た。「それは止《よ》した方《ほう》がいいわ、今日《きょう》はパパが留守《るす》だから」と私《わたし》は云《い》ったが、「でもせっかくの御馳走《ごちそう》にこれがないのは淋《さび》しいから」と云《い》うのだった。「御馳走《ごちそう》なんかいらないわよ、これから映画《えいが》を見《み》に行《い》くのにもっと簡単《かんたん》なものがいいわ」と云《い》ったけれども、「すき焼《やき》の方《ほう》がかえって簡単《かんたん》よ」と敏子《としこ》は云《い》った。ピアノの前《まえ》に二月堂《にがつどう》の卓《たく》を二《ふた》つつないで、瓦斯《ガス》のカンテキ（鍋《なべ》やカンテキは母屋《おもや》から借《か》りて来《き》たのである）ですぐに始《はじ》めたが、具《ぐ》がいつもより分量《ぶんりょう》が多《おお》く、種類《しゅるい》もたくさん揃《そろ》えてあるのに驚《おどろ》いた。

葱《ねぎ》、糸蒟蒻《いとごんにゃく》、豆腐《とうふ》はよいとして、生麩《なまふ》、生湯葉《なまゆば》、百合根《ゆりね》、白菜等々《はくさいとうとう》、——敏子《としこ》はそれらをわざと一度《いちど》に運《はこ》んで来《こ》ないで、ときどき、少《すこ》しずつ、なくなると後《あと》から後《あと》からと附《つ》け足《た》した。かしわも百目《ひゃくめ》ではなかったような気《き》がした。自然《しぜん》、なかなか御飯《ごはん》にならないでブランデーが進行《しんこう》した。

「お嬢《じょう》さんがブランデーのお酌《しゃく》をなさるなんて珍《めずら》しいことですな」と云《い》いながら、木村《きむら》さんも平生《へいぜい》よりは過《すご》した。

「もう映画《えいが》には遅《おそ》いわね」と、頃《ころ》あいを見《み》て敏子《としこ》が云《い》った。

私《わたし》にしても映画《えいが》を見《み》るには酔《よ》いが廻《まわ》り過《す》ぎていた。が、そう云《い》っても、そんなに量《りょう》を過《すご》したようには感《かん》じていなかった。これはいつでもそうなのだけれども、私《わたし》は酔《よ》いを殺《ころ》して飲《の》むせいで、或《あ》る程度《ていど》まではシッカリしていて、一定《いってい》の量《りょう》を超過《ちょうか》すると俄然怪《がぜんあや》しくなるのである。最初《さいしょ》私《わたし》は、今夜《こんや》は敏子《としこ》に酔《よ》わされるかも知《し》れないなと、内々《ないない》警戒《けいかい》していないではなかった。しかし、警戒《けいかい》する半面《はんめん》に、多少期待《たしょうきたい》する——あるいは希望《きぼう》する——気持《きもち》もなかったとは云《い》えない。私《わたし》は木村《きむら》さんと敏子《としこ》との間《あいだ》に、あらかじめ手筈《てはず》が定《さだ》めてあったのかどうかは知《し》らない。聞《き》いたところでそんなことを云《い》うはずもないから、聞《き》きもしない。ただ木村《きむら》さんも、「先生《せんせい》の留守《るす》にこんなに飲《の》んでいいですかなあ」とは云《い》っていたが、近頃大分手《ちかごろだいぶて》が上《あが》っているので、私《わたし》と差《さ》したり差《さ》されたりした。木村《きむら》さんもそうだと思《おも》うが、私《わたし》には、夫《おっと》の留守《るす》に木村《きむら》さんと献酬《けんしゅう》することは、夫《おっと》の意志《いし》に背《そむ》くことにはならない、という気《き》があった。夫《おっと》に嫉妬《しっと》を感《かん》じさせることは、夫《おっと》を幸福《こうふく》にする所以《ゆえん》であることも分《わか》っていた。だからといって、私《わたし》は夫《おっと》を刺戟《しげき》するのが唯一《ゆいいつ》の目的《もくてき》であったとは決《けっ》して云《い》わない、が、心《こころ》にそういう安心《あんしん》があったので、ついグラスの数《かず》を重《かさ》ねたとは云《い》える。それから、今日《きょう》はこのことをここにはっきり云《い》っておくが、私《わたし》は木村《きむら》さんを、恋《こい》するというところまでは行《い》っていないが、好《す》いていることは事実《じじつ》である。恋《こい》することも、しようと思《おも》えばすぐできそうなところまで来《き》ている。夫《おっと》に嫉妬《しっと》を起《おこ》させるためには、ここまで来《く》ることが必要《ひつよう》であったからではあるが、もともと木村《きむら》さんが好《す》きでなかったら、ここまで来《こ》なかったでもあろう。そして今《いま》までは、ここで厳重《げんじゅう》な一線《いっせん》を劃《かく》して、これ以上《いじょう》の道《みち》には踏《ふ》み込《こ》まぬように努《つと》めて来《き》たけれども、これからはひょっとすると、踏《ふ》み外《はず》すこともありそうな気《き》がしている。私《わたし》は夫《おっと》があまり私《わたし》の貞操《ていそう》を信《しん》じ過《す》ぎないようにしてくれることを望《のぞ》む。私《わたし》は夫《おっと》の註文《ちゅうもん》に応《おう》ずるためにギリギリの瀬戸際《せとぎわ》まで試煉《しれん》に堪《た》えて来《き》たけれども、これからは自信《じしん》が持《も》てなくなっている。……一方《いっぽう》私《わたし》は、いつも夢《ゆめ》とも現《うつつ》ともつかない状態《じょうたい》で睡《ねむ》っている時《とき》に見《み》ることのある、あの裸体《はだか》の木村《きむら》さんを、……木村《きむら》さんかと思《おも》うと夫《おっと》であったり、夫《おっと》かと思《おも》うと木村《きむら》さんであったりするあの裸体《はだか》を、……一度《いちど》夫《おっと》に邪魔《じゃま》されない時《とき》に、この眼《め》で見届《みとど》けてみたいという好奇心《こうきしん》もないことはなかった。私《わたし》はいつの間《ま》にか急激《きゅうげき》に酔《よ》いが廻《まわ》って来《き》たのを覚《おぼ》えて便所《べんじょ》へ隠《かく》れたが、「ママ、今日《きょう》はお風呂《ふろ》が沸《わ》いているのよ、マダムは上《あが》りはったからママはいらはったらどう」と、便所《べんじょ》の外《そと》から敏子《としこ》が云《い》った。私《わたし》は、風呂《ふろ》へはいれば倒《たお》れるであろうこと、その場合《ばあい》に抱《だ》き起《おこ》しに来《き》てくれる者《もの》は、恐《おそ》らくは敏子《としこ》でなくて木村《きむら》さんであろうことを、すでに朦朧《もうろう》となっていた意識《いしき》の隅《すみ》で感《かん》じていた。「ママ、そうなさいよ」と、敏子《としこ》がもう一度《いちど》か二度《にど》云《い》いに来《き》たのも、ぼんやり分《わか》っていた。そして間《ま》もなく、ひとりで風呂場《ふろば》を捜《さが》しあててガラス戸《ど》を開《あ》け、着物《きもの》を脱《ぬ》いたことまでは思《おも》い出《だ》せるが、それからあとは完全《かんぜん》に意《い》識《しき》を失《うしな》ってしまった。……

三月二十四日《さんがつにじゅうよっか》。……昨夜《さくや》マタ妻《つま》ガ関田町《せきでんちょう》ノ家《いえ》デ倒《たお》レタ。昨夕食後《さくゆうしょくご》、二人《ふたり》ガ妻《つま》ヲ映画《えいが》ニ誘《さそ》ウト称《しょう》シテ連《つ》レ出《だ》シニ来《き》、十一時過《じゅういちじす》ギテモ戻《もど》ラナイノデ、アルイハソンナ「事《こと》デハナイカト僕《ぼく》ハ早《はや》クモ合点《がてん》シテイタ。アマリ遅《おそ》イノデ電話《でんわ》ヲカケテミヨウカトモ思《おも》ッタガ、ソレモ馬鹿々々《ばかばか》シイノデ向《むこ》ウカラカカルノヲ待《ま》ッテイルト、(待《ま》ッテイル間《あいだ》ノ待《ま》チ遠《どお》シサ、イラダタシサ、ソシテマタイツモノ期待《きたい》ニ胸《むね》ヲワクワクサセテイタ気持《きもち》トイッタラナカッタ）十二時《じゅうにじ》過《す》ギニ敏子《としこ》ガ一人《ひとり》デコチラニ現《あら》ワレ、タキシーヲ待《ま》タシテハイッテ来《き》テ、「ママガマタナノヨ」ト云《い》ッタ。映画《えいが》ノ後《あと》デ（ト云《い》ウケレドモ、果《は》タシテシカルヤ否《いな》ヤハ怪《あや》シイ）母子《ぼし》ガ木村《きむら》ヲ宿《やど》マデ送《おく》ッテ行《い》ッタトコロ、木村《きむら》ガ僕《ぼく》ガ送《おく》リマショウト云《い》ッテ、関田町《せきでんちょう》マデ三人《さんにん》デ来《き》テ、ツイ上《あが》リ込《こ》ンダ。敏子《としこ》ガ紅茶《こうちゃ》ヲ入《い》レテ出《だ》シタガ、コノ間《あいだ》ノクルボアジエガマダ四分《よんぶん》ノ一残《いちのこ》ッテイルノガ床《とこ》ノ間《ま》ニ置《お》イテアッタノデ、茶匙《ちゃさじ》ニ一杯《いっぱい》ズツ滴《た》ラシテススメタ。ソレガキッカケデ間《ま》モナク二人《ふたり》ガシェリーグラスノ遣《や》リ取《と》リヲ始《はじ》メ、結局鑵《けっきょくびん》ヲ空《から》ニシタ。昨夜《さくや》モタマタマ風呂《ふろ》ガ沸《わ》イテイタノデ、先夜《さくや》ノ通《とお》リノ順序《じゅんじょ》ニ事《こと》ガ発展《はってん》シタ。——ト、コレハ敏子《としこ》ノ釈明《しゃくめい》トモツカナイ説明《せつめい》デアッタ。「オ前《まえ》、二人《ふたり》ヲ置《お》イテ出《で》テ来《き》タノカ」ト、僕《ぼく》ハ尋《たず》ネタ。「エヽ、電話《でんわ》ヲ切《き》リカエテオカナカッタノデ、母屋《おもや》ヘカケニ行《い》クノガエ合《ぐあい》ガ悪《わる》カッタモノダカラ」ト敏子《としこ》ハ云《い》ッタ。「ソレニ、ドウセ自動車《じどうしゃ》ガ要《い》ルト思《おも》ッタノデ、ヤットノ事《こと》デ掴《つか》マエテ来《き》マシタ」彼女《かのじょ》ハ独得《どくとく》ノ意地《いじ》ノ悪《わる》イ眼《め》デ僕《ぼく》ノ眼《め》ヲ覗《のぞ》イタ。「コノ間《あいだ》ハ運《うん》ヨクスグニ掴《つか》マッタノニ今日《きょう》ハナカナカ掴《つか》マラナイノヨ。電車通《でんしゃどお》リニシバラク立《た》ッテイタケレド、何《なに》シロ時刻《じこく》ガ時刻《じこく》ダカラ一台《いちだい》モ通《とお》ラナイ。アスコノ鴨川《かもがわ》タキシーマデ歩《ある》イテ行《い》ッテ、寝《ね》テイルノヲ叩《たた》キ起《おこ》シテ乗《の》ッテ来《き》タノデス」ト云《い》ッテ、コチラガ聞《き》キモシナイノニ、「家《いえ》ヲ出《で》タノハモウ二十分以上《にじっぷんいじょう》モ前《まえ》ナンダケレド」ト独語《ひとりごと》ノヨウニ附《つ》ケ加《くわ》エタ。僕《ぼく》ハ敏子《としこ》ガドウイウ底意《そこい》デソウイウヿ《こと》ヲ云《い》ッテイルノカ察《さっ》シタケレドモ、ワザト空《そら》トボケテ「御苦労《ごくろう》サマ。デハ留守番《るすばん》ヲ頼《たの》ム」ト云《い》ッテ、注射《ちゅうしゃ》ノ用意《ようい》ヲトトノエテ、ソノ車《くるま》デ出《で》カケタ。僕《ぼく》ニハ依然《いぜん》トシテ、彼《かれ》ラ三人《さんにん》ガドコマデ合意《ごうい》ノ上《うえ》デ企《たくら》ンダ仕事《しごと》デアルノカハ分《わか》ラナカッタ。タダ恐《おそ》ラクハ敏子《としこ》ガ主謀者《しゅぼうしゃ》デアルヿ《こと》、彼女《かのじょ》ガ故意《こい》ニ二人《ふたり》ヲ置《お》キ去《ざ》リニシテ、二十分以上《にじっぷんいじょう》モ途中《とちゅう》デ時間《じかん》ヲ費《ついや》シテ（二十分《にじっぷん》ヤ三十分《さんじっぷん》デハナイノカモ知《し》レナイ。一時間《いちじかん》モウロウロシテ来《き》タノニ違《ちが》イアルマイ）来《き》タノデアルヿ《こと》ハ想像《そうぞう》デキタ。僕《ぼく》ハ関田町《せきでんちょう》へ駆《か》ケ着《つ》ケルマデノ間《あいだ》、ソノ二十分乃至一時間中《にじっぷんないしいちじかんちゅう》ニアソコノ一室《いっしつ》デイカナルヿ《こと》ガ起《おこ》リ得《え》タカヲ、努《つと》メテ考《かんが》エナイヨウニシタ。妻《つま》ハ先夜《せんや》ト同《おな》ジ長襦袢《ながじゅばん》ヲ着《き》テ寝《ね》テイタ。壁《かべ》ノハンガーニハアノ衣裳《いしょう》ガマタダラリト垂《た》レテイタ。木《き》村《むら》ガ湯《ゆ》ヤ洗面器《せんめんき》ヲ運《はこ》ンデ来《き》タ。妻《つま》ハ人事不省《じんじふせい》デ先夜以上《せんやいじょう》ニ泥酔《でいすい》シテイルヨウニ見《み》エタガ、ソノ見《み》セカケニモカカワラズ、昨夜《さくや》ハ特《とく》ニ明瞭《めいりょう》ニ、ソレガ彼女《かのじょ》ノ芝居《しばい》デアルヿ《こと》、実際《じっさい》ニハ意識《いしき》ヲ持《も》ッテイルノデアルヿ《こと》ガ、僕《ぼく》ニハ分《わか》リ過《す》ギルホド分《わか》ッタ。脈《みゃく》モ割合《わりあい》ニシッカリシテイタ。コンナ時《とき》、僕《ぼく》ハ本気《ほんき》デ注射《ちゅうしゃ》ヲスルノガ馬鹿気《ばかげ》テイルノデ、カンフルヲ射《さ》ス真似《まね》ヲシテ、ヴィタミンヲ射《さ》シテヤル事《こと》ニシテイルノダガ、木村《きむら》ガ気《き》ガ付《つ》イテ、「先生《せんせい》、コレデイインデスカ」ト小声《こごえ》デ聞《き》イタ。「ウン、イインダヨ、今夜《こんや》ハソレホドデモナサソウダヨ」ト、僕《ぼく》ハ構《かま》ワズヴィタミンヲ射《さ》シタ。

……………妻《つま》ハ盛《さか》ンニ「木村《きむら》サン木村《きむら》サン」ト呼《よ》ビツヅケタ。ソノ呼《よ》ビ方《かた》ハ今《いま》マデノ呼《よ》ビ方《かた》ト声《こえ》ノ調子《ちょうし》ガ違《ちが》ッテイタ。今《いま》マデノヨウナ譫語《うわごと》ジミタ云《い》イ方《かた》デハナクテ、底力《そこぢから》ノアル、訴《うった》エルヨウナ、叫《さけ》ブヨウナ声《こえ》デ呼《よ》ンダ。エクスタシーニ入《はい》ル前後《ぜんご》ニオイテ一層《いっそう》ソノ声《こえ》ガハナハダシカッタ。突然《とつぜん》僕《ぼく》ハ舌《した》ノ尖端《せんたん》ニ齕噬《こつぜい》ヲ感《かん》ジタ。……次《つ》イデ耳朶《みみたぶ》ニモソレヲ感《かん》ジタ。……コンナ᠆《こと》ハ今《いま》マデニナイ᠆《こと》デアッタ。……一夜《いちゃ》ニシテ妻《つま》ヲカヨウニ大胆《だいたん》ナ、積《せっ》極的《きょくてき》ナ女性《じょせい》ニ変《か》エタノハ木村《きむら》デアルト思《おも》ウト、僕《ぼく》ハ一面《いちめん》激《はげ》シク嫉妬《しっと》シ、一面彼《いちめんかれ》ニ感謝《かんしゃ》シタ。イヤ敏子《としこ》ニモ感謝《かんしゃ》スベキデアルカモ知《し》レナカッタ。皮肉《ひにく》ニモ敏子《としこ》ハ、僕《ぼく》ヲ苦《くる》シメヨウトシテカエッテ僕《ぼく》ヲ喜《よろこ》バス結果《けっか》ニナッテイル᠆《こと》ヲ、……僕《ぼく》ノコウイウ不思議《ふしぎ》ナ心理《しんり》ヲ、マサカソコマデハ気《き》ガツカズニイルノデアロウガ。……

……行為《こうい》ノ後《あと》デ今暁物凄《こんぎょうものすご》イ眩暈《めまい》ヲ感《かん》ジタ。彼女《かのじょ》ノ顔《かお》、頸《くび》、肩《かた》、腕《うで》、スベテノ輪廓《りんかく》ガ二重《にじゅう》ニナッテ見《み》エ、彼《かの》女《じょ》ノ胴体《どうたい》ノ上《うえ》ニモウ一人《ひとり》ノ彼女《かのじょ》ガ折《お》リ重《かさ》ナッテイルヨウニ見《み》エタ。間《ま》モナク僕《ぼく》ハ眠《ねむ》ッタラシカッタガ、夢《ゆめ》ノ中《なか》デモナオ妻《つま》ガ二重《にじゅう》ニ見《み》エタ。最初《さいしょ》ハ全体《ぜんたい》トシテ二重《にじゅう》ニ見《み》エ、ヤガテ部分々々《ぶぶんぶぶん》ガバラバラニ空中《くうちゅう》ニ散《ち》ラバッテ見《み》エタ。眼《め》ガ四《よっ》ツ、ソノ眼《め》ト並《なら》ンデ鼻《はな》ガ二《ふた》ツ、少《すこ》シ飛《と》ビ離《はな》レタ一二尺《いちにしゃく》高《たか》イ空間《くうかん》ニ唇《くちびる》ガ二《ふた》ツ、トイウ風《ふう》ニ、シカモ極《きわ》メテ鮮《あざや》カナ色彩《しきさい》ヲ帯《お》ビテ。……空間《くうかん》ガ空色《そらいろ》、頭髪《とうはつ》ガ黒《くろ》、唇《くちびる》ガ真紅《しんく》、鼻《はな》ガ純白《じゅんぱく》、……ソシテソノ黒《くろ》サモ、紅《あか》サモ、白《しろ》サモ、実物《じつぶつ》ノ彼女《かのじょ》ヨリハハルカニケバケバシク、映画《えいが》館《かん》ノ絵看板《えかんばん》ノペンキノヨウニ毒々《どくどく》シカッタ。夢《ゆめ》ガコンナニ生々《なまなま》シイ色《いろ》ヲ帯《お》ビテ見《み》エルノハ神経衰弱《しんけいすいじゃく》ガヨホドヒドイ証拠《しょうこ》ダナト、夢《ゆめ》ノ中《なか》デハッキリトソウ思《おも》イナガラ、僕《ぼく》ハジーットソノ夢《ゆめ》ヲ視《み》ツメテイタ。右《みぎ》ノ足《あし》ガ二《ふた》ツ、左《ひだり》ノ足《あし》ガ二《ふた》ツ、水中《すいちゅう》ニアルヨウニ浮遊《ふゆう》シテイルノガ、ソノ肌《はだ》ノ白《しろ》カッタ〻《こと》トイッタラナカッタ。シカシ形《かたち》ハ紛《まぎ》レモナク彼女《かのじょ》ノ足《あし》デアッタ。足《あし》ト並《なら》ンデ、足《あし》ノ蹠《うら》ガマタ別《べつ》ニ浮《う》カンデイタ。眼《め》ノ前《まえ》イッパイニ、白《しろ》イ大《おお》キイ塊《かたまり》ガ雲《くも》ノ峰《みね》ノヨウニ現《あら》ワレタト思《おも》ッタラ、イツカ写真《しゃしん》ニ撮《と》ッタ〻《こと》ノアル、アノ通《とお》リノ形状《けいじょう》ヲシテ真正面《ましょうめん》ニコチラヲ向《む》イテイル臀《しり》ガアッタ。……ソレカラ何時間後《なんじかんご》デアッタカ、マタ違《ちが》ッタ夢《ゆめ》ヲ見《み》テイタ。最初《さいしょ》ハ木村《きむら》ガ裸体《はだか》ノママデ立《た》ッテイルヨウニ思《おも》エタガ、胴《どう》カラ生《は》エテイル首《くび》ガ、木村《きむら》ニナッタリ僕《ぼく》ニナッタリ、木村《きむら》ノ首《くび》ト僕《ぼく》ノ首《くび》トガ一《ひと》ツ胴《どう》カラ生《は》エタリシテ、ソノ全体《ぜんたい》ガマタ二重《にじゅう》ニ見《み》エタ。……

三月二十六日《さんがつにじゅうろくにち》。……これで夫《おっと》のいない所《ところ》で木村《きむら》さんに逢《あ》うことが三回《さんかい》に及《およ》んだ。昨夜《さくや》はあの床《とこ》の間《ま》に、まだ栓《せん》を開《あ》けてない新《あたら》しいクルボアジエの罎《びん》が置《お》いてあった。「あなたが買《こ》うて来《き》たの」と云《い》うと、「私知《わたしし》らない」と、敏子《としこ》が否定《ひてい》した。「昨日外《きのうそと》から帰《かえ》って来《き》たらこの罎《びん》が置《お》いてあったのよ。木村《きむら》さんがお届《とど》けになったのかと思《おも》っていたわ」と敏子《としこ》は云《い》ったが、「僕《ぼく》は知《し》りません」と木《き》村《むら》さんも云《い》った。「先生《せんせい》ですよ、きっと。僕《ぼく》はそうだと思《おも》いますね。意味深重《いみしんちょう》ないたずらですな」「パパだとしたら随分皮肉《ずいぶんひにく》ね」——二人《ふたり》はそんな風《ふう》に云《い》い合《あ》っていた。夫《おっと》がこっそり投《な》げ込《こ》んで行《い》ったと考《かんが》えるのが、一番《いちばん》ありそうなことのように思《おも》えるけれども、ほんとうのところは私《わたし》には分《わか》らない。敏子《としこ》か木村《きむら》さんか、どちらかが買《か》って来《き》たと考《かんが》えることも、決《けっ》してなさそうなことではない。

水曜日《すいようび》と金曜日《きんようび》はマダムが大阪《おおさか》へ教《おし》えに行《い》く日《ひ》で、帰《かえ》りが十一時《じゅういちじ》になるのである。この間《あいだ》の晩《ばん》も、敏子《としこ》はブランデーが始《はじ》まると、ほどよい所《ところ》で消《き》えてなくなって、マダムの部屋《へや》にはいり込《こ》んでいたのだが、(このことを書《か》くのは始《はじ》めてである。夫《おっと》に誤解《ごかい》されることを恐《おそ》れて差控《さしひか》えていたのであるが、もうその必要《ひつよう》もなさそうに思《おも》う）昨《さく》夜《や》もかなり早《はや》くから見《み》えなくなっていて、マダムが帰宅《きたく》してからもまだしばらく母屋《おもや》で話《はな》し込《こ》んでいた。私《わたし》は意《い》識《しき》を失《うしな》ってから後《あと》のことはよく分《わか》らない。しかしどんなに酔《よ》っていたとしても、最後《さいご》の最後《さいご》の一線《いっせん》だけは昨夜《さくや》も強固《きょうこ》に守《まも》り通《とお》したと思《おも》っている。自分《じぶん》にはいまだにそれを踏《ふ》み越《こ》える勇気《ゆうき》はないし、木村《きむら》さんだって同様《どうよう》であると信《しん》じる。木村《きむら》さんはそう云《い》った、――ポーラロイドという写真器《しゃしんき》を、先生《せんせい》に貸《か》して上《あ》げたのは僕《ぼく》です。それは先生《せんせい》が、奥《おく》さんを酔《よ》わして裸《はだか》になさりたがる癖《くせ》があることを知《し》ったからです。しかるに先生《せんせい》はポーラロイドでは満足《まんぞく》できないで、イコンを使《つか》って写《うつ》すようになりました。それは奥《おく》さんの肉体《にくたい》を細部《さいぶ》に亙《わた》って見極《みきわ》めたいという目的《もくてき》からでもあったでしょうが、それよりも、真《しん》の狙《ねら》いは僕《ぼく》を苦《くる》しめることにあったのだと思《おも》います。僕《ぼく》に現《げん》像《ぞう》の役《やく》を負《お》わせて、僕《ぼく》をできるだけ興奮《こうふん》させ、誘惑《ゆうわく》に堪《た》えられるだけ堪《た》えさせて、そこに快感《かいかん》を見出《みいだ》しているのだと思《おも》います。のみならず僕《ぼく》のこの気持《きもち》が奥《おく》さんに反映《はんえい》し、奥《おく》さんも僕《ぼく》と同様《どうよう》に苦《くる》しむことを知《し》って、そこにも愉悦《ゆえつ》を感《かん》じつつあるのです。僕《ぼく》は奥《おく》さんや僕《ぼく》をこんなにまで苦《くる》しめる先生《せんせい》を、憎《にく》いとは思《おも》いますけれども、それでも先生《せんせい》を裏切《うらぎ》る気《き》にはなりません。僕《ぼく》は奥《おく》さんの苦《くる》しむのを見《み》て、自分《じぶん》も奥《おく》さんとともに苦《くる》しみ、もっともっとこの苦《くる》しみを深《ふか》めて行《い》きたいのです。——私《わたし》は木村《きむら》さんに云《い》った、——敏子《としこ》はあなたから借《か》りたフランス語《ご》の本《ほん》の中《なか》に、あの写真《しゃしん》が挟《はさ》まっていたのを見《み》つけて、これは偶然《ぐうぜん》にここに挟《はさ》んであったものとは思《おも》えない、何《なに》か意《い》味《み》があるのだろうと云《い》っていました、あれはどういうつもりでしたか。——木村《きむら》さんが云《い》った、——あれをお嬢《じょう》さんに見《み》せたら、お嬢《じょう》さんが何《なに》かしら積極的《せっきょくてき》に動《うご》いてくれるであろうことを豫期《よき》したのです。僕《ぼく》はこれといって、何《なに》もお嬢《じょう》さんに示唆《しさ》したことはありません。僕《ぼく》はお嬢《じょう》さんのイヤゴー的《てき》な性格《せいかく》を知《し》っているので、ああすれば十八日《じゅうはちにち》の晩《ばん》のようなことになるのを期待《きたい》していただけです。二十三日《にじゅうさんにち》の晩《ばん》のことも、今夜《こんや》のことも、いつもお嬢《じょう》さんがイニシアチブを取《と》り、僕《ぼく》は黙《だま》ってそれに喰《く》っ着《つ》いて行《い》ったまでです。——私《わたし》が云《い》った、——私《わたし》はあなたと二人《ふたり》きりでこんな話《はなし》をすることは今《いま》が始《はじ》めてです。いや誰《だれ》とでも、夫《おっと》とでも、こんな話《はなし》を一度《いちど》もしたことはありません。あなたと私《わたし》との関係《かんけい》についても、夫《おっと》はあまり聞《き》こうとはしません。聞《き》くのが恐《おそ》ろしくもあるのでしょうし、今《いま》もなお私《わたし》の貞操《ていそう》を信《しん》じていたいからなのでしょう。私《わたし》も自分《じぶん》の貞操《ていそう》を信《しん》じたいのですけれども、信《しん》じても差《さし》支《つか》えないのでしょうね、それに答《こた》えることができるのは木村《きむら》さんだけです。――お信《しん》じ下《くだ》さい、と、木村《きむら》さんが云《い》った、――僕《ぼく》は奥《おく》さんの肉体《にくたい》のあらゆる部分《ぶぶん》に触《ふ》れていいます、ただ一箇所《いっかしょ》だけ大切《たいせつ》な部分《ぶぶん》を除《のぞ》いては。先生《せんせい》は紙一重《かみひとえ》のところまで僕《ぼく》を奥《おく》さんに接着《せっちゃく》させようとするですから、僕《ぼく》はその意《い》を体《てい》して、それを犯《おか》さない範囲《はんい》でのです。――あゝ、それで安心《あんしん》しました、と、私《わたし》は云《い》った、――それまでにして私《わたし》の貞節《ていせつ》を完《まっと》うさせて下《くだ》さるのを有難《ありがた》く思《おも》います。木村《きむら》さんは、私《わたし》が夫《おっと》を憎《にく》んでいると云《い》われましたが、憎《にく》む一面《いちめん》に愛《あい》していることも事実《じじつ》です。憎《にく》めば憎《にく》むほど愛情《あいじょう》も募《つの》って来《き》ます。あの人《ひと》は、あなたというものを間《あいだ》に入《い》れ、ああいう風《ふう》にあなたを苦《くる》しませなければ情慾《じょうよく》が燃《も》え上《あが》らない、それも結局《けっきょく》は私《わたし》を歓喜《かんき》させるためだと思《おも》えば、私《わたし》はいよいよあの人《ひと》に背《そむ》くことができなくなります。でも木村《きむら》さんはこういう風《ふう》に考《かんが》えることはできないでしょうか、私《わたし》の夫《おっと》と木村《きむら》さんとは一身同体《いっしんどうたい》で、あの人《ひと》の中《なか》にあなたもある、二人《ふたり》は二《に》にして一《いつ》であると。……

三月二十八日《さんがつにじゅうはちにち》。……大学《だいがく》ノ眼科《がんか》デ眼底《がんてい》ノ検査《けんさ》ヲシテ貰《もら》ウ。気《き》ハ進《すす》マナカッタノデアルガ、相馬博士《そうまはかせ》ガ切《せつ》ニススメルノデイヤイヤ行《い》ッテ見《み》タ。眩暈《めまい》ハ脳動脈硬化《のうどうみゃくこうか》ノ結果《けっか》デアルト云《い》ワレル。ソノタメニ脳《のう》ガ充血《じゅうけつ》シ、眩暈《めまい》ヤ複視現象《ふくしげんしょう》ガ起《おこ》ッタリ意識《いしき》ノ昏濁《こんだく》ガ生《しょう》ジタリスル。ヒドクナレバ失心《しっしん》スルヿ《こと》モアル。夜中小便《よなかしょうべん》ニ起《お》キタ時《とき》、急激《きゅうげき》ナ動作《どうさ》ヲ起《おこ》シタ時《とき》、体《からだ》ノ向《む》キヲ突然《とつぜん》変《か》エタ時等《ときなど》ニ特《とく》ニ眩暈《めまい》ヲ感《かん》ジマセンカト云《い》ワレテ、ソノ通《とお》リデアルト答《こた》エル。平衡感覚《へいこうかんかく》ガ失《うしな》ワレテ、体《からだ》ガ倒《たお》レソウニナッタリ、地下《ちか》ヘ滅入《めい》リ込《こ》ムヨウニ感《かん》ジタリスルノモ、内耳《ないじ》ノ血管《けっかん》ノ血行《けっこう》ガ悪《わる》クナッテイルカラダト云《い》ワレル。内科《ないか》デ相馬博士《そうまはかせ》ニモ診《み》テ貰《もら》ウ。今《いま》マデ血壓《けつあつ》ヲ測《はか》ッタヿ《こと》ハナカッタノダガ、今日始《きょうはじ》メテ測《はか》ラセラレ、心電図《しんでんず》ヲ取《と》リ、腎臓《じんぞう》ノ検査《けんさ》モサセラレル。コンナニ血壓《けつあつ》ガ高《たか》イトハ思《おも》ワナカッタ、相当《そうとう》注意《ちゅうい》ヲ要《よう》シマスネト、相馬氏《そうまし》ハ云《い》ッタ。ドノクライアルノカト云《い》ッテモナカナカ教《おし》エテクレナカッタ。トニカク上《うえ》ハ二百以上《にひゃくいじょう》、下《した》も百五六十《ひゃくごろくじゅう》アル、上《うえ》ト下《した》トノ差《さ》ガ少《すくな》イノガ最《もっと》モヨロシクナイ傾向《けいこう》デアル、君《きみ》ハヤタラニホルモン剤《ざい》ヲ飲《の》ンダリ射《さ》シタリシテイルガ、補腎《ほじん》ノ薬《くすり》ヨリハ血《けつ》壓降下剤《あつこうかざい》ヲ飲《の》ムヿ《こと》デスナ、ソシテ、失礼《しつれい》デスガコイトスヲ慎《つつ》シムヿ《こと》デスナ、アルコールモ止《や》メナケレバイケマセンナ、刺戟物《しげきぶつ》ヤ塩辛《しおから》イモノモイケマセンナ、ソウ云《い》ッテ相馬氏《そうまし》ハ、ルチンC《シー》ヤ、セルパシールヤ、カリクレインヤ、イロイロトソノ方《ほう》ノ薬《くすり》ノ連用《れんよう》ヲススメ、今後《こんご》モ絶《た》エズ気《き》ヲ付《つ》ケテ血壓《けつあつ》ヲ測《はか》ルヨウニト云《い》ッタ。

僕《ぼく》ハワザトコノヿ《こと》ヲ隠《かく》サズ日記《にっき》ニ書《か》キ、妻《つま》ガイカナル反応《はんのう》ヲ示《しめ》スカヲ見《み》ルヿ《こと》ニスル。サシアタリ僕《ぼく》ハ医師《いし》ノ忠《ちゅう》告《こく》ニハ耳《みみ》ヲ藉《か》サナイ。妻《つま》ノ方《ほう》カラ何《なに》カノ示唆《しさ》ガアルマデハ、事件《じけん》ハ従来《じゅうらい》ノ方向《ほうこう》ヲ取《と》ッテ進《すす》ムデアロウ。僕《ぼく》ノ豫想《よそう》スルトコロデハ、妻《つま》ハコノ記事《きじ》ヲ読《よ》ンデモ読《よ》マナイフリヲシテ、マスマス淫蕩《いんとう》ニナルデアロウ。ソレガ彼女《かのじょ》ノ肉《にく》体《たい》ノイカントモシガタイ宿命《しゅくめい》ナノデアル。同時《どうじ》ニ僕《ぼく》モ、ココマデ来《き》テハ後戻《あともど》リハデキナイ。先夜以来《せんやいらい》、アノ場合《ばあい》ノ妻《つま》ノ態度《たいど》ガニワカニ積極的《せっきょくてき》ニナリ、種々《しゅじゅ》ナル技術《ぎじゅつ》ヲ進《すす》ンデ弄《もてあそ》ブヨウニナッタヿ《こと》モ、一層《いっそう》僕《ぼく》ヲソノ方《ほう》ヘ押《お》シヤル動力《どうりょく》ニナリツツアル。――彼女《かのじょ》ハ依然《いぜん》トシテ事《こと》ニ当《あた》ッテ一言《ひとこと》モモノヲ云《い》ワナイ。黙々《もくもく》トシテ、動作《どうさ》ヲモッテサマザマナ愛情《あいじょう》ノ表現《ひょうげん》ヲスル。常《つね》ニ半睡半醒《はんすいはんせい》ノ状態《じょうたい》ヲ装《よそお》ッテイルノデ、燈火《とうか》ヲ暗《くら》クスル必要《ひつよう》ハナイ。酔《よ》エルガゴトク眠《ねむ》レルガゴトクニシテ嬌羞《きょうしゅう》ヲ含《ふく》ンデイルサマガ何《なん》トモイエナイ。――僕《ぼく》ハ最初《さいしょ》ハ、相当《そうとう》ノ間隔《かんかく》ヲ置《お》イテ木村《きむら》ヲ妻《つま》ニ接触《せっしょく》サセタ。トコロガ次第《しだい》ニ刺戟《しげき》ニ馴《な》レルニ従《したが》ッテソレデハ満足《まんぞく》ガ得《え》ラレナクナリ、木村《きむら》ト妻《つま》トノ間隔《かんかく》ヲダンダンニ縮《ちぢ》メテ行《い》ッタ。縮《ちぢ》メレバ縮《ちぢ》メルホド嫉妬《しっと》ガ増《ま》シ、増《ま》セバ増《ま》スホド快感《かいかん》ガ得《え》ラレ、最後《さいご》ノ目的《もくてき》ガ達《たっ》セラレル。妻《つま》モソレヲ希望《きぼう》シ、僕自身《ぼくじしん》モソレヲ希望《きぼう》シテトドマル所《ところ》ヲ知《し》ラナイ。正月以来三箇月《しょうがついらいさんかげつ》ニナルガ、病的《びょうてき》ナ妻《つま》ト競争《きょうそう》シテヨクモココマデ対抗《たいこう》シテ来《き》タモノカナト、ワレナガラ感心《かんしん》サセラレル。僕《ぼく》ガドンナニ妻《つま》ヲ愛《あい》シテイルカトイウヿガ、今《いま》コソ彼女《かのじょ》ニモ分《わか》ッタト思《おも》ウ。サテコレカラハドウナルカ。ドウシタラコレ以上情慾《いじょうじょうよく》ヲ駆《か》リ立《た》テルヿ《こと》ガデキルカ。コノママデハマタスグ刺戟《しげき》ニ馴《な》レテシマウ。スデニ僕《ぼく》ハ、普通《ふつう》ナラバ姦通《かんつう》シテイルト認《みと》メラレテモ仕方《しかた》ノナイ状態《じょうたい》ニ二人《ふたり》ヲ置《お》イタ。僕《ぼく》ハ今《いま》モナオ妻《つま》ヲ信《しん》ジテ疑《うたが》ワナイ。彼女《かのじょ》ノ貞操《ていそう》ヲ傷《きず》ツケルヿ《こと》ナシニ、彼《かれ》ラヲコレ以上接触《いじょうせっしょく》サセルニハドウイウ方法《ほうほう》ガ残《のこ》ッテイルカ。ソレハ僕《ぼく》モ考《かんが》エルガ、ソレヨリ先《さき》ニ彼《かれ》ラガ考《かんが》エ出《だ》サズニハ措《お》カナイデアロウ。彼《かれ》ラトイウ中《なか》ニハ敏子《としこ》モ含《ふく》メテ。……

僕《ぼく》ハ妻《つま》ノヿ《こと》ヲ陰険《いんけん》ナ女《おんな》ダト云《い》ッタガ、ソウイウ僕《ぼく》モ彼《かの》女《じょ》ニ劣《おと》ラヌ陰険《いんけん》ナ男《おとこ》デアル。陰腎《いんじん》（※）ナ男《おとこ》ト女《おんな》ノ間《あいだ》ニデキタノデアルカラ、敏子《としこ》モ陰険《いんけん》ナ娘《むすめ》デアルヿ《こと》ニ不思議《ふしぎ》ハナイ。ダガソレ以上《いじょう》ニ陰険《いんけん》ナノガ木村《きむら》デアル。揃《そろ》イモ揃《そろ》ッテ陰険《いんけん》ナノガ四人《よにん》マデモ集《あつま》ッタトハ呆《あき》レルホカハナイ。ソシテ世《よ》ニモ珍《めずら》シイ廻《めぐ》リ合《あわ》セト云《い》ウベキハ、陰険《いんけん》ナ四人《よにん》ガ互《たがい》イニ欺《あざむ》キ合《あ》イナガラモ力《ちから》ヲ協《あわ》セテ一《ひと》ツノ目的《もくてき》ニ向《むか》ッテ進《すす》ンデイルヿ《こと》デアル。ツマリ、ソレゾレ違《ちが》ッタ思《おも》ワクガアルラシイガ、妻《つま》ガデキルダケ堕落《だらく》スルヨウニ意図《いと》シ、ソレニ向《むか》ッテ一生懸命《いっしょうけんめい》ニナッテイル点《てん》デハ四人《よにん》トモ一致《いっち》シテイル。……

※　底本ママ

三月三十日《さんがつさんじゅうにち》。……午後《ごご》敏子《としこ》が誘《さそ》いに来《き》、嵐山電車《らんざんでんしゃ》の大宮終点《おおみやしゅうてん》で木村《きむら》さんと落《お》ち合《あ》い、三人《さんにん》で嵐山《あらしやま》に行《い》く。これは敏子《としこ》の発議《ほつぎ》によるのだそうであるが、まことによいことを思《おも》いついてくれた。学校《がっこう》が休暇中《きゅうかちゅう》なので木村《きむら》さんは体《からだ》が空《あ》いているのである。川《かわ》の縁《ふち》を散歩《さんぽ》し、ボートを出《だ》して嵐峡館《らんきょうかん》の辺《あたり》まで行《い》き、渡月橋《とげつきょう》のほとりで休憩《きゅうけい》し、天竜寺《てんりゅうじ》の庭《にわ》を見《み》る。久《ひさ》しぶりに健康《けんこう》な外気《がいき》を呼吸《こきゅう》する。これから時々《ときどき》こういう遊《あそ》びもしたいと思《おも》う。夫《おっと》は若《わか》い時《とき》から読書《どくしょ》にばかり耽《ふけ》っていて、こういう所《ところ》へ連《つ》れて来《き》てくれたことはめったにない。夕方帰路《ゆうがたきろ》につき、三人《さんにん》が百万遍《ひゃくまんべん》で電車《でんしゃ》を下《お》りるとバラバラにめいめいの家《いえ》に帰《かえ》る。今日《きょう》はあまりに爽快《そうかい》な時《とき》を過《すご》したので、夜《よる》もブランデーの卓《たく》を囲《かこ》む気分《きぶん》にはなれなかった。……

三月三十一日《さんがつさんじゅういちにち》。……昨夜夫婦《さくやふうふ》は酒《さけ》の気《け》なしに寝《ね》に就《つ》いた。夜中《よなか》、私《わたし》は蛍光燈《けいこうとう》の煌々《こうこう》とかがやく下《した》で夜具《やぐ》の裾《すそ》の方《ほう》から左《ひだり》の足《あし》の爪先《つまさき》を、わざとちょっぴり外《そと》に出《だ》してみせた。夫《おっと》はすぐに気《き》がついて私《わたし》のベッドへはいって来《き》た。アルコールの力《ちから》を借《か》りないで、眩《まばゆ》い燭光《しょっこう》を強《つよ》く浴《あ》びつつ事《こと》を行《おこな》って成功《せいこう》したのは珍《めずら》しいことであった。この奇蹟的《きせきてき》な出来事《できごと》に夫《おっと》は明《あき》らかに異常《いじょう》な興奮《こうふん》の色《いろ》を示《しめ》した。……

……関田町《せきでんちょう》のマダムも私《わたし》の夫《おっと》も目下休暇中《もっかきゅうかちゅう》なので大《だい》体朝《たいあさ》から家《いえ》にいる。もっとも夫《おっと》は毎日必《まいにちかなら》ず一《いち》二時間《にじかん》は外《がい》出《しゅつ》し、その辺《へん》をうろついて帰《かえ》って来《く》る。それは散歩《さんぽ》が目《もく》的《てき》なのではあるが、もう一《ひと》つの目的《もくてき》は、私《わたし》に彼《かれ》の日記帳《にっきちょう》を盗《ぬす》み読《よ》ませる餘裕《よゆう》を与《あた》えるためだと思《おも》う。夫《おっと》が「ちょっと出《で》て来《く》る」と云《い》って出《で》かけるたびに、「この際《すき》に僕《ぼく》の日記《にっき》を読《よ》んでおけ」と云《い》われているように私《わたし》は感《かん》じる。そうされればされるほど、なおさら私《わたし》は読《よ》みはしないが、しかしそれなら私《わたし》の方《ほう》も、夫《おっと》にこの日記帳《にっきちょう》を盗《ぬす》み読《よ》ませる機会《きかい》を作《つく》ってやらなければなるまい。……

三月三十一日《さんがつさんじゅういちにち》。……妻《つま》ハ昨夜《さくや》僕《ぼく》ヲ驚喜《きょうき》セシメタ。彼女《かのじょ》ハ酔《よ》ッタフリモシナカッタ。光ヲ消スヿモ要求シナカッタ。ソシテ進《すす》ンデサマザマナ方法《ほうほう》デ僕《ぼく》ヲ挑発《ちょうはつ》シ、性《せい》欲点《よくてん》ヲ露出《ろしゅつ》シテ行動《こうどう》ヲ促《うなが》シタ。彼女《かのじょ》ガコンナニ種々《しゅじゅ》ナ技《ぎ》巧《こう》ヲ心得《こころえ》テイルトハ意外《いがい》デアッタ。……コノ突然《とつぜん》ノ変化《へんか》ガ何《なに》ヲ意味《いみ》スルカハ追《お》イ追《お》イ分《わか》ッテ来《く》ルデアロウ。

……

眩暈《めまい》ガアマリ激《はげ》シイノデ、ヤハリ気《き》ニナッテ、児玉氏《こだまし》ノ所《ところ》ニ行《い》ッテ血圧《けつあつ》ノ検査《けんさ》ヲシテ貰《もら》ウ。氏《し》ノ顔《かお》ニ驚愕《きょうがく》ノ色《いろ》ガ浮《う》カブ。血圧計《けつあつけい》ガ破《やぶ》レテシマウホド血圧《けつあつ》ガ高《たか》イト云《い》ウ。至急《しきゅう》スベテノ仕事《しごと》ヲ廃《はい》シ、絶対安静《ぜったいあんせい》ノ必要《ひつよう》ガアルト云《い》ワレル。……

四月一日《しがつついたち》。……敏子《としこ》が洋裁《ようさい》の河合女史《かわいじょし》を連《つ》れて来《き》た。この人《ひと》は洋裁《ようさい》を教《おし》える傍《かたわ》らアルバイトに婦人服《ふじんふく》の注文《ちゅうもん》に応《おう》じている。税金《ぜいきん》がかからないので市価《しか》より二三割安《にさんわりやす》くできる。敏子《としこ》はいつもこの人《ひと》に拵《こしら》えて貰《もら》っている。私《わたし》は女学生時代《じょがくせいじだい》に制服《せいふく》を着《き》たことがある以外《いがい》、洋服《ようふく》を身《み》につけたことがない。私《わたし》は趣味《しゅみ》が古風《こふう》であるし、体《からだ》つきが和服《わふく》に向《む》いているので、今《いま》さら洋服《ようふく》でもないのだけれども、敏子《としこ》がしきりに勧《すす》めるので、試《ため》しに一《ひと》つだけ拵《こしら》えてみる気《き》になった。どうせ知《し》れることだけれども、きまりが悪《わる》いので今日《きょう》の午後《ごご》、夫《おっと》の外出中《がいしゅつちゅう》に来《き》て貰《もら》う。生地《きじ》や型《かた》は敏子《としこ》と女史《じょし》に考《かんが》えて貰《もら》う。脚《あし》が少々曲《しょうしょうまが》っているので、なるべくスカートを長《なが》くして、膝《ひざ》の下二《したに》インチぐらいにしてくれるように頼《たの》む。曲《まが》っているというほどでもない、西洋人《せいようじん》にもこの程度《ていど》のはざらにありますと女史《じょし》は云《い》う。生地《きじ》の見本《みほん》をいろいろ見《み》せて貰《もら》う。ツイードの鼠《ねずみ》と小豆色《あずきいろ》のグレンチェックのアンサンブル、――モード・エ・トラヴォーに出《で》ている型《かた》を示《しめ》して、これになさいと二人《ふたり》が云《い》うのでそうする。一万圓以下《いちまんえんいか》でできそうだけれども、靴《くつ》も買《か》わなければならないし、アクセサリーも多《た》少《しょう》は揃《そろ》えなければならない。………

四月二日《しがつふつか》。午後《ごご》より外出《がいしゅつ》。夕刻帰宅《ゆうこくきたく》。

四月三日《しがつみっか》。朝十時外出《あさじゅうじがいしゅつ》。河原町《かわらまち》T・H《ティーエッチ》靴店《くつてん》で靴《くつ》を買《か》う。夕刻帰宅《ゆうこくきたく》。

四月四日《しがつよっか》。午後《ごご》より外出《がいしゅつ》。夕刻帰宅《ゆうこくきたく》。

四月五日《しがついつか》。午後《ごご》より外出《がいしゅつ》。夕刻帰宅《ゆうこくきたく》。

四月五日《しがついつか》。……妻《つま》ノ様子《ようす》ガ日々《ひび》変《かわ》ッテ来《き》テイル。コノトコロホトンド毎日《まいにち》午後《ごご》ニナルト（朝《あさ》カラノヿ《こと》モアル）

一人《ひとり》デ出《で》カケテ行《い》キ、四五時間《しごじかん》ヲ費《ついや》シテタ飯前《ゆうはんまえ》ニ戻《もど》ルノデアル。夕飯《ゆうはん》ハ僕《ぼく》ト二人《ふたり》デシタタメル。ブランデーハ飲《の》ミタガラナイ。大概《たいがい》シラフデアル。今《いま》ハ木村《きむら》ガ暇《ひま》ナノデ、ソレト関聯《かんれん》ガアル「事《こと》ハ察《さっ》セラレル。ドコヘ行《い》クノカ分《わか》ラナイ。今日午後《きょうごご》二時過《にじす》ギ敏子《としこ》ガヒョッコリ顔《かお》ヲ出《だ》シテ、「ママハ」ト尋《たず》ネタ。「今時分《いまじぶん》ハイツモ留守《るす》ダ。オ前《まえ》ノ所《ところ》デハナイノカネ」ト云《い》ウト、「ママモ木村《きむら》サンモサッパリ見《み》エナイ。ドコヘ行《い》クノカシラ」ト首《くび》ヲヒネッタ。ソノ実彼女《じつかのじょ》モグルデアル「事《こと》ハ察《さっ》スルニカタクナイ。………

四月六日《しがつむいか》。………午後《ごご》より外出《がいしゅつ》。夕刻帰宅《ゆうこくきたく》。………このところ私《わたし》は連日《れんじつ》外出《がいしゅつ》している。私《わたし》が出《で》かける時《とき》、夫《おっと》は大概《たいがい》在宅《ざいたく》している。いつも書斎《しょさい》に引《ひ》き籠《こも》って机《つくえ》に向《むか》っているらしいけれども、――机《つくえ》の上《うえ》には何《なに》かの書物《しょもつ》がページを開《あ》けて置《お》いてあり、それに眼《め》を曝《さら》しているような姿勢《せい》を取《と》っているけれども、――実際《じっさい》には何《なに》も読《よ》んでいるのではあるまい。多分《たぶん》夫《おっと》の頭《あたま》の中《なか》は、私《わたし》が出《で》かけてから帰《かえ》って来《く》るまでの数時間《すうじかん》の間《あいだ》、私《わたし》の行動《こうどう》を知《し》ろうと思《おも》う好奇心《こうきしん》でいっぱいで、他事《たじ》を考《かんが》える餘裕《よゆう》なんかないであろうと想像《そうぞう》される。もっともその間《あいだ》に、夫《おっと》は必《かなら》ず茶《ちゃ》の間《ま》へ下《お》りて用箪笥《ようだんす》の抽出《ひきだし》から私《わたし》の日記帳《にっきちょう》を取《と》り出《だ》して盗《ぬす》み読《よ》みすることは間違《まちが》いない。だがあいにくと、夫《おっと》は私《わたし》の日記帳《にっきちょう》がそのことに関《かん》して何《なに》も語《かた》るところがないのを発《はっ》見《けん》するであろう。私《わたし》はわざとここ数日間《すうじつかん》の行動《こうどう》を曖昧《あいまい》にし、「午後《ごご》より外出《がいしゅつ》、夕刻帰宅《ゆうこくきたく》」とのみ記《しる》している。私《わたし》は出《で》かける時《とき》、二階《にかい》の書斎《しょさい》に上《あが》って行《い》って障子《しょうじ》を細目《ほそめ》に開《あ》け、「ちょっと出《で》かけて来《き》ます」と挨拶《あいさつ》してコソコソと逃《に》げるように階段《かいだん》を下《お》りる。どうかすれば階段《かいだん》の途中《とちゅう》から声《こえ》をかけてそのまま出《で》て行《い》く。夫《おっと》も決《けっ》して私《わたし》の方《ほう》を振《ふ》り返《かえ》らない。「うん」と微《かす》かに頷《うなず》くこともあり、その返辞《へんじ》も聞《きこ》えないこともある。しかし私《わたし》は、夫《おっと》に私《わたし》の日記《にっき》帳《ちょう》を盗《ぬす》み読《よ》む時間《じかん》を与《あた》えるのが目的《もくてき》で外出《がいしゅつ》するのでは、もちろんない。私《わたし》は或《あ》る会合《かいごう》の場所《ばしょ》で木村《きむら》さんと逢《あ》っているのである。どうしてそういう方法《ほうほう》を取《と》るようになったかというと、私《わたし》は白昼健康《はくちゅうけんこう》な太陽光線《たいようこうせん》の照《て》っているところで、いささかもブランデーの酒気《しゅき》を帯《お》びない時《とき》に、木村《きむら》さんの裸体《らたい》に触《ふ》れてみたかったからである。私《わたし》は関《せき》田町《でんちょう》の家《いえ》で、夫《おっと》や敏子《としこ》のいない所《ところ》であの人《ひと》に会《あ》ってはいるけれども、いつも最《もっと》も肝要《かんよう》な瞬間《しゅんかん》、――肌《はだ》と肌《はだ》とを擦《す》り着《つ》けて相抱《あいいだ》き合《あ》う時《とき》になると、たわいなく泥酔《でいすい》してしまうのである。かつて一月三十日《いちがつさんじゅうにち》の日記《にっき》に書《か》いたこと、「私《わたし》が幻覚《げんかく》で見《み》たものは、果《はた》して実際《じっさい》の木村《きむら》さんなのであろうか」という疑問《ぎもん》、また三月十九日《さんがつじゅうくにち》の条《じょう》に書《か》いたこと、「木村《きむら》さんかと思《おも》うと夫《おっと》であったり、夫《おっと》かと思《おも》うと木村《きむら》さんであったりするあの裸体《らたい》を、「一度《いちど》夫《おっと》に邪魔《じゃま》されない時《とき》に、この眼《め》で見届《みとど》けてみたい」という好奇心《こうきしん》が、いまだに満《み》たされないままに胸《むね》にわだかまっていたのである。私《わたし》はぜひとも夫《おっと》というミディアムを中《なか》に入《い》れないところの、これこそ正《まさ》しく生身《しょうしん》の木村《きむら》さんに違《ちが》いないという人《ひと》を、半意識状態《はんいしきじょうたい》でない時《とき》に、青白《あおじろ》い蛍光燈《けいこうとう》の下《した》ではなく、真《ま》っ昼間《ぴるま》のあかりの下《した》でしみじみと眺《なが》めてみたかったのである。……………

……………嬉《うれ》しくもまたはなはだ奇異《きい》なことなのであるが、現実《げんじつ》に確《たし》かめ得《え》た木村《きむら》さんその人《ひと》は、今年《ことし》の正月《しょうがつ》以《い》来幾度《らいいくど》となく幻覚《げんかく》で出遇《であ》ったことのある、あの姿《すがた》が正《ただ》しくそれであることが分《わか》った。いつぞや私《わたし》は夢《ゆめ》の中《なか》で「木《き》村《むら》さんの若々《わかわか》しい腕《うで》の肉《にく》を掴《つか》み、その弾力《だんりょく》のある胸板《むないた》に壓《お》しつけられた」と書《か》き、「何《なに》よりも木村《きむら》さんの皮膚《ひふ》は非常《ひじょう》に色白《いろじろ》で、日本人《にほんじん》の皮膚《ひふ》ではないような気《き》がした」と書《か》いたが、今度始《こんどはじ》めて現実《げんじつ》に見《み》た木村《きむら》さんは、やはりその通《とお》りの人《ひと》であった。私《わたし》は今度《こんど》こそ疑《うたが》いもなくこの手《て》を持《も》ってあの若々《わかわか》しい腕《うで》をムズと掴《つか》み、あの弾力《だんりょく》のある胸板《むないた》にこの胸《むね》を強《つよ》く押《お》し着《つ》け、あの日本人離《にほんじんばな》れのした色《いろ》白《じろ》の皮膚《ひふ》に私《わたし》の皮膚《ひふ》を吸《す》い着《つ》けさせた。だがそれにしても、私《わたし》のかつての幻覚《げんかく》がかくまで現実《げんじつ》と一致《いっち》していたとは何《なん》という不思議《ふしぎ》であろう。私《わたし》が夢《ゆめ》で空想《くうそう》していた木村《きむら》さんの影像《えいぞう》が、ぴったり実物《じつぶつ》に当《あ》て篏《は》まったということは、何《なん》だか単《たん》なる偶然《ぐうぜん》の出来事《できごと》のようには感《かん》じられない。何《なに》か前《まえ》の世《よ》からの約束事《やくそくごと》で、生《う》まれぬ先《さき》から私《わたし》の脳裡《のうり》にあの人《ひと》が住《す》んでいたのではないか、あるいは木村《きむら》さんという人《ひと》に何《なに》か怪《あや》しい神通力《じんつうりき》があって、自分《じぶん》の姿《すがた》を思《おも》うがままに私《わたし》の夢《ゆめ》に通《かよ》わせることができたのではないか、というような気《き》がする。……木村《きむら》さんの影像《えいぞう》が今《いま》や紛《まぎ》れもない現実《げんじつ》として感《かん》じられるに従《したが》って、夫《おっと》と木村《きむら》さんとは全然別《ぜんぜんべつ》なものとして切《き》り放《はな》されるようになった。「夫《おっと》と木村《きむら》さんとは一身同体《いっしんどうたい》で、あの人《ひと》の中《なか》にあなたもある、二人《ふたり》は二《に》にして一《いつ》である」と云《い》った言葉《ことば》を、私《わたし》はハッキりとここで取《と》り消《け》す。私《わたし》の夫《おっと》という人《ひと》は優形《やさがた》で痩《や》せぎすな外見《がいけん》だけがやや木村《きむら》さんに似《に》ているけれども、その他《た》の点《てん》では何《なに》も似《に》ていない。木村《きむら》さんは見《み》たところ痩《や》せぎすのようだけれども、裸体《らたい》にしてみるとその胸板《むないた》には思《おも》いのほかの厚《あつ》みがあって体《からだ》じゅうに溌剌《はつらつ》とした健康感《けんこうかん》が溢《あふ》れているのに、夫《おっと》はいかにも骨組《ほねぐみ》が脆弱《ぜいじゃく》で、血色《けっしょく》が悪《わる》く、皮膚《ひふ》に少《すこ》しも弾力《だんりょく》がない。白《しろ》い下《した》から紅《あか》みがさしている木村《きむら》さんの皮膚《ひふ》にはつやつやとした潤《うるお》いと膩味《じみ》があるのに、青黝《あおぐろ》い夫《おっと》の皮膚《ひふ》は金属性《きんぞくせい》に乾《かわ》き切《き》っている。アルミニュームのようにツルツルなのが今《いま》もって気味《きみ》が悪《わる》い。私《わたし》には夫《おっと》を嫌悪《けんお》する気持《きもち》と愛《あい》する気持《きもち》とが相半《あいなか》ばしていたのであったが、この頃《ごろ》は日々《ひび》嫌悪《けんお》一方《いっぽう》に傾《かたむ》いて行《ゆ》きつつある。……あゝ、私《わたし》はおよそ自分《じぶん》とは性《しょう》の合《あ》わない、何《なん》という嫌《いや》な人《ひと》を夫《おっと》に持《も》ったのであろう、もしこの人《ひと》の代《かわ》りに木村《きむら》さんが夫《おっと》であったらと、日《ひ》に何度《なんど》となく溜息《ためいき》が出《で》る。……

……ここまで来《き》てもまだ私《わたし》は最後《さいご》の一線《いっせん》を越《こ》えずにいる、――と云《い》ったら、夫《おっと》はそれを信《しん》じるであろうか。が、信《しん》じようと信《しん》じまいとそれが事実《じじつ》なのである。もっとも「最後《さいご》の一線《いっせん》」というのは、非常《ひじょう》に狭義《きょうぎ》に解釈《かいしゃく》しての、ほんとうの最後《さいご》の線《せん》であって、それを犯《おか》さない限《かぎ》りにおいてなさざるところなしと云《い》ってもよいかも知《し》れない。それというのが、封建的《ほうけんてき》な両親《りょうしん》に育《そだ》てられて来《き》た私《わたし》の頭《あたま》には、因襲的《いんしゅうてき》な形式主義《けいしきしゅぎ》がいつまでもコビリ着《つ》いていて、精神的《せいしんてき》にはどうあろうとも、肉体的《にくたいてき》に、夫《おっと》が常《つね》に口癖《くちぐせ》にするオーソドックスの方法《ほうほう》で性交《せいこう》をさえ行《おこな》わなければ、貞操《ていそう》を汚《けが》したことにはならないという考《かんが》えが、どこかに潜《ひそ》んでいるからである。そこで私《わたし》は、貞操《ていそう》の形式《けいしき》だけは守《まも》りながらそれ以外《いがい》の方法《ほうほう》でならどんなことでもしているというわけである。具体的《ぐたいてき》にどういうことかと問《と》われては困《こま》るけれども。……

四月八日《しがつようか》。……午後《ごご》ノ散歩《さんぽ》ニ出《で》テ四条通《しじょうどおり》ノ南側《みなみがわ》ヲ河《か》原町方面《わらまちほうめん》カラ西《にし》ヘ向《むか》ッテ歩《ある》イテ行《い》ッタラ、藤井大丸《ふじいだいまる》ノ前《まえ》ヲ数丁進《すうちょうすす》ムト妻《つま》ニ出遭《であ》ッタ。妻《つま》ハ或《あ》ル商店《しょうてん》デ買《か》イ物《もの》ヲシテ、歩道《ほどう》ヘ出《で》テ来《き》タトコロデアッタガ、僕《ぼく》ノ五六間前《ごろくけんまえ》ヲ僕《ぼく》ノ方《ほう》ニ背《せ》ヲ向《む》ケテ、ヤハリ西向《にしむ》キニ歩《ある》イテ行《い》ク。時計《とけい》ヲ見《み》タラ四時半《よじはん》デアル。時刻《じこく》カラ考《かんが》エテ、妻《つま》ハ帰宅《きたく》ノ途《と》中《ちゅう》デアッタラシイノデアルガ、西向《にしむ》キニ歩《ある》イテイルノハ、恐《おそ》ラク僕《ぼく》ヨリ先《さき》ニ僕《ぼく》ヲ見付《みつ》ケテ自分《じぶん》ノ方《ほう》カラ避《さ》ケタノニ違《ちが》イナイ。僕《ぼく》ノ平素《へいそ》ノ散歩道《さんぽみち》ハ大体東山方面《だいたいひがしやまほうめん》デ、四条《しじょう》方面《ほうめん》ヘ来《く》ル〻《こと》ハメッタニナイノデ、コンナ所《ところ》デ僕《ぼく》ヲ見付《みつ》ケタ彼女《かのじょ》ハ不意《ふい》ヲ食《くら》ッタ〻《こと》ト思《おも》ワレル。僕《ぼく》ハ足《あし》ヲ速《はや》メテ距離《きょり》ヲ縮《ちぢ》メ、一間手前《いっけんてまえ》マデ追《お》イ着《つ》イタ。僕《ぼく》モ声《こえ》ヲ掛《か》ケナケレバ彼女《かのじょ》モ後《うしろ》ヲ振《ふ》リ返《かえ》ラナイ。ソシテソレダケノ間隔《かんかく》ヲ保《たも》チナガラ二人《ふたり》ハ進《すす》ンダ。何《なに》ヲ買《か》イ物《もの》シテイタノカト、彼女《かのじょ》ノ出《で》テ来《き》タ商店《しょうてん》ノ前《まえ》ヲ通《とお》リカカリニ覗《のぞ》イテミル。婦《ふ》人服《じんふく》ノアクセサリーヲ売《う》ル店《みせ》デ、レースヤナイロン製《せい》ノ手袋《てぶくろ》、各種《かくしゅ》ノイヤリング、ペンダント等々《とうとう》ガウィンドウニ飾《かざ》ッテアル。洋服《ようふく》ヲ着《き》タ「ノナイ妻《つま》ガコンナ店《みせ》ニ用《よう》ハナイハズダガト、思《おも》ッタトタンニハット驚《おどろ》イテ眼《め》ヲ見張《みは》ッタ。気《き》ガ付《つ》イテミルト、僕《ぼく》ノスグ前《まえ》ヲ行《い》ク彼女《かのじょ》ノ左右《さゆう》ノ耳朶《みみたぶ》カラ、真珠《しんじゅ》ノイヤリングガ垂《た》レテイル。和服《わふく》ニコウイウモノヲ着《つ》ケル趣味《しゅみ》ヲイツカラ彼女《かのじょ》ハ覚《おぼ》エタノデアルカ。今始《いまはじ》メテコレヲ買《か》ッテ早速着《さっそくつ》ケテ出《で》テ来《き》タノデアルカ、ソレトモ僕《ぼく》ノ見《み》テイナイトコロデ時々《ときどき》コンナヿ《こと》ヲシテイルノデアルカ。ソウイエバ彼女《かのじょ》ハ先月《せんげつ》アタリカラアノ茶羽織《ちゃばおり》トイウ丈《たけ》ノ短《みじか》イ羽織《はおり》ヲ着《き》テイルノヲシバシバ見《み》カケタ。今日《きょう》モアレヲ着《き》テ歩《ある》イテイル。本来古風《ほんらいこふう》ナ身《み》ナリガ好《す》キデ、当世風《とうせいふう》ノ流行《りゅうこう》ヲ追《お》ウヿ《こと》ハ嫌《きら》イダッタノデアルガ、コウシテ見《み》ルト、コウイウ身《み》ナリモ似合《にあ》ワナクハナイ。コトニ意外《いがい》ナノハ耳環《みみわ》ガ似合《にあ》ッテイルヿ《こと》デアル。僕《ぼく》ハフト、芥川龍之介《あくたがわりゅうのすけ》ノ書《か》イタモノノ中《なか》ニ、中国《ちゅうごく》ノ婦人《ふじん》ハ耳《みみ》ノ肉《にく》ノ裏側《うらがわ》ガ異様《いよう》ニ色《いろ》ガ白《しろ》クテ美《うつく》シイト云《い》ッテイルノヲ読《よ》ンダヿ《こと》ガアルノヲ思《おも》イ出《だ》シタ。妻《つま》ノ耳《みみ》ノ肉《にく》モ裏側《うらがわ》カラ見《み》ルト冴《さ》エ冴《ざ》エト白《しろ》クテ美《うつく》シイ。アタリノ空《くう》気《き》マデガ清冽《せいれつ》ニ透《す》キ徹《とお》ッテイルヨウニ見《み》エル。ソシテ、真珠《しんじゅ》ノ玉《たま》ト耳朶《みみたぶ》トガ互《たが》イニ効果《こうか》ヲ助《たす》ケ合《あ》ッテイルノデアルガ、アノ耳《みみ》ニアノ真珠《しんじゅ》ヲ下《さ》ゲルヿ《こと》ヲ考《かんが》エツイタノハ彼女自身《かのじょじしん》ノ知慧《ちえ》デハアルマイ。ソウ思《おも》ウト僕《ぼく》ハ例《れい》ニヨリ嫉妬《しっと》ト感謝《かんしゃ》トノ相半《あいなか》バスル気持《きもち》ヲ味《あじ》ワワサレタ。妻《つま》ニコウイウエキゾチックノ美《び》ガアルヿ《こと》ヲ、彼女《かのじょ》ノ夫《おっと》タル者《もの》ガ発見《はっけん》スルヿ《こと》ガデキナイデ、他人《たにん》ニ見《み》ツケ出《だ》サレタノハ口《く》惜《や》シイケレドモ、夫《おっと》トイウモノハ見馴《みな》レタ妻《つま》ノ見馴《みな》レタ姿《すがた》ヲノミ見《み》タガルモノデ、カエッテ他人《たにん》ヨリモ迂濶《うかつ》ナノカモ知《し》レナイ。……妻《つま》ハ烏丸通《からすまどおり》ヲ越《こ》エテナオマッスグニ歩《ある》イテ行《い》ク。左《ひだり》ノ手《て》ニハンドバッグト一緒《いっしょ》ニ、今《いま》ノ商《しょう》店《てん》ノ包《つつ》ミ紙《がみ》ラシイモノニ包《つつ》ンダ、細長《ほそなが》イ平《ひら》ベッタイ包《つつ》ミヲ持《も》ッテイルガ、中身《なかみ》ハ何《なん》デアルカ分《わか》ラナイ。西洞院《にしのとういん》ヲ超《こ》エタトコロデ、僕《ぼく》ハ彼女《かのじょ》ニモウ尾行《びこう》シテイナイヿ《こと》ヲ知《し》ラセルタメニ電車通《でんしゃどお》リヲ北側《きたがわ》ヘ渡《わた》ッテ、ワザト彼女《かのじょ》ニ見《み》エルヨウニ彼女《かのじょ》ヲ追《お》イ越《こ》シテ進《すす》ンダ。ソシテ四条堀川《しじょうほりかわ》カラ東行《とうこう》スル電車《でんしゃ》ニ乗《の》ッタ。……僕《ぼく》ガ帰宅《きたく》シタ約一時間《やくいちじかん》後《ご》ニ妻《つま》モ帰宅《きたく》シタ。妻《つま》ノ耳《みみ》ニハモウアノ真珠《しんじゅ》ガ下《さが》ッテイナカッタ。多分《たぶん》アノハンドバッグノ中《なか》ニ入《い》レテアルノデアロウ。サッキノ買《か》イ物包《ものづつ》ミハ提《さ》ゲテイタガ、僕《ぼく》ノ見《み》テイル前《まえ》デハソレヲ解《と》カナカッタ。……

四月十日《しがつとおか》。……夫《おっと》は彼《かれ》の日記《にっき》の中《なか》に彼自身《かれじしん》の憂慮《ゆうりょ》すべき状態《じょうたい》について何《なに》ごとかを洩《も》らしているであろうか。自分《じぶん》では自分《じぶん》の頭《あたま》のことや体《からだ》のことをどの程度《ていど》に考《かんが》えているのであろうか。彼《かれ》の日記《にっき》を読《よ》まない私《わたし》にはそれは想《そう》像《ぞう》できないけれども、実《じつ》は私《わたし》はもう一二《いちに》カ月前《げつまえ》から、彼《かれ》の様子《ようす》が変調《へんちょう》を来《き》たしていることに気《き》がついていた。彼《かれ》はもともと血色《けっしょく》のすぐれない顔《かお》つきをしているのだが、最近《さいきん》は特《とく》に色《いろ》つやが悪《わる》くて土気色《つちけいろ》をしている。階段《かいだん》を上《のぼ》り下《お》りする時《とき》にしばしばよろけることがある。元来記憶《がんらいきおく》力《りょく》のよい人《ひと》であったのが、近頃《ちかごろ》は顕著《けんちょ》に度忘《どわす》れをする。人《ひと》と電話《でんわ》で話《はな》しているのを聞《き》いていると、当然知《とうぜんし》っていべきはずの名前《なまえ》が浮《う》かんで来《こ》ないで、マゴマゴしていることがある。室内《しつない》を歩《ある》きながら、突然《とつぜん》立《た》ち止《ど》まって眼《め》をつぶったり柱《はしら》につかまったりする。少《すこ》し慇懃《いんぎん》な手紙《てがみ》を書《か》くには巻紙《まきがみ》へ毛筆《もうひつ》でしたためるのだが、字体《じたい》がひどく拙劣《せつれつ》になりつつある。（書道《しょどう》というものは老年《ろうねん》になるほど熟達《じゅくたつ》するのが普通《ふつう》である）誤字《ごじ》や脱漏《だつろう》が目立《めだ》って多《おお》くなっている。私《わたし》が見《み》るのは封筒《ふうとう》の上書《うわが》きだけであるが、日附《ひづけ》や番地《ばんち》を間違《まちが》えるのは始終《しじゅう》である。その間違《まちが》え方《かた》もはなはだ不思議《ふしぎ》で、三月《さんがつ》とすべきを十月《じゅうがつ》としたり、自宅《じたく》の所番地《ところばんち》にとんでもないでたらめを書《か》いたりする。叔父《おじ》に宛《あ》てた封書《ふうしょ》の上書《うわが》きに、「之介《のすけ》」の字《じ》を「の助《すけ》」と書《か》いていたのには、少《すくな》からず驚《おどろ》かされた。「四月《しがつ》」とすべきを「六月《ろくがつ》」と書《か》いて、「六《ろく》」の字《じ》を消《け》して御丁寧《ごていねい》にも「八《はち》」の字《じ》に直《なお》しているのもあった。日附《ひづけ》や番地《ばんち》の場合《ばあい》だと、あまり見苦《みぐる》しいものは私《わたし》がそっと訂正《ていせい》してから出《だ》すのであるが、「の助《すけ》」の時《とき》は計《はか》らいかねて、「之介《のすけ》」が「の助《すけ》」になっていますよと、何気《なにげ》ないように注意《ちゅうい》を与《あた》えた。夫《おっと》は明《あき》らかに狼狽《ろうばい》しながら、「そうだったかね」とわざと平気《へいき》を装《よそお》って云《い》い、すぐには書《か》き直《なお》そうともしないで、それを机《つくえ》の上《うえ》に置《お》いた。が、封筒《ふうとう》は私《わたし》が気《き》を付《つ》けて眼《め》を通《とお》すようにしているからよいが、本文《ほんぶん》にはどんな間違《まちが》いがあるか知《し》れたものではない。夫《おっと》の頭《あたま》が変《へん》であることは、すでに友人《ゆうじん》や知己《ちき》の間《あいだ》には相当知《そうとうし》れ渡《わた》っているのかもしれない。ほかに相談相手《そうだんあいて》もないので、先《せん》日児玉先生《じつこだませんせい》にそれとなく夫《おっと》を診察《しんさつ》して貰《もら》うように頼《たの》んだところ、「そのことで僕《ぼく》も奥《おく》さんにお話《はなし》したいと思《おも》っていました」と云《い》う。児玉先生《こだませんせい》の話《はなし》だと、夫《おっと》は自分《じぶん》でも不《ふ》安《あん》になったとみえて、相馬博士《そうまはかせ》に診《み》て貰《もら》っているらしいのであるが、博士《はかせ》があまり嚇《おど》かすので、博士《はかせ》を敬遠《けいえん》して児玉先生《こだませんせい》の所《ところ》へ相談《そうだん》に来《き》たのだそうである。児玉《こだま》さんは専門《せんもん》でないからはっきりしたことは云《い》えないけれども、「血壓《けつあつ》の高《たか》いのにはびっくりしましたよ」と云《い》う。「どのくらいあるのです」と云《い》うと、「奥《おく》さんに申《もう》し上《あ》げてよいか悪《わる》いか分《わか》りませんが」と躊躇《ちゅうちょ》してから、「御主人《ごしゅじん》の血壓《けつあつ》を血壓計《けつあつけい》で測《はか》ろうとしたら、度盛《ども》りの最上部《さいじょうぶ》を突破《とっぱ》してまだいくらでも上《あが》って行《い》くのです。機械《きかい》が破《やぶ》れそうになったので、慌《あわ》てて止《と》めてしまいましたが、あの工合《ぐあい》だとどのくらいあるか知《し》れませんな」と云《い》う。「主人《しゅじん》は知《し》っているのでしょうか」と云《い》うと、「相馬博士《そうまはかせ》から再《さい》三《さん》の警告《けいこく》があったにもかかわらず、それを守《まも》っておられないようですから、寒心《かんしん》すべき状態《じょうたい》であるということを隠《かく》さず申《もう》し上《あ》げておきました」と云《い》う。(児玉先生《こだませんせい》からそういう注意《ちゅうい》があった以上《いじょう》は、夫《おっと》に読《よ》まれても差支《さしつか》えないと思《おも》うので、始《はじ》めてこのことを書《か》くのである)夫《おっと》をさような状態《じょうたい》に陥《おとしい》れたのには、私《わたし》に大半《たいはん》の責任《せきにん》がないとは云《い》えない。私《わたし》の飽《あ》くなき要求《ようきゅう》がなかったならば、夫《おっと》もあまで淫蕩生活《いんとうせいかつ》に浸《ひた》り込《こ》むことはなかったであろう。（児玉先生《こだませんせい》とこの話《はなし》をした時《とき》、私《わたし》は恥《はず》かしさで真《ま》っ赧《か》になったが、よいあんばいに児玉《こだま》さんは私《わたし》たちの夫婦《ふうふ》関係《かんけい》の真相《しんそう》を知《し》らない。私《わたし》は徹頭徹尾《てっとうてつび》受《う》け身《み》で、働《はたら》きかけるのはいつも夫《おっと》の方《ほう》であり、ひとえに夫自身《おっとじしん》の不摂生《ふせっせい》が今日《こんにち》の結果《けっか》を招《まね》いたのであると、児玉《こだま》さんは思《おも》い込《こ》んでいるのである）夫《おっと》にしてみれば、すべては妻《つま》を喜《よろこ》ばすのが目的《もくてき》でこういう風《ふう》になったのであると云《い》うでもあろう。それを私《わたし》も否定《ひてい》するつもりはないが、私《わたし》は私《わたし》で、どこまでも夫《おっと》に忠実《ちゅうじつ》な妻《つま》として仕《つか》えて来《き》、夫《おっと》を喜《よろこ》ばすためには随分忍《ずいぶんしの》びがたいことをも忍《しの》んで来《き》たのである。敏子《としこ》に云《い》わせれば「ママは貞女《ていじょ》の亀鑑《きかん》」なのだそうで、取《と》りようによってはそうも云《い》えなくはないと思《おも》う。……が、まあ、どっちがよいの悪《わる》いのと今《いま》さら責任《せきにん》のなすり合《あ》いをしたところでしょうがない。要《よう》するに夫《おっと》も私《わたし》も、互《たが》いが互《たが》いを嗾《けしか》け合《あ》い、唆《そその》かし合《あ》い、鎬《しのぎ》を削《けず》り合《あ》い、どうにもならない勢《いきお》いに駆《か》られて夢中《むちゅう》でここまで来《き》てしまったのである。……

ここで私《わたし》はこんなことを書《か》いてよいか悪《わる》いか、夫《おっと》がこれを読《よ》んだ場合《ばあい》にどんな結果《けっか》になるか分《わか》らないが、体《からだ》の工合《ぐあい》が寒心《かんしん》すべき状態《じょうたい》にあるのは夫《おっと》ばかりでなく、実《じつ》は私《わたし》もほぼ同様《どうよう》であることを書《か》きとめておこうと思《おも》う。私《わたし》がそれを感《かん》じたのは今年《ことし》の正月末頃《しょうがつすえごろ》からであった。もっとも前《まえ》に、敏子《としこ》が十《とお》ぐらいの時《とき》に二三度《にさんど》喀血《かっけつ》した経験《けいけん》があり、肺結核《はいけっかく》の症状《しょうじょう》が二期《にき》に及《およ》んでいると云《い》われ、医《い》師《し》に注意《ちゅうい》を促《うなが》されたことがあったが、案《あん》ずるほどのこともなく自然《しぜん》に治癒《ちゆ》してしまったので、今度《こんど》もそんなに気《き》にしてはいない。――そうだ、あの時《とき》も私《わたし》は医師《いし》の忠《ちゅう》告《こく》を無視《むし》して不養生《ふようじょう》の限《かぎ》りを尽《つく》したのであった。私《わたし》は死《し》を恐《おそ》れないわけではなかったが、私《わたし》の淫蕩《いんとう》の血《ち》はそんなことを顧慮《こりょ》する隙《すき》を与《あた》えなかったのであった。私《わたし》は死《し》の恐怖《きょうふ》に眼《め》を閉《と》じて一途《いちず》に性《せい》の衝動《しょうどう》の赴《おもむ》くままに身《み》を委《まか》せた。夫《おっと》も私《わたし》の大胆《だいたん》さと無鉄砲《むてっぽう》さに呆《あき》れ、今《いま》にどうなるであろうかと案《あん》じながらも結局《けっきょく》私《わたし》に引《ひ》き摺《ず》られて行《い》った。運《うん》が悪《わる》ければもうあの時《とき》に私《わたし》は死《し》んでいたのかも知《し》れないのだが、どういうわけかあんな乱暴《らんぼう》をしながら直《なお》ってしまった。——今度《こんど》も私《わたし》は、正月《しょうがつ》の末《すえ》に豫感《よかん》があり、時々《ときどき》胸《むね》がむず痒《がゆ》いような生温《なまぬる》いような感《かん》じを覚《おぼ》えたことがあるので、変《へん》だと思《おも》っていたのであったが、二月《にがつ》の或《あ》る日《ひ》、この前《まえ》の時《とき》と全《まった》く同《おな》じ泡《あわ》を交《まじ》えた鮮紅色《せんこうしょく》の血液《けつえき》が痰《たん》とともに出《で》た。分量《ぶんりょう》は多《おお》くないのだけれども、そういうことが二三回《にさんかい》つづいた。今《いま》は一時的《いちじてき》に治《おさ》まっているようだけれども、いつまたあれが始《はじ》まるかも知《し》れない。体《からだ》がだるくて手《て》のひらや顔《かお》が妙《みょう》に火照《ほて》るところを見《み》ると、熱《ねつ》があるに違《ちが》いないと思《おも》うけれども、私《わたし》は測《はか》ってみようとはしない。（一度《いちど》測《はか》ったら七度六分《ななどろくぶ》あったので、それきり測《はか》らないのである）医者《いしゃ》にも診《み》て貰《もら》わないことにしている。盗汗《ねあせ》を掻《か》くことも始終《しじゅう》である。この前《まえ》の経験《けいけん》に徴《ちょう》して今度《こんど》も大《たい》したことはあるまいと思《おも》っているものの、タカを括《くく》って安心《あんしん》しているというわけでもない。ただ幸《さいわ》いにも私《わたし》は胃《い》が丈夫《じょうぶ》なのが取柄《とりえ》であると、この前《まえ》の時《とき》に医者《いしゃ》に云《い》われた。こういう病気《びょうき》は痩《や》せて来《く》るのが普通《ふつう》であるが、奥《おく》さんは食慾《しょくよく》が衰《おとろ》えないのが不思議《ふしぎ》ですねと、よくそう云《い》われた。でもこの前《まえ》の時《とき》と違《ちが》うのは、おりおり胸《むね》が気味《きみ》悪《わる》く疼《うず》くことと、午後《ごご》になると毎日《まいにち》のように疲労感《ひろうかん》が襲《おそ》って来《く》ることである。（その疲労感《ひろうかん》に抵抗《ていこう》しようとして私《わたし》は一層《いっそう》木村《きむら》さんに接触《せっしょく》する。午後《ごご》の倦怠《けんたい》を忘《わす》れるためにはぜひとも木村《きむら》さんが必要《ひつよう》である）前《まえ》にはこんなに胸《むね》が疼《うず》いたことはなかった。またこんなに疲《つか》れることもなかった。事《こと》によったら今度《こんど》は次第《しだい》に悪化《あっか》して救《すく》いがたいことになるのかも知《し》れない。どうもこの胸《むね》の痛《いた》むのはただごとでないという気《き》もする。それに、不養《ふよう》生《じょう》の程度《ていど》もこの前《まえ》どころの段《だん》ではない。この病気《びょうき》には過度《かど》の飲酒《いんしゅ》が最《もっと》も有害《ゆうがい》であると聞《き》いているのに、正月《しょうがつ》以来《いらい》飲《の》み続《つづ》けて来《き》たブランデーの量《りょう》を考《かんが》えると、これで病勢《びょうせい》が昂進《こうしん》しなければ奇蹟《きせき》であるというほかはない。今《いま》から思《おも》うと、この間《あいだ》中《じゅう》あんなに酒《さけ》に酔《よ》いしれて前後不《ぜんごふ》覚《かく》に陥《おちい》ったのは、いずれは長《なが》くない命《いのち》であるというやけ半分《はんぶん》の心持《こころもち》が、潜在的《せんざいてき》に手伝《てつだ》っていたのかも知《し》れない。

……

四月十三日《しがつじゅうさんにち》。……妻《つま》ノ外出時間《がいしゅつじかん》ガ昨日《きのう》アタリカラ変更《へんこう》サレルノデハナイカト、カネテ僕《ぼく》ハ豫期《よき》シテイタガ、果《はた》シテソノ通《とお》リデアッタ。トイウノハ、木村《きむら》ノ学校《がっこう》ガ始《はじ》マッテ、ソロソロ昼間《ひるま》ノ逢引《あいびき》ガ不可能《ふかのう》ニナルカラデアル。

コノ間《あいだ》ジュウ八午後《ごご》早《はや》クカラ出《で》カケルヿ《こと》ニナッテイタノニ、コノ一両日《いちりょうじつ》落《お》チツイテイルナト思《おも》ッタラ、昨日《きのう》ノ夕刻《ゆうこく》、五時頃《ごじごろ》ニマズ敏子《としこ》ガ現《あら》ワレタ。スルト申《もう》シ合《あ》ワセタヨウニ妻《つま》ガ立《た》ッテ身支度《みじたく》ヲ始《はじ》メタ様子《ようす》デアルノガ、二《に》階《かい》ニイテモスグニ分《わか》ッタ。妻《つま》八上《あが》ッテ来《き》テ障子《しょうじ》ノ外《そと》カラ「出《で》カケテ来《き》マス、ジキニ戻《もど》リマス」ト云《い》ッタ。例《れい》ニヨッテ僕《ぼく》ハタダ「ウン」ト云《い》ッタ。「敏子《としこ》ガ来《き》テイマスカラ夕飯《ゆうはん》八敏子《としこ》ト上《あが》ッテ下《くだ》スッテモイイワ」ト、階段《かいだん》ノ途中《とちゅう》ニ立《た》チ止《どま》リナガラ妻《つま》ガ云《い》ッタ。「オ前《まえ》ハドウスル」ト僕《ぼく》ハ意地悪《いじわる》ク尋《たず》ネタ。「私《わたし》ハ帰《かえ》ッテカラ食《た》ベマス、待《ま》ッテイテ下《くだ》サレバ一緒《いっしょ》ニイタダキマスケレドモ」ト云《い》ッタガ、

「僕《ぼく》ハ先《さき》ニ食《た》ベル。オ前《まえ》モ食《た》ベテ来《き》タライイ。ユックリシテ来《き》テ構《かま》ワナイヨ」ト僕《ぼく》ハ答《こた》エタ。フト僕《ぼく》ハ、彼女《かのじょ》ガドンナ身《み》ナリヲシテイルカ見《み》タクナッテ、不意《ふい》ニ廊下《ろうか》ヘ出《で》テ階段《かいだん》ヲ覗《のぞ》イタ。彼女《かのじょ》ハスデニ階段《かいだん》ヲ降《お》リ切《き》ッテイタガ、アノ真珠《しんじゅ》ノイヤリングヲ昨日《きのう》ハモウ家《いえ》ノ中《なか》デ着《つ》ケテイタ。(僕《ぼく》ガ廊下《ろうか》ヘ出《で》テ来《く》ルトハ予期《よき》シテイナカッタノデアル)ソシテ、左《ひだり》ノ手《て》ニ白《しろ》イレースノ手袋《てぶくろ》ヲ嵌《は》メ、右《みぎ》ノ手《て》ニソレヲ嵌《は》メヨウトシテイルトコロデアッタ。先日《せんじつ》彼女《かのじょ》ガ提《さ》ゲテイタ買物包《かいものづつ》ミノ中身《なかみ》ハコレダッタノダナト思《おも》ッタ。意外《いがい》ナトコロヲ僕《ぼく》ニ見《み》ラレテ彼女《かのじょ》ハバツガ悪《わる》ソウデアッタ。「ママ、ヨク似合《にあ》ウワヨ」ト敏子《としこ》ガ云《い》ッタ。

……六時半過《ろくじはんす》ギニ食事《しょくじ》ノ用意《ようい》ガデキタヿ《こと》ヲ婆《ばあ》ヤガ知《し》ラセテ来《き》タノデ、茶《ちゃ》ノ間《ま》ヘ下《お》リテ行《い》クト敏子《としこ》ガ待《ま》ッテイタ。「マダイタノカ、飯《めし》ナラ一人《ひとり》デ食《く》ッテモイイゼ」ト云《い》ウト、「タマニパパノオ相手《あいて》グライスルモノヨト、ママガ云《い》ウノヨ」ト云《い》ウ。何《なに》カ云《い》イタイヿ《こと》ガアルンダナト察《さっ》シタ。全《まった》ク、敏子《としこ》ト二人《ふたり》デ夕餉《ゆうげ》ノ膳《ぜん》ニ就《つ》クナドトイウヿ《こと》ハ珍《めずら》シイ。ソウイエバ夕食時《ゆうしょくどき》ニ妻《つま》ガ留守《るす》ノヿ《こと》モ珍《めずら》シイ。妻《つま》ハコノトコロ外出《がいしゅつ》ガチデアルガ、イツモ晩《ばん》ノ食事《しょくじ》ノ時《とき》ニハ家《いえ》ニイル。家《いえ》ヲ空《あ》ケルノハ大概夕食《たいがいゆうしょく》ノ前《まえ》カ後《あと》デアル。ソノセイカ僕《ぼく》ハ何《なに》カ空白《くうはく》ガデキタヨウナ淋《さび》シサヲ覚《おぼ》エタ。コンナ気持《きもち》ニナッタヿ《こと》ハメッタニナイ。敏子《としこ》ガイテクレルヿ《こと》ガカエッテヨケイ空白感《くうはくかん》ヲモタラスノデ、実《じつ》ハ有難迷《ありがためい》惑《わく》デアッタガ、敏子《としこ》ノヿ《こと》ダカラソレモ計算済《けいさんず》ミダッタカモ知《し》レナイ。「パパ、ママハドコヘ行《い》カハルノカ分《わか》ッテハルノ」ト、膳《ぜん》ニ向《むか》ウト敏子《としこ》ガ始《はじ》メタ。「ソンナヿ《こと》ハ分《わか》ラナイサ、ソコマデハ知《し》リタクナイカラネ」ト云《い》ウト、「大阪《おおさか》ヨ」ト、ズバリト云《い》ッテ反響《はんきょう》ヲ見《み》テイル。「大阪《おおさか》？」ト、ツイ乗《の》リ出《だ》シテ云《い》イカケタ言葉《ことば》ヲ僕《ぼく》ハ怺《こら》エテ、「ヘエ、ソウカネ」ト、ツトメテ無表情《むひょうじょう》ニ答《こた》エタ。三条《さんじょう》カラ舊京阪《きゅうけいはん》ノ特急《とっきゅう》デ四十分《よんじっぷん》デ京橋《きょうばし》ニ着《つ》ク、ソコカラ歩《ある》イテ五六分《ごろっぷん》ノ所《ところ》ニソノ家《いえ》ハアル。――「モット委《くわ》シク教《おし》エマショウカ」ト云《い》ウノデアッタガ、黙《だま》ッテイルト続《つづ》ケテアトヲ云《い》イソウナノデ、「ソンナ〓《こと》ハ聞《き》カナイデモイイ。オ前《まえ》ガソレヲ知《し》ッテイルノハドウイウワケダ」ト、僕《ぼく》ハ話《はなし》ノ方向《ほうこう》ヲ外《そ》ラシタ。「適当《てきとう》ナ場所《ばしょ》ガアル〓《こと》ヲ私《わたし》ガ教《おし》エテ上《あ》ゲタノヨ。京都《きょうと》デハ人目《ひとめ》ニツキヤスイカラ、京都《きょうと》カラ遠《とお》クナイ所《ところ》デ、ドコカナイデショウカト木村《きむら》サンガ云《い》ウカラ、オ友達《ともだち》ノ或《あ》ルアプレノ人《じん》デソウイウ〓《こと》ニ委《くわ》シイ人《ひと》ニ聞《き》イテ上《あ》ゲタノヨ」ソウ云《い》ッテ敏子《としこ》ハ、「パパ、少《すこ》シイカガ」ト、クルボアジエヲ注《つ》イデ出《だ》シタ。近頃《ちかごろ》ブランデーハ用《もち》イナイ〓《こと》ニシテイタノダガ、昨日《きのう》ハ敏子《としこ》ガ膳《ぜん》ノ上《うえ》ニ持《も》チ出《だ》シテイタ。僕《ぼく》ハ照《て》レカクシニ一口《ひとくち》飲《の》ンダ。「立《た》チ入《い》ッタ〓《こと》ヲ聞《き》クヨウダケレド、パパハドウ思《おも》ウテハルノ」ト敏子《としこ》ガ云《い》ッタ。「ドウ思《おも》ウッテ、ドウイウ〻《こと》サ」「ママガ今《いま》デモパパニ背《そむ》イテイナイト云《い》ッタラ、ソレヲ信用《しんよう》シヤハルツモリ」「ママハオ前《まえ》トソンナ話《はなし》ヲシタ〻《こと》ガアルノカ」「ママハシヤハリマセン、木村《きむら》サンカラ聞《き》イタノデス。奥《おく》サンハ先生《せんせい》ニ対《たい》シテイマダニ貞節《ていせつ》ヲ保《たも》ッテオイデデスト、アノ人《ひと》ガ云《い》ウノヨ。ソンナ阿呆《あほ》ラシイ〻《こと》ヲ私《わたし》ハ真《ま》ニ受《う》ケハシナイケレドモ」——敏子《としこ》ガマタシエリーグラスヘイッパイニ注《つ》ギ足《た》シタノデ、僕《ぼく》ハ躊躇《ちゅうちょ》ナク受《う》ケテ乾《ほ》シタ。マダイクラデモ飲《の》ム気《き》ニナッタ。「オ前《まえ》ガ真《ま》ニ受《う》ケヨウト受《う》ケマイトオ前《まえ》ノ勝手《かって》ダ」「パパハドウナノ」「僕《ぼく》ハ云《い》ワレルマデモナク郁子《いくこ》ヲ信《しん》ジル。タトイ木村《きむら》ガ郁子《いくこ》ヲ汚《けが》シタト云《い》ッタトシテモ、ソンナヿ《こと》ハ信《しん》ジナイ。郁子《いくこ》ハ僕《ぼく》ヲ欺《あざむ》クヿ《こと》ガデキルヨウナ女《おんな》デハナイ」「フフ」ト敏子《としこ》ガ口《くち》ノ内《うち》デ微《かす》カニ笑《わら》ッタ声《こえ》ガシタ。「デモ、カリニ汚《けが》サレテハイナイトシテモ、汚《けが》サレルヨリハ一層《いっそう》不潔《ふけつ》ナ方法《ほうほう》デ或《あ》ル満足《まんぞく》ヲ――」「止《や》メナイカ敏子《としこ》」ト、僕《ぼく》ハ叱《しか》リツケタ、「生意気《なまいき》ナヿ《こと》ヲ云《い》ウノハ止《よ》セ。親《おや》ニ対《たい》シテ云《い》ッテヨイヿ《こと》ト悪《わる》イヿ《こと》トアル。ソンナヿ《こと》ヲ云《い》ウ貴様《きさま》コソアプレダ。貴様《きさま》コソ汚《けが》レタ奴《やつ》ダ。用《よう》ハナイカラサッサト帰《かえ》レ」「帰《かえ》ルワ」ト云《い》ウト、茶碗《ちゃわん》ニ飯《めし》ヲ盛《も》リカケテイタノガ、ソノ飯《めし》ヲパット飯櫃《めしびつ》ヘ投《な》ゲ込《こ》ンデ出《で》テ行《い》ッテシマッタ。……

……敏子《としこ》ニ虚《きょ》ヲ突《つ》カレタアトノ心《こころ》ノ動揺《どうよう》ガ、長《なが》イ間《あいだ》静《しず》マラナカッタ。敏子《としこ》ガ「大阪《おおさか》ヨ」ト素《す》ッ破抜《ぱぬ》イタ時《とき》、僕《ぼく》ハ鳩尾《みぞおち》ノ辺《あたり》ガピクント凹《へこ》ンダヨウナ気《き》ガシタガ、イツマデモソノ感《かん》ジガ続《つづ》イテイタ。トイッテ、僕《ぼく》ハ全然《ぜんぜん》ソウイウ〼ヲ想像《そうぞう》シテモイナカッタワケデハナイ。想像《そうぞう》シナガラ努《つと》メテソノ〼ヲ考《かんが》エナイヨウニシテイタノニ、イキナリハッキリト聞《き》カサレタノデギクリトシタ、トイウノガ偽《いつわ》ラザル気持《きもち》カモ知《し》レナイ。ソレニシテモ、場所《ばしょ》ガ大《おお》阪《さか》デアルノハ初耳《はつみみ》デアッタ。ソレハドウイウ家《いえ》ナノカ、普通《ふつう》ノ品《ひん》ノヨイ旅館《りょかん》カ、アルイハ待合《まちあい》カ、モット柄《がら》ノ悪《わる》イ温泉《おんせん》マークノヨウナ家《いえ》カ。……考《かんが》エマイトシテモソノ家《いえ》ノ様子《ようす》、室内《しつない》ノ空気《くうき》、二人《ふたり》ノ寝《ね》テイル恰好《かっこう》マデガ浮《う》カンデ来《き》テ仕方《しかた》ガナカッタ。……「アプレノオ友達《ともだち》ノ人《ひと》ニ聞《き》イタ」？——僕《ぼく》ハ何《なん》トナク四角《しかく》ナ壁《かべ》デ仕切《しき》ラレタ安《やす》アパート風《ふう》ノ一室《いっしつ》ヲ聯想《れんそう》シ、畳《たたみ》デナクベッドニ寝《ね》テイル姿《すがた》ヲ描《えが》イタ。オカシナ「ダガ、畳《たたみ》ノ部屋《へや》ニ布団《ふとん》ヲ敷《し》イテ寝《ね》テイラレルヨリ寝台《しんだい》ニ寝《ね》テイテクレル方《ほう》ガ望《のぞ》マシイ気《き》ガシタ。「何《なに》カ非常《ひじょう》ニ不自然《ふしぜん》ナ方法《ほうほう》」——「汚《けが》サレルヨリハ一層不潔《いっそうふけつ》ナ方法《ほうほう》」——イロイロナ姿勢《しせい》、イロイロナ手足《てあし》ノ位置《いち》ガ考《かんが》エラレタ。……敏子《としこ》ガ突然《とつぜん》アンナ素《す》ッ破抜《ぱぬ》キヲシタノハナゼカ、アレハ彼女自身《かのじょじしん》ノ意志《いし》デ云《い》ッタノデハナク、郁子《いくこ》ガ云《い》ワセタノデハナイカ、トイウ疑《ぎ》問《もん》ガ湧《わ》イタ。郁子《いくこ》ハソノ〻《こと》ヲ自分《じぶん》ノ日記《にっき》ニ書《か》イテイルカドウカ知《し》ラナイガ、書《か》イテイタトシテモ僕《ぼく》ガソレヲ読《よ》マナイデ（アルイハ読《よ》マナイフリヲシテ）イル〻《こと》ヲ恐《おそ》レテ、否応《いやおう》ナシニ僕《ぼく》ニソノ〻《こと》ヲ認《みと》メサセルタメニ敏子《としこ》ヲ使《つか》ッタ？　一番肝腎《いちばんかんじん》ナ〻《こと》ハ、――ソシテ一番《いちばん》気《き》ニナル〻《こと》ハ、――今度《こんど》コソ郁子《いくこ》ハスベテノモノヲ木村《きむら》ニ捧《ささ》ゲ尽《つく》シテシマッタノデハナイカ、ソシテ敏子《としこ》ノ口《くち》ヲ介《かい》シテソノ諒解《りょうかい》ヲ僕《ぼく》ニ求《もと》メテイルノデハナイカ。「ソンナ阿呆《あほ》ラシイ〻《こと》ハ真《ま》ニ受《う》ケナイ」ト敏子《としこ》ガ云《い》ウノハ、郁子《いくこ》ガ云《い》ワセテイルノデハナイカ。……今考《いまかんが》エルト僕《ぼく》ハ、「彼女《かのじょ》ガ多《おお》クノ女《じょ》性《せい》ノ中《なか》デモ極《きわ》メテ稀《まれ》ニシカナイ器具《きぐ》ノ所有者《しょゆうしゃ》デアル〻《こと》ヲ日記《にっき》ニ書《か》イタノハ誤《あやま》リデアッタ。ヤハリアレハ書《か》カナイ方《ほう》ガヨカッタ。彼女《かのじょ》ハソノ器具《きぐ》ヲ、夫以外《おっといがい》ノ男性《だんせい》ニ試《こころ》ミテミタイトイウ好奇心《こうきしん》ニ、果《はた》シテイツマデ抗《こう》シ得《え》タデアロウカ。……従来僕《じゅうらいぼく》ガ妻《つま》ノ貞節《ていせつ》ヲ信《しん》ジテ疑《うたが》ワナカッタ一《ひと》ツノ理由《りゆう》ハ、彼女《かのじょ》ガドンナ場合《ばあい》ニモ僕《ぼく》トノ情交《じょうこう》ヲ拒《こば》マナイヿ《こと》ニアッタ。彼女《かのじょ》ガドコカデ彼《かれ》ト逢《あ》ッテ来《き》タヿ《こと》ガ明《あき》ラカデアル時《とき》ニモ、ソノ夜夫《よるおっと》カラ挑《いど》マレテ怯《ひる》ム色《いろ》ヲ見《み》セタヿ《こと》ハ一度《いちど》モナイ、バカリカ挑《いど》ンデ来《く》ルノデアル。コレハ彼女《かのじょ》ガ彼《かれ》トハ実事《じつじ》ヲ行《おこな》ッテイナイ証拠《しょうこ》デアルヨウニ思《おも》ッテイタケレドモ、他《ほか》ノ女性《じょせい》ナラトニカク、僕《ぼく》ノ妻《つま》ハ午後《ごご》ニソウイウヿ《こと》ガアッテ夜《よる》ニ及《およ》ンデマタアッタトシテモ、――ソウイウ日《ひ》ガ数日続《すうじつつづ》イタトシテモ平気《へいき》ナ体質《たいしつ》ナノデアル。愛《あい》スル相手《あいて》ト逢《あ》ッタアトデ嫌《きら》イナ相手《あいて》ト行《おこな》ウヿ《こと》ハ、堪《た》エラレナイ苛責《かしゃく》デアルベキハズダガ、彼女《かのじょ》ハ例《れい》外《がい》ナノデアル。彼女《かのじょ》ガ僕《ぼく》ヲ拒《こば》ンデモ、彼女《かのじょ》ノ肉体《にくたい》ハ拒《こば》ムヿ《こと》ヲ知《し》ラナイ。拒《こば》モウトシテモ誘惑《ゆうわく》ニ打《う》チ克《か》チ得《え》ズ、カエッテソレヲ喜《よろこ》ビ迎《むか》エル。ソコガ淫婦《いんぷ》ノ淫婦《いんぷ》タル所以《ゆえん》デアルヿ《こと》ヲ、僕《ぼく》ハ見落《みおと》シテイタノデアッタ。……

昨夜妻《さくやつま》ガ帰宅《きたく》シタノハ九時《くじ》デアッタ。十一時《じゅういちじ》僕《ぼく》ガ寝室《しんしつ》ニ入《はい》ッタ𪜈《とき》ハ彼女《かのじょ》ハスデニベッドニイタ。……僕《ぼく》ハ豫期以上《よきいじょう》ニ積極的《せっきょくてき》デアル彼女《かのじょ》ヲ見出《みいだ》シテ驚《おどろ》クホカハナカッタ。僕《ぼく》ハ完全《かんぜん》ニ受《う》ケ身《み》ニ立《た》タサレタ。房中《ぼうちゅう》ニオケル彼女《かのじょ》ノ態度《たいど》、取《と》リ扱《あつか》イブリ、アシライ方《かた》、等々《とうとう》ニ間然《かんぜん》スベキトコロハナカッタ。媚《こ》ビノ呈《てい》シ方《かた》、陶酔《とうすい》ヘノ導《みちび》キ方《かた》、漸々《ぜんぜん》ニエクスタシーヘ引《ひ》キ上《あ》ゲテ行《い》ク技巧《ぎこう》ノ段階《だんかい》、スベテハ彼女《かのじょ》ガソノ行為《こうい》ニ渾身《こんしん》ヲ打《う》チ込《こ》ンデイル証拠《しょうこ》デアッタ。……

四月十五日《しがつじゅうごにち》。……自分《じぶん》ノ頭脳《ずのう》ガ日《ひ》ニ日《ひ》ニ駄目《だめ》ニナリツツアルヿ《こと》ガ自分《じぶん》ニモ分《わか》ル。正月以来《しょうがついらい》、他《ほか》ノ一切《いっさい》ヲ放擲《ほうてき》シテ妻《つま》ヲ喜《よろこ》バスヿ《こと》ニノミ熱中《ねっちゅう》シテイタラ、イツノマニカ淫慾以外《いんよくいがい》ノスベテノヿ《こと》ニ興味《きょうみ》ヲ感《かん》ジナイヨウニナッタ。モノヲ思考《しこう》スル能力《のうりょく》ガ全《まった》ク衰《おとろ》エテ一《ひと》ツヿ《こと》ヲ五分《ごふん》ト考《かんが》エツヅケル根気《こんき》ガナイ。頭《あたま》ニ浮《う》カブノハ妻《つま》ト寝《ね》ルヿ《こと》ニ関《かん》シテノ妄想《もうそう》ノ数々《かずかず》バカリデアル。昔《むかし》カラドンナ場合《ばあい》デモ読書《どくしょ》ヲ廃《はい》シタヿ《こと》ハナカッタノニ、終日《しゅうじつ》何《なに》モ読《よ》マズニイル。ソノ癖《くせ》長《なが》イ間《あいだ》ノ習慣《しゅうかん》デ机《つくえ》ニ向《むか》ッテダケハイル。眼《め》ハ書物《しょもつ》ノ上《うえ》ニ注《そそ》ガレテイルガ、何《なに》モ読《よ》ンデイルノデハナイ。第一《だいいち》眼《め》ガチラチラシテモノガ非常《ひじょう》ニ読《よ》ミニクイ。文字《もじ》ガ二重《にじゅう》ニ見《み》エルノデ同《おな》ジ行《ぎょう》ヲ何度《なんど》モ読《よ》ム。今《いま》ヤ自分《じぶん》ハ夜《よる》ダケ生《い》キテイル動物《どうぶつ》、妻《つま》ト抱擁《ほうよう》スル以外《いがい》ニハ能《のう》ノナイ動物《どうぶつ》と化《か》シ終《しま》ッタ。昼間書斎《ひるましょさい》ニ籠《こも》ッテイル時《とき》ハタマラナイ倦怠《けんたい》ヲ覚《おぼ》エル一面《いちめん》、云《い》イヨウノナイ不安《ふあん》ニ襲《おそ》ワレル。外《そと》ヲ散歩《さんぽ》シテイルトイクラカ不安《ふあん》ガ紛《まぎ》レルケレドモ、ソノ散歩《さんぽ》ガダンダン不自由《ふじゆう》ニナリツツアル。トイウノハ、眩暈《めまい》ガヒドクテ歩行《ほこう》ニ困難《こんなん》ヲ伴《ともな》ウ㆑《こと》ガシバシバナノデアル。路上《ろじょう》デ仰向《あおむ》ケニ倒《たお》レソウニナル㆑《こと》モ始終《しじゅう》デアル。散歩《さんぽ》ニ出《で》テモアマリ多《おお》クヲ歩《ある》カヌヨウニシ、ナルベク人通《ひとどお》リノ少《すく》イ所《ところ》、百万遍《ひゃくまんべん》、黒谷《くろだに》、永観堂辺《えいかんどうあたり》ニ杖《つえ》ヲ曳《ひ》イテ、主《おも》ニベンチデ休憩《きゅうけい》シテ時間《じかん》ヲツブス㆑《こと》ニシテイル。(脚《あし》ノ力《ちから》モ弱《よわ》ッテイテ歩《ある》キ過《す》ギルトジキニ疲《つか》レル)……

……今日散歩《きょうさんぽ》カラ戻《もど》ッテ来《く》ルト妻《つま》ガ洋裁《ようさい》ノ河合女史《かわいじょし》ト茶《ちゃ》ノ間《ま》デ話《はな》シテイル。僕《ぼく》ガ茶《ちゃ》ヲ飲《の》ミニハイロウトスルト、「今《いま》オハイリニナラナイデ。二階《にかい》ヘ行《い》ッテイテ下《くだ》サイ」ト云《い》ウ。覗《のぞ》イテミルト妻《つま》ガ洋服《ようふく》ヲ着《き》セテ貰《もら》ッテイルノデアル。シキリニ二階《にかい》ヘ行《い》ケト云《い》ウノデ書斎《しょさい》ニ上《あが》ル。「チョット出《で》カケテ来《き》マス」ト、階下《した》デ妻《つま》ノ声《こえ》ガシテ、彼女《かのじょ》ト河合女史《かわいじょし》トガ出《で》テ行《い》ク様子《ようす》デアル。二階《にかい》ノ窓《まど》カラ路《みち》ヲ歩《ある》イテ行《い》ク二人《ふたり》ヲ見《み》オロス。妻《つま》ノ洋装《ようそう》ヲ見《み》ルノハ始《はじ》メテデアル。コノ間《あいだ》カラ和服《わふく》デアクセサリーヲ着《つ》ケテイタノハ、コノタメノ用意《ようい》ダッタノデアル。ガ、正直《しょうじき》ノトコロ、妻《つま》ノ洋装《ようそう》ハ似合《にあ》ッテイルトハ云《い》イニクイ。不恰好《ぶかっこう》デ背《せ》ノ低《ひく》イ河合女史《かわいじょし》ニ比《くら》ベルト、優雅《ゆうが》ナ体《からだ》ツキノ妻《つま》ノ方《ほう》ガ似合《にあ》イソウナモノダケレドモ、身《み》ニツイテイナイ感《かん》ジデアル。女史《じょし》ハ馴《な》レテイルノデ着《き》コナシガ巧《うま》イ。妻《つま》ハ、アノイヤリングヤレースノ手袋《てぶくろ》ガ、和服《わふく》デ着《つ》ケテイタ時《とき》ノヨウニハ似合《にあ》ッテイナイ。和服《わふく》ダトアレガエキゾチックニ感《かん》ジラレタノニ、洋服《ようふく》ダト取《と》ッテ付《つ》ケタヨウデ、シックリシナイ。服《ふく》ト、体《からだ》ト、アクセサリートガバラバラノ感《かん》ジデアル。近頃《ちかごろ》ハ和服《わふく》ヲ洋服《ようふく》ノヨウニ着《き》コナスヿ《こと》ガ流行《はや》ルヨウダガ、妻《つま》ハ反対《はんたい》ニ、洋服《ようふく》ヲ和服《わふく》ノヨウニ着《き》テイル。洋服《ようふく》ノ下《した》カラ、和服向《わふくむ》キニデキテイル体《からだ》ツキガ透《す》イテ見《み》エル。肩《かた》ガアマリニモ撫《な》デ肩《がた》デ、コトニガニ股《また》ノ脚《あし》ガイケナイ。細《ほそ》クテスッキリシテイルノダケレドモ、膝《ひざ》ノ下《した》カラ踝《くるぶし》ニ至《いた》ル線《せん》ガ外側《そとがわ》へ曲《まが》ッテイテ、靴《くつ》ヲ穿《は》イタ足首《あしくび》ト脛《すね》トノ接合点《せつごうてん》ガ妙《みょう》ニ脹《は》レボッタク膨《ふく》ランデイル。ソレニ体《からだ》ノコナシガ、手《て》ノ持《も》ッテ行《い》キヨウ、足《あし》ノ運《はこ》ビヨウ、頸《くび》ノ振《ふ》リヨウ、肩《かた》ヤ胴《どう》ノ動《うご》カシヨウ等々《とうとう》ガ、スベテ和服流《わふくりゅう》ニシナシナシテイテ締《し》マリガナイ。シカシ僕《ぼく》ニハマタ、ソノナヨナヨトシテ締《し》マリノナイ体《からだ》ツキ、不細工《ぶさいく》ニ歪《ゆが》ンデイル脚《あし》ノ曲線《きょくせん》ガ変《へん》ニナマメカシク感《かん》ジラレタ┐《こと》モ事実《じじつ》デアル。コウイウ不思議《ふしぎ》ナナマメカシサハ、彼女《かのじょ》ガ和服《わふく》ヲ着《き》テイタノデハ現《あら》ワレナイ。僕《ぼく》ハ向《むこ》ウヲ歩《ある》イテ行《い》ク妻《つま》ノ後姿《うしろすがた》ヲ見送《みおく》リナガラ、――分《わ》ケテモスカートノ下《した》カラ踝《くるぶし》ノ辺《あたり》ノ歪曲美《わいきょくび》ニ見惚《みと》レナガラ、今夜《こんや》ノ┐《こと》ヲ考《かんが》エテイタ。………

四月十六日《しがつじゅうろくにち》。……午前中錦《ごぜんちゅうにしき》へ買《か》い出《だ》しに行《い》く。私《わたし》が自分《じぶん》で食料品《しょくりょうひん》を買《か》い漁《あさ》りに行《い》く習慣《しゅうかん》も、もう長《なが》いこと怠《おこた》りつづけていたのであったが、――近頃《ちかごろ》は万事婆《ばんじばあ》や任《まか》せにしていたのだが、それでは何《なん》だか夫《おっと》に対《たい》して済《す》まないような、主婦《しゅふ》の勤《つと》めをおろそかにしているような気《き》がしていたので、久《ひさ》しぶりに出《で》かける。（でも私《わたし》には買《か》い出《だ》しなんぞよりもっと大切《たいせつ》な勤《つと》めがあり、夫《おっと》を喜《よろこ》ばせるための忙《いそが》しい仕事《しごと》が控《ひか》えているので、なかなか錦《にしき》へ行《い》く暇《ひま》などはなかったのだ）行《い》きつけの八百屋《やおや》の店《みせ》で筍《たけのこ》と蚕豆《そらまめ》ときぬさやを少々《しょうしょう》買《か》う。筍《たけのこ》を見《み》たので思《おも》い出《だ》したが、今年《ことし》はとうとう花《はな》の咲《さ》いたのも知《し》らないうちに過《す》ごしてしまった。去年《きょねん》はたしか敏子《としこ》と二人《ふたり》で、疏水《そすい》のふちを銀閣寺《ぎんかくじ》から法然院《ほうねんいん》の方《ほう》へ花見《はなみ》をして歩《ある》いたことがあった。もうあの辺《あたり》の花《はな》も残《のこ》らず散《ち》ったことであろう。それにつけても今年《ことし》は何《なん》という慌《あわただ》しい落《お》ち着《つ》きのない春《はる》を送《おく》ったことか、あッという間《ま》にこの二《ふ》た月《つき》三月《みつき》が夢《ゆめ》のように過《す》ぎてしまった。……十一時《じゅういちじ》に帰《かえ》って来《き》て書斎《しょさい》の花《はな》を活《い》けかえる。今日《きょう》はマダムが庭《にわ》にあるのを届《とど》けてくれたミモザの花《はな》にする。夫《おっと》はつい今《いま》しがた起《お》き出《だ》したらしく、私《わたし》が花《はな》を活《い》けている時《とき》にようやく二階《にかい》へ上《あが》って来《き》た。朝《あさ》は早起《はやお》きの夫《おっと》なのであるが、近頃《ちかごろ》はよくこんな風《ふう》に寝坊《ねぼう》をする。「今《いま》お起《お》きになったの」と云《い》うと、「今日《きょう》は土曜《どよう》だったのか」と云《い》ってから、「明日《あす》は朝《あさ》から出《で》かけるんだろうね」と、まだ睡気《ねむけ》の残《のこ》っているような薄寝《うすね》惚《ぼ》け声《ごえ》で云《い》った。（その実寝《じつね》惚《ぼ》けているのではない。大《おお》いに気《き》に懸《か》けているのである）私《わたし》は肯定《こうてい》とも否定《ひてい》とも付《つ》かない返辞《へんじ》を、口《くち》の内《うち》でもぐもぐと云《い》っただけであった。

……………

二時頃《にじごろ》、玄関《げんかん》に「御免下《ごめんくだ》さい」という声《こえ》がして見知《みし》らぬ男《おとこ》がはいって来《き》た。石塚治療院《いしづかちりょういん》から参《まい》りましたと云《い》う。指壓《しあつ》の治療師《ちりょうし》だそうである。誰《だれ》もそんな者《もの》を頼《たの》んだ覚《おぼ》えはないはずだがと思《おも》っていると、婆《ばあ》やが出《で》て来《き》て「旦那《だんな》様《さま》が呼《よ》んでくれとおっしゃいましたので、私《わたし》が頼《たの》みました」と云《い》う。おかしなこともあるものである。夫《おっと》は昔《むかし》から見知《みし》らぬ人間《にんげん》に足腰《あしこし》を揉《も》ませたりすることが嫌《きら》いなたちで、今《いま》まで按摩《あんま》やマッサージの類《たぐい》に体《からだ》を触《さわ》らせたことはないのである。婆《ばあ》やに聞《き》くと、この間《あいだ》から旦那様《だんなさま》が肩《かた》が凝《こ》ってたまらない、首《くび》が廻《まわ》らないくらいだとおっしゃっていらっしゃいましたので、非常《ひじょう》に上手《じょうず》な指壓《しあつ》の先生《せんせい》がいるのですが、譃《うそ》だと思《おも》って試《ため》してごらんになりませんか、それはそれは不思議《ふしぎ》なくらい、一度《いちど》か二度《にど》で忘《わす》れたように直《なお》りますと云《い》って、熱心《ねっしん》にお勧《すす》めしておいた、そうしたらよほどおつらいのだとみえて、ではその人《ひと》を頼《たの》んでほしいとおっしゃいましたので、と云《い》う。五十恰好《ごじゅうかっこう》の、あまり人相《にんそう》のよくない、痩《や》せた、黒眼鏡《くろめがね》を掛《か》けた男《おとこ》である。盲人《もうじん》かと思《おも》ったがそうでもないらしい。私《わたし》がうっかり「按摩《あんま》さん」と呼《よ》んだら、婆《ばあ》やが慌《あわ》てて「按摩《あんま》さんと云《い》うと怒《おこ》るのです、先生《せんせい》と呼《よ》んで上《あ》げて下《くだ》さい」と云《い》う。寝室《しんしつ》で、夫《おっと》を寝台《しんだい》に寝《ね》かしておいて、自分《じぶん》もベッドに上《あが》り込《こ》んで治療《ちりょう》する。白《しろ》い清潔《せいけつ》な上《うわ》っ張《ぱり》を着《き》ているけれども、何《なん》だか薄汚《うすぎたな》い感《かん》じ。こんな男《おとこ》に神《しん》聖《せい》なベッドに乗《の》って貰《もら》いたくない。夫《おっと》が按摩嫌《あんまぎら》いなのももっともだと思《おも》う。「えらく凝《こ》ってますな、じきに楽《らく》にして上《あ》げます」などと云《い》う。変《へん》に見識《けんしき》ぶっているのが滑稽《こっけい》である。二時《にじ》から始《はじ》めて四時頃《よじごろ》まで、約二時間《やくにじかん》も揉《も》む。「もう一回《いっかい》か二回《にかい》で楽《らく》になります、明日《あす》も来《き》て上《あ》げます」と云《い》って帰《かえ》って行《い》く。夫《おっと》に「どんな工合《ぐあい》で」と聞《き》くと、「いくらか楽《らく》になったようだが、体《からだ》じゅうをミリミリと強《つよ》くおさえるので、痛《いた》くて、好《い》い気持《きもち》ではない」と云《い》う。「明日《あす》も来《き》て上《あ》げると云《い》ってましたね」と云《い》うと、「まあもう一二回《いちにかい》やらせてみよう」と云《い》う。よほど凝《こ》るのだとみえる。………

「明日《あす》は朝《あさ》から出《で》かけるんだろうね」と云《い》われてみると、「今日《きょう》もこれから出《で》かけるんです」とは云《い》いにくかったけれども、そうも行《い》かないわけがあるので、四時半頃《よじはんごろ》に洋服《ようふく》に着換《きか》え、イヤリングを着《つ》けた耳朶《みみたぶ》をわざと寝室《しんしつ》へさし出《だ》して、「出《で》かけて来《き》ます」という顔《かお》つきをして見《み》せる。「あなた散歩《さんぽ》は」と、照《て》れ隠《かく》しに聞《き》いてみる。「うん、僕《ぼく》も出《で》かける」と云《い》いながら、夫《おっと》は指壓《しあつ》のあとでぐったりとして、まだ寝台《しんだい》に横《よこ》になっていた。……

四月十七日《しがつじゅうしちにち》。夫《おっと》にとって重大《じゅうだい》な事件《じけん》の起《おこ》った日《ひ》、私《わたし》にとっても重大《じゅうだい》な日《ひ》であったことに変《かわ》りはない。事《こと》によると今日《きょう》の日記《にっき》は生涯忘《しょうがいわす》れることのできない思《おも》い出《で》になるのではないかと思《おも》う。従《したが》って今日一日《きょういちにち》の出来事《できごと》は細大《さいだい》隠《かく》すところなく刻明《こくめい》に書《か》いておきたいのだけれども、しかしそういっても早《はや》まったことはしない方《ほう》がよい。やはり今《いま》のところ、今日《きょう》の朝《あさ》から夕刻《ゆうこく》まで私《わたし》がどこでどういう風《ふう》に時間《じかん》を消費《しょうひ》したかについては、あまり委《くわ》しくは書《か》かない方《ほう》が賢明《けんめい》である。とにかく私《わたし》は、今日《きょう》の日曜日《にちようび》をいかにして過《す》ごすかは前《まえ》からきめておいたのであるから、その通《とお》りにして過《す》ごした。私《わたし》は大阪《おおさか》のいつもの家《いえ》に行《い》って木村氏《きむらし》に逢《あ》い、いつものようにして楽《たの》しい日曜日《にちようび》の半日《はんにち》を暮《く》らした。あるいはその楽《たの》しさは、過去《かこ》の日曜日《にちようび》のうちでは今日《きょう》が最《さい》たるものであったかも知《し》れない。私《わたし》と木《き》村氏《むらし》とはありとあらゆる秘戯《ひぎ》の限《かぎ》りを尽《つく》して遊《あそ》んだ。私《わたし》は木村氏《きむらし》がこうしてほしいと云《い》うことは何《なん》でもした。何《なん》でも彼《かれ》の注文通《ちゅうもんどお》りに身《み》を捻《ね》じ曲《ま》げた。夫《おっと》が相手《あいて》ではとても考《かんが》えつかないような破天荒《はてんこう》な姿勢《しせい》、奇抜《きばつ》な位置《いち》に体《からだ》を持《も》って行《い》って、アクロバットのような真似《まね》もした。（いったい私《わたし》は、いつの間《ま》にこんなに自由自在《じゆうじざい》に四肢《しし》を扱《あつか》う技《ぎ》術《じゅつ》に練達《れんたつ》したのであろうか、自分《じぶん》でも呆《あき》れるほかはないが、これも皆木村氏《みなきむらし》が仕込《しこ》んでくれたのである）ところで、いつもは彼《かれ》とあの家《いえ》で落《お》ち合《あ》うと、合《あ》ってから別《わか》れるギリギリの時間《じかん》まで、一秒《いちびょう》の暇《ひま》も惜《お》しんで全力的《ぜんりょくてき》にそのことに熱中《ねっちゅう》し、何一《なにひと》つ無駄話《むだばなし》などはしないのであるが、今日《きょう》はふっと、「郁《いく》子《こ》さん、何《なに》を考《かんが》えているんですか」と、木村《きむら》が眼敏《めざと》く気《き》がついて私《わたし》に尋《たず》ねた瞬間《しゅんかん》があった。（木《き》村《むら》はとうから私《わたし》のことを「郁《いく》子《こ》さん」と呼《よ》んでいるのである）「いゝえ別《べつ》に」と、私《わたし》は云《い》ったが、その時《とき》、ついぞないことに、夫《おっと》の顔《かお》がチラリと私《わたし》の眼《め》の前《まえ》を掠《かす》めた。どうしてこんな時《とき》に夫《おっと》の顔《かお》が浮《う》かんで来《き》たのか不思議《ふしぎ》であったが、私《わたし》が一生懸命《いっしょうけんめい》にその幻影《げんえい》を打《う》ち消《け》すように努《つと》めていると、「分《わか》っていますよ、先生《せんせい》のことを考《かんが》えているんですね」と、木村《きむら》が図星《ずぼし》を指《さ》して云《い》った。「どういうわけか、僕《ぼく》も先生《せんせい》のことが気《き》になっていたところなんです」――そう云《い》って木村《きむら》は、あれきり閾《しきい》が高《たか》くなって御無沙汰《ごぶさた》をしているので、近々《ちかぢか》お伺《うかが》いしなければならないと思《おも》っていた、実《じつ》は国元《くにもと》へ手紙《てがみ》を出《だ》して、鱲子《からすみ》をお届《とど》けするように云《い》いつけてやったのだが、まだ届《とど》いていないでしょうか、などと云《い》った。その話《はなし》はそれで途絶《とだ》えて、二人《ふたり》は再《ふたた》び享楽《きょうらく》の世界《せかい》に浸《ひた》り込《こ》んだのであったが、今《いま》から思《おも》うとあれは何《なに》かしら虫《むし》が知《し》らせたのかも知《し》れない。……五時《ごじ》に私《わたし》が帰《かえ》って来《き》た時《とき》、夫《おっと》は外出中《がいしゅつちゅう》であった。婆《ばあ》やに聞《き》くと、今日《きょう》も指壓《しあつ》の先生《せんせい》が来《き》て二時《にじ》から四時半《よじはん》ぐらいまで、昨日《きのう》より三十分以上《さんじっぷんいじょう》も長《なが》く治療《ちりょう》していた。肩《かた》がこんなにひどく凝《こ》るのは血壓《けつあつ》の高《たか》い証拠《しょうこ》であるが、医者《いしゃ》の薬《くすり》なんぞ利《き》きはしない、どんなに偉《えら》い大学《だいがく》の先生《せんせい》にかかってもそう簡単《かんたん》に直《なお》るはずはない、それより私《わたし》にお任《まか》せなさい、請《う》け合《あ》って直《なお》して上《あ》げる、私《わたし》は指壓《しあつ》ばかりでなく、鍼《はり》や灸《やいと》も施術《せじゅつ》する、まず指壓《しあつ》をして利《き》かなかったら鍼《はり》をする、眩暈《めまい》は一日《いちにち》で効験《こうけん》が現《あら》われる、などとあの男《おとこ》は云《い》ったという。血壓《けつあつ》が高《たか》いといっても、神経《しんけい》に病《や》んで頻繁《ひんぱん》に測《はか》るのはよろしくない、気《き》にすれば血壓《けつあつ》はいくらでも上《あが》る、二百《にひゃく》や二百四《にひゃくし》五十《ごじゅう》あっても不養生《ふようじょう》をして平気《へいき》で生《い》きている人《ひと》が何人《なんにん》もいる、むやみに気《き》にしない方《ほう》がよい、酒《さけ》や煙草《たばこ》も少《すこ》しぐらいは差支《さしつか》えない、あなたの高血壓《こうけつあつ》は決《けっ》して悪性《あくせい》のものではないから、大丈夫《だいじょうぶ》良《よ》くなりますと云《い》ったとやらで、夫《おっと》はすっかりあの男《おとこ》が気《き》に入《い》ってしまい、これから当分毎日《とうぶんまいにち》来《き》てくれ、もう医者《いしゃ》は止《や》める、と云《い》っていたという。六時半《ろくじはん》に夫《おっと》は散歩《さんぽ》から帰《かえ》って来《き》、七時《しちじ》に二人《ふたり》で食事《しょくじ》をした。若筍《わかたけ》の吸《す》い物《もの》、蚕豆《そらまめ》の塩《しお》うで、きぬさやと高野豆腐《こうやどうふ》の焚《た》き合《あわ》せ、——昨日《きのう》錦《にしき》で買《か》って来《き》た材料《ざいりょう》を婆《ばあ》やが料理《りょうり》したのである。ほかに六十目《ろくじゅうめ》ほどのヒレ肉《にく》のビフテキ。（野菜《やさい》を主《しゅ》にして脂肪《しぼう》分《ぶん》の濃厚《のうこう》なものは控《ひか》えるように云《い》われているのだが、夫《おっと》は私《わたし》との対抗上毎日《たいこうじょうまいにち》欠《か》かさず牛肉《ぎゅうにく》の何匁《なんもんめ》かを摂取《せっしゅ》している。スキヤキ、ヘット焼《やき》、ロースト等々《とうとう》いろいろであるが、半生《はんなま》の血《ち》のたれるステーキを最《もっと》も好《この》んで食《た》べる。嗜好《しこう》よりは必要《ひつよう》のために食《た》べるので、欠《か》かすと不安《ふあん》を覚《おぼ》えるらしい）――ステーキは焼《や》き加減《かげん》がむずかしいので、私《わたし》がいる時《とき》は大概私《たいがいわたし》が焼《や》くのである。鱲子《からすみ》がようよう届《とど》いたとみえて、それも膳《ぜん》の上《うえ》に載《の》っていた。「これがあるからちょっと飲《の》もうか」ということになって、クルボアジエを運《はこ》んで来《き》たが、たくさんは飲《の》まなかった。先日《せんじつ》私《わたし》の留守中《るすちゅう》に敏子《としこ》と喧嘩《けんか》をした時《とき》に、夫《おっと》があらかた罎《びん》を空《から》にしてしまって、底《そこ》の方《ほう》にほんのちょっぴり残《のこ》っていたのを二人《ふたり》で一杯《いっぱい》ずつ乾《ほ》したのであった。夫《おっと》はそれからまた二階《にかい》に上《あが》った。十時半《じゅうじはん》に風呂《ふろ》がわいたことを二階《にかい》へ知《し》らせた。夫《おっと》が入浴《にゅうよく》したあとで私《わたし》も浴《あ》びた。（私《わたし》は今日《きょう》は二度目《にどめ》である。さっき大阪《おおさか》で浴《あ》びたので、浴《あ》びる必要《ひつよう》はなかったのであるが、夫《おっと》に対《たい》する体裁上《ていさいじょう》浴《あ》びた。今《いま》までにもそんなことは何回《なんかい》かあった）私《わたし》が寝室《しんしつ》にはいった時《とき》、夫《おっと》はすでにベッドにいた。そして私《わたし》の姿《すがた》を見《み》るとすぐにフロ－アスタンドを点《てん》じた。（夫《おっと》は昨今《さっこん》、あの時《とき》以外《いがい》はあまり寝室《しんしつ》を明《あか》るくすることを好《この》まなくなっていた。それは動脈硬化《どうみゃくこうか》の結果《けっか》が眼《め》にも来《き》ていて、周囲《しゅうい》の物《ぶっ》象《しょう》がキラキラと二重《にじゅう》にも三重《さんじゅう》にも瞳《ひとみ》に映《うつ》り、視覚《しかく》を強《つよ》く刺戟《しげき》して眼《め》を開《あ》けていられないらしいのである。で、用《よう》のない時《とき》は薄暗《うすぐら》くしておいて、あの時《とき》だけ螢光燈《けいこうとう》をいっぱいにともす。螢光燈《けいこうとう》の数《かず》は前《まえ》より殖《ふ》えているので、その時《とき》の明《あか》るさはかなりである）夫《おっと》は急《きゅう》に明《あか》るくなった光《ひかり》の下《した》に私《わたし》を見出《みいだ》して、驚《おどろ》きの眼《め》をしばだたいた。なぜかというのに、私《わたし》は風呂《ふろ》から出《で》ると、ふと思《おも》い付《つ》いて、イヤリングを着《つ》けてベッドに上《あが》り、わざと夫《おっと》の方《ほう》へ背中《せなか》を向《む》けて、耳朶《みみたぶ》の裏側《うらがわ》を見《み》せるようにして寝《ね》たからである。そういうほんのちょっとした行為《こうい》で、今《いま》までしてみせなかったことをしてみせると、夫《おっと》はすぐに、簡単《かんたん》に興《こう》奮《ふん》するのである。(夫《おっと》は私《わたし》を世《よ》にも稀《まれ》なる淫婦《いんぷ》であるように云《い》うけれども、私《わたし》に云《い》わせれば、夫《おっと》ぐらい絶《た》えず慾《よく》望《ぼう》に渇《かつ》え切《き》っている男《おとこ》はいない。朝《あさ》から晩《ばん》まで、どんな時《とき》でも夫《おっと》はいつもあのことばかり考《かんが》えていて、私《わたし》の極《きわ》めて僅《わず》かばかりの暗示《あんじ》にもたちまち反応《はんのう》を呈《てい》せずにはいない。隙《すき》を見《み》せれば即座《そくざ》に切《き》り返《かえ》して来《く》るのである)間《ま》もなく私《わたし》は夫《おっと》が私《わたし》のベッドの方《ほう》へ上《あが》って来《き》、うしろから私《わたし》を抱《だ》きすくめて耳《みみ》の裏側《うらがわ》へ激《はげ》しい接吻《せっぷん》をつづけざまに注《そそ》ぐのを、眼《め》をつぶったまま許《ゆる》していた。……私《わたし》はそんな工合《ぐあい》にして、今《いま》ではどんな意味《いみ》ででも愛《あい》しているとは云《い》い得《え》ないこの「夫《おっと》」という人《ひと》に、自分《じぶん》の耳朶《みみたぶ》をいじくらせることを、決《けっ》して不愉快《ふゆかい》には感《かん》じなかった。木村《きむら》に比《くら》べると、何《なん》という不器用《ぶきよう》な接吻《せっぷん》の仕方《しかた》であろうと思《おも》いながら、この「夫《おっと》」の変《へん》にくすぐったい舌《した》の感触《かんしょく》を、そう一概《いちがい》に気味悪《きみわる》くは感《かん》ぜずに、——まあ云《い》ってみれば、その気味《きみ》の悪《わる》いところにもおのずから一種《いっしゅ》の甘《あま》みがあるという風《ふう》に思《おも》いながら、味《あじ》わうことができたのであった。私《わたし》は「夫《おっと》」を心《こころ》から嫌《きら》っているには違《ちが》いないが、でもこの男《おとこ》が私《わたし》のためにこんなにも夢中《むちゅう》になっているのを知《し》ると、彼《かれ》を気《き》が狂《くる》うほど喜悦《きえつ》させてやることにも興味《きょうみ》が持《も》てた。つまり私《わたし》は、愛情《あいじょう》と淫慾《いんよく》とを全《まった》く別箇《べっこ》に処理《しょり》することができるたちなので、一方《いっぽう》では夫《おっと》を疎《うと》んじながら、——何《なん》というイヤな男《おとこ》だろうと、彼《かれ》に嘔吐《おうと》を催《もよお》しながら、そういう彼《かれ》を歓喜《かんき》の世界《せかい》へ連《つ》れて行《い》ってやることで、自分自身《じぶんじしん》もまたいつの間《ま》にかその世界《せかい》へはいり込《こ》んでしまう。最初私《さいしょわたし》は、自分自身《じぶんじしん》は恐《おそ》ろしく冷静《れいせい》であって、ただいかにすれば彼《かれ》をこれ以上悩乱《いじょうのうらん》せしめることができようかと、一途《いちず》にその面白《おもしろ》さに惹《ひ》かれ、彼《かれ》が今《いま》にも発狂《はっきょう》しそうに喘《あえ》ぐさまを意地悪《いじわる》く観察《かんさつ》しつつ、自分《じぶん》の技術《ぎじゅつ》の巧《たく》みさに自分《じぶん》で酔《よ》っているのであるが、そうしているうちに、次第《しだい》に自分《じぶん》も彼《かれ》と同《おな》じように喘《あえ》ぎ出《だ》し、同《おな》じように悩乱《のうらん》してしまう。今日《きょう》も私《わたし》は、昼間木村《ひるまきむら》と演《えん》じた痴戯《ちぎ》の一《ひと》つ一《ひと》つを、そのままもう一度《いちど》夫《おっと》を相手《あいて》に演《えん》じてみせ、彼《かれ》と木村《きむら》とがどういう点《てん》でどういう風《ふう》に違《ちが》うかを味《あじ》わい分《わ》けることに興味《きょうみ》を感《かん》じていたのであったが、――そして昼間《ひるま》の相手《あいて》と比《くら》べて、この男《おとこ》の技《わざ》の拙劣《せつれつ》なのに憐愍《れいびん》をさえ催《もよお》していたのであったが、どういうわけか、そうしているうちに結局私《けっきょくわたし》は昼間《ひるま》の場合《ばあい》と同《おな》じように興奮《こうふん》してしまった。そして木村《きむら》を抱《だ》き締《し》めたと同《おな》じ力《ちから》でこの男《おとこ》を強《つよ》く抱《だ》き締《し》め、この男《おとこ》の頸《くび》に一生懸命《いっしょうけんめい》しがみ着《つ》いた。(ここらが淫婦《いんぷ》の淫婦《いんぷ》たる所以《ゆえん》であると、この男《おとこ》は云《い》うのであろう)私《わたし》はおよそ何回《なんかい》ぐらい、彼《かれ》を抱《だ》き締《し》め抱《だ》き締《し》めしたかは覚《おぼ》えていない、が、私《わたし》が何分間《なんぷんかん》かの持続《じぞく》の後《のち》に一《ひと》つの行為《こうい》を成《な》し遂《と》げたとたんに、夫《おっと》の体《からだ》がにわかにぐらぐらと弛緩《しかん》し出《だ》して、私《わたし》の体《からだ》の上《うえ》へ崩《くず》れ落《お》ちて来《き》た。私《わたし》はすぐに異常《いじょう》なことが起《おこ》ったのを悟《さと》った。「あなた」と私《わたし》は呼《よ》んでみたが、彼《かれ》は口レツの廻《まわ》らない無意味《むいみ》な声《こえ》を出《だ》すのみで、生《なま》ぬるい液体《えきたい》がたらたらと私《わたし》の頬《ほお》を濡《ぬ》らした。彼《かれ》が口《くち》を開《あ》けて涎《よだれ》を滴《た》らしているのであった。

………………

四月十八日《しがつじゅうはちにち》。………こういうことが起《おこ》った際《さい》の心得《こころえ》として、かねて児玉《こだま》さんから聞《き》かされていた事柄《ことがら》を、私《わたし》は即座《そくざ》に思《おも》い出《だ》した。私《わたし》は彼《かれ》の下《した》に壓《お》し潰《つぶ》されていた私《わたし》の体《からだ》を、静《しず》かに外《そと》へ引《ひ》きずり出《だ》した。(彼《かれ》の体《からだ》は弛緩《しかん》してから急《きゅう》に体重《たいじゅう》が増《ま》したように、重《おも》くどっしりとのしかかっていた。私《わたし》は彼《かれ》の頭《あたま》の部分《ぶぶん》をできるだけ動揺《どうよう》させないようにしながら、彼《かれ》の顔《かお》の下《した》にある私《わたし》の顔《かお》を、骨《ほね》を折《お》ってゆっくりと引《ひ》き退《の》けた。いや、その前《まえ》に、彼《かれ》の眼鏡《めがね》が邪魔《じゃま》になるので、それを第一《だいいち》に取《と》り外《はず》した。その時《とき》の、眼《め》を半眼《はんがん》に見開《みひら》いた、顔面筋肉《がんめんきんにく》がすっかり弛《ゆる》んだ「眼鏡《めがね》のない顔《かお》」の気味悪《きみわる》さといったらなかった)私《わたし》は自分《じぶん》だけ寝台《しんだい》を下《お》りて、俯向《うつむ》きに倒《たお》れている彼《かれ》を、注《ちゅう》意深《いぶか》く、極《きわ》めて徐々《じょじょ》に仰向《あおむ》きの位置《いち》に直《なお》した。心持頭部《こころもちとうぶ》を高《たか》く支《ささ》えておくために、枕《まくら》やクションを上半身《じょうはんしん》の下《した》に入《い》れてやった。眼鏡《めがね》のほかには体《からだ》じゅうに一絲《いっし》をも纏《まと》っていなかったが、（私《わたし》もその時《とき》までイヤリングのほかには何《なに》も身《み》に着《つ》けていなかった）安静《あんせい》が絶対条件《ぜったいじょうけん》であることを慮《おもんぱか》って、やはり裸《はだか》のままにして、その上《うえ》から寝《ね》間着《まき》をそっと被《かぶ》せておいた。――全身《ぜんしん》の左半分《ひだりはんぶん》に麻痺《まひ》が来《き》ていることが分《わか》った。――時間《じかん》を知《し》っておこうと思《おも》って、棚《たな》の上《うえ》の置時計《おきどけい》に眼《め》を遣《や》った。午前一時三分《ごぜんいちじさんぷん》であった。気《き》が付《つ》いて螢光燈《けいこうとう》を消《け》し、ナイトテーブルの小《ちい》さいスタンドだけを点《とも》して、シェードの上《うえ》に布《ぬの》を被《かぶ》せた。関《せき》田町《でんちょう》と児玉先生《こだませんせい》とにすぐ来《き》てくれるように電話《でんわ》し、敏子《としこ》には途中氷屋《とちゅうこおりや》を起《おこ》して氷《こおり》を二貫目《にかんめ》買《か》って来《く》ることを命《めい》じた。(私《わたし》はかなり落《お》ち着《つ》いているつもりであったが、受話器《じゅわき》を持《も》つ手《て》がふるえていた)約四十分後《やくよんじっぷんご》に敏子《としこ》が来《き》た。私《わたし》が台所《だいどころ》で氷嚢《ひょうのう》や氷枕《こおりまくら》を捜《さが》していると、彼女《かのじょ》は氷《こおり》を提《さ》げてはいって来《き》て、それを走《はし》りの板《いた》の上《うえ》に置《お》き、私《わたし》がどんな表情《ひょうじょう》をしているかを、光《ひか》る眼《め》で素早《すばや》く看《み》て取《と》ってから、そ知《し》らぬ風《ふう》をして氷《こおり》を割《わ》り出《だ》した。私《わたし》は彼女《かのじょ》にパパの様子《ようす》を手短《てみじ》かに話《はな》した。彼女《かのじょ》は顔色一《かおいろひと》つ変《か》えず、今《いま》さら驚《おどろ》くには当《あた》らないと云《い》わぬばかりに「ふん、ふん」と頷《うなず》いて、氷《こおり》を割《わ》る作業《さぎょう》をつづけた。それから二人《ふたり》で寝《しん》室《しつ》へ行《い》き、麻痺《まひ》の側《がわ》と反対《はんたい》の側《がわ》を特《とく》に冷《ひ》やすように氷嚢《ひょうのう》と氷枕《こおりまくら》を当《あ》てた。二人《ふたり》とも必要以外《ひつよういがい》の言葉《ことば》は一言《ひとこと》も交《まじ》えなかった。互《たが》いに顔《かお》を見《み》ようともしなかった。――見《み》るのを避《さ》けるようにしていた。――

二時《にじ》に児玉《こだま》さんが来《き》た。私《わたし》は敏子《としこ》だけを枕元《まくらもと》にいさせて、病室《びょうしつ》の外《そと》で児玉《こだま》さんを迎《むか》え、夫《おっと》がいかなる状態《じょうたい》において発病《はつびょう》したかを、――敏子《としこ》には云《い》わずにおいた事柄《ことがら》を、ざっと話《はな》した。またも私《わたし》は顔《かお》を赧《あか》くした。児玉《こだま》さんの診察《しんさつ》はなかなか入念《にゅうねん》で慎重《しんちょう》であった。「懐中電燈《かいちゅうでんとう》を貸《か》して下《くだ》さい」と云《い》って、瞳孔《どうこう》を照《て》らして対光反射《たいこうはんしゃ》の検査《けんさ》をし、「何《なに》か箸《はし》の棒《ぼう》のようなものはありませんか」と云《い》った。敏子《としこ》が台所《だいどころ》から割箸《わりばし》を持《も》って来《き》た。「ちょっとの間《あいだ》部屋《へや》を明《あか》るくして下《くだ》さい」と、螢光燈《けいこうとう》を点《てん》じさせた。児《こ》玉《だま》さんは、病人《びょうにん》の右《みぎ》の足《あし》の蹠《うら》と左《ひだり》の足《あし》の蹠《うら》の表面《ひょうめん》を、その棒《ぼう》の先《さき》で踵《かかと》から爪先《つまさき》へソロソロと数回擦《すうかいこす》り上《あ》げた。(バビンスキー反射《はんしゃ》というのだと、あとで児玉《こだま》さんが教《おし》えてくれた。棒《ぼう》で擦《こす》り上《あ》げてみて、どちらかの側《がわ》の足《あし》の趾《ゆび》が反射的《はんしゃてき》に反《そ》りかえる場合《ばあい》には、その反対《はんたい》の側《がわ》に脳溢血《のういっけつ》があったものと認《みと》められる。御主人《ごしゅじん》はどこか右側《みぎがわ》の脳《のう》の一《いち》部《ぶ》が切《き》れたものと思《おも》わなければなりませんなと、いうことであった)次《つぎ》に児玉《こだま》さんは、病人《びょうにん》が着《き》ていた掛布団《かけぶとん》を剥《は》ぎ、病人《びょうにん》の上《うえ》に被《かぶ》せてあった寝間着《ねまき》を、下腹《かふく》の辺《あたり》まで捲《まく》り上《あ》げた。(夫《おっと》が素裸《すはだか》で臥《ね》ていたことに、その時始《ときはじ》めて児玉《こだま》さんと敏子《としこ》が心付《こころづ》いた。螢光燈《けいこうとう》の明《あか》るさの下《した》で夫《おっと》の下半身《かはんしん》が露出《ろしゅつ》されたので、二人《ふたり》はハッとしたらしいが、私《わたし》の方《ほう》が一層《いっそう》きまりが悪《わる》かった。私《わたし》は自分《じぶん》がつい一時間《いちじかん》前《まえ》まで、この人《ひと》のこの体《からだ》を自分《じぶん》の体《からだ》の上《うえ》に乗《の》せていたということが、何《なん》だか信《しん》じられない気《き》がした。私《わたし》はしばしば自分《じぶん》の素裸《すはだか》の体《からだ》をこの人《ひと》に見《み》られ、何十回《なんじっかい》となく写真《しゃしん》にまで撮《と》られているのであるが、自分《じぶん》は彼《かれ》の素裸《すはだか》の体《からだ》を、こういう角度《かくど》で全身像《ぜんしんぞう》の形《かたち》においてしげしげと観察《かんさつ》したことはない。しようと思《おも》えばできたのであるが、今《いま》まで努《つと》めてそうすることを避《さ》けていた。彼《かれ》が裸《はだか》でいる時《とき》はできるだけぴったり寄《よ》り添《そ》って抱《だ》き着《つ》くようにし、全身像《ぜんしんぞう》が見《み》えないようにした。彼《かれ》は私《わたし》の各部分々々《かくぶぶんぶぶん》について、恐《おそ》らくは毛孔《けあな》の数《かず》まで調《しら》べ尽《つく》していたらしいが、私《わたし》は彼《かれ》の体《からだ》の恰好《かっこう》については、木村《きむら》のそれを知《し》り尽《つく》しているようには知《し》っていなかったし、知《し》りたくなかった。知《し》れば一層嫌《いっそうきら》いになることが豫想《よそう》されていたからであった。私《わたし》はこんな貧弱《ひんじゃく》な体《からだ》の人《ひと》と寝《ね》ていたのかと、不思議《ふしぎ》に感《かん》じられた。私《わたし》のことをガニ股《また》だと云《い》うが、彼《かれ》のガニ股《また》は私《わたし》どころの段《だん》ではないことが、こういう姿勢《しせい》で臥《ね》かしてみると、改《あらた》めて合点《がてん》された）それから児玉《こだま》さんは、病人《びょうにん》の左右《さゆう》の脚《あし》を一尺五六寸《いっしゃくごろくすん》ほどの間隔《かんかく》に開《ひら》いて、睾丸《こうがん》がよく見《み》えるようにした。そして件《くだん》の箸《はし》の棒《ぼう》をもって、睾丸《こうがん》の根元《ねもと》の両側《りょうがわ》の皮膚《ひふ》の上《うえ》を、またさっきのように擦《こす》った。（睾丸《こうがん》を吊《つ》っている筋肉《きんにく》の反射《はんしゃ》を見《み》るのだということを、あとで説明《せつめい》して貰《もら》った）二度《にど》も三度《さんど》も、代《かわ》る代《がわ》る両側《りょうがわ》を擦《こす》った。右《みぎ》の睾丸《こうがん》はゆっくりと鮑《あわび》が蠢《うご》めくように上《あが》り下《さが》りの運動《うんどう》をするが、左《ひだり》の睾丸《こうがん》はあまり運動《うんどう》する様子《ようす》がなかった。（私《わたし》も敏子《としこ》も眼《め》の持《も》って行《い》き場《ば》に困《こま》った。敏子《としこ》はとうとう出《で》て行《い》ってしまった）次《つぎ》に体温《たいおん》、血壓《けつあつ》の検査《けんさ》をした。体温《たいおん》は普通《ふつう》。血壓《けつあつ》は百九十餘《ひゃくきゅうじゅうよ》。これは出血《しゅっけつ》の結果幾分低下《けっかいくぶんていか》したものと思《おも》われるとのことであった。

児玉《こだま》さんは一時間半以上《いちじかんはんいじょう》もベッドの側《そば》の椅子《いす》に掛《か》けて、経過《けいか》を見守《みまも》っていてくれた。その間《あいだ》に腕《うで》の静脈《じょうみゃく》から血《ち》を一〇〇《ひゃく》グラム抜《ぬ》き取《と》った。濃厚葡萄糖五〇《のうこうぶどうとうごじゅう》プロにネオフィリン、ヴィタミンB1《ビーワン》、ヴィタミンK《ケー》等《とう》を注射《ちゅうしゃ》した。「午後《ごご》にまた伺《うかが》いますが、相馬先生《そうませんせい》に一度《いちど》お出《い》でを願《ねが》った方《ほう》がよござんすな」ということであったが、云《い》われないでも私《わたし》はそうするつもりでいた。「親戚《しんせき》に知《し》らせる必要《ひつよう》があるでしょうか」と云《い》うと、「もう少《すこ》し様子《ようす》を見《み》てからでよいでしょう」と云《い》う。児玉《こだま》さんが去《さ》ったのはかれこれ午前四時《ごぜんよじ》。送《おく》り出《だ》す時《とき》、至急看護婦《しきゅうかんごふ》を寄越《よこ》してくれるように頼《たの》んだ。

午前七時《ごぜんしちじ》、婆《ばあ》やが来《き》たので、敏子《としこ》が午後《ごご》にまた来《く》ると云《い》って、いったん関田町《せきでんちょう》に帰《かえ》った。

敏子《としこ》の出《で》て行《い》くのを待《ま》って木村《きむら》の宿《やど》へ電話《でんわ》する。詳細《しょうさい》に容態《ようだい》を知《し》らせる。今《いま》のところ見舞《みまい》に来《く》ることは差控《さしひか》えた方《ほう》がよい旨《むね》を告《つ》げる。気《き》が済《す》まないからちょっとでも行《い》かしてほしいと云《い》う。が、病人《びょうにん》は半身不随《はんしんふずい》で言語《げんご》は自由《じゆう》を欠《か》いているけれども、意識《いしき》は全然昏濁《ぜんぜんこんだく》しているというのでもないらしい、だから木村《きむら》の顔《かお》を見《み》て興奮《こうふん》する恐《おそ》れがないとは云《い》えない由《よし》を語《かた》る。では病室《びょうしつ》へは通《とお》らない、玄関《げんかん》までででも行《い》かしてくれと云《い》う。

九時頃《くじごろ》から夫《おっと》が鼾《いびき》を掻《か》き始《はじ》める。夫《おっと》は常《つね》に鼾《いびき》を掻《か》く癖《くせ》があるのだが、今日《きょう》のは特別《とくべつ》に物凄《ものすご》い鼾《いびき》で、いつものと違《ちが》うように思《おも》う。それまでは朦朧《もうろう》たる意識《いしき》が働《はたら》いていたように見《み》えたが、いつの間《ま》にか昏睡状態《こんすいじょうたい》に入《はい》ったらしいのである。また木村《きむら》に電話《でんわ》して、この工合《ぐあい》なら病室《びょうしつ》へ通《とお》っても差支《さしつか》えないと云《い》ってやる。

十一時頃児玉氏《じゅういちじごろこだまし》より電話《でんわ》。相馬博士《そうまはかせ》と連絡《れんらく》が取《と》れた、午後二時《ごごにじ》そちらへ往診《おうしん》に見《み》えられる由《よし》であるから、私《わたし》も立《た》ち合《あ》いますと云《い》う。

午後零時半過《ごごれいじはんす》ぎに木村《きむら》が来《く》る。月曜日《げつようび》の授業《じゅぎょう》の合間《あいま》に抜《ぬ》けて来《き》たのである。病室《びょうしつ》に通《とお》り、三十分《さんじっぷん》ほど枕元《まくらもと》に侍坐《じざ》する。私《わたし》も傍《そば》に付《つ》き添《そ》う。木村《きむら》は椅子《いす》に掛《か》け、私《わたし》は夫《おっと》の寝台《しんだい》（私《わたし》の寝台《しんだい》には病人《びょうにん》が寝《ね》ているので）に腰掛《こしか》けて、二三《にさん》のことを話《はな》し合《あ》う。病人《びょうにん》の鼾《いびき》がこの時目立《ときめだ》ってて雷《かみなり》のごとくになる。（ほんとうの鼾《いびき》かしら？　と、ふとそんな気《き》がする。私《わたし》の顔《かお》に危惧《きぐ》の色《いろ》が浮《う》かんだのを見《み》て、木村《きむら》も同《おな》じことを考《かんが》えたらしかったが、もちろん二人《ふたり》とも口《くち》に出《だ》しては云《い》わなかった）午後《ごご》一時《いちじ》木村《きむら》辞去《じきょ》。看護《かんご》婦《ふ》が来《く》る。小池《こいけ》という可愛《かわい》らしい二十四五歳《にじゅうしごさい》の婦人《ふじん》。敏《とし》子《こ》も来《く》る。私《わたし》はようやく手《て》が空《あ》いたので、この間《あいだ》に食事《しょくじ》する。昨夜以来《さくやいらい》何《なに》も食《た》べていなかったのである。

二時《にじ》相馬博士《そうまはかせ》来診《らいしん》。児玉《こだま》さんも見《み》える。今朝《けさ》と容態《ようだい》の変《かわ》ったところは、昏睡状態《こんすいじょうたい》に陥《おちい》ったことと、八度二分《はちどにぶ》ほど発熱《はつねつ》したことである。博士《はかせ》の所見《しょけん》も大体《だいたい》児玉《こだま》さんと違《ちが》わないらしい。博士《はかせ》もバビンスキー反射《はんしゃ》を検《しら》べたが、睾《こう》丸《がん》の両側《りょうがわ》を擦《こす》る検査《けんさ》（提睾筋反射《ていこうきんはんしゃ》という由《よし》）はしなかった。瀉血《しゃけつ》もあまりしない方《ほう》がよいというのが、博士《はかせ》の意《い》見《けん》らしかった。その他《た》こまごまと専門語《せんもんご》で児玉《こだま》さんに注《ちゅう》意《い》が与《あた》えられる。

博士《はかせ》と児玉《こだま》さんが去《さ》ったあとで、今日《きょう》も指壓師《しあつし》が治療《ちりょう》に見《み》えた。敏子《としこ》が出《で》て、「あなたの治療《ちりょう》のお蔭《かげ》で父《ちち》はこういう結果《けっか》になりました」と皮肉交《ひにくまじ》りに云《い》い、玄関《げんかん》から追《お》い返《かえ》す。さっき児玉《こだま》さんが、「二時間以上《にじかんいじょう》もそんな過《か》激《げき》な指壓《しあつ》をしたのは良《よ》くなかったですな、あるいはそれが直接原因《ちょくせつげんいん》になったかも知《し》れませんな」と云《い》ったのを、敏子《としこ》も聞《き》いていたからである。（児玉《こだま》さんは真《しん》の原因《げんいん》が他《ほか》にあることを知《し》っていて、いささか私《わたし》を慰《なぐさ》めるつもりで、責任《せきにん》を指壓《しあつ》に持《も》って行《い》ったのかも知《し》れない）「私《わたし》があの人《ひと》を紹介《しょうかい》したのが悪《わる》いのでございます、えらいことをいたしました」と婆《ばあ》やがしきりに詫《わ》びを云《い》う。

三時過《さんじす》ぎに、「ママ、少《すこ》し横《よこ》にならはったらどう」と敏子《としこ》が云《い》うので、しばらく睡眠《すいみん》を取《と》らして貰《もら》うことにする。ただし、寝室《しんしつ》には病人《びょうにん》が寝《ね》ているし、敏子《としこ》や看護婦《かんごふ》が詰《つ》めているし、茶《ちゃ》の間《ま》もこの際《さい》は出入《でい》りが多《おお》い。敏子《としこ》の部屋《へや》が空《あ》いているけれども、彼女《かのじょ》は自分《じぶん》が使《つか》わない時《とき》でも他人《たにん》に使《つか》われることを嫌《きら》い、襖《ふすま》や本箱《ほんばこ》やデスクの抽出等《ひきだしとう》に悉《ことごと》く鍵《かぎ》を掛《か》けているので、私《わたし》もめったにはいったことがないのである。で、二階《にかい》の書斎《しょさい》を貸《か》して貰《もら》うことにして、板敷《いたじき》の床《ゆか》に夜具布団《やぐぶとん》を敷《し》いて寝《ね》る。これから当分《とうぶん》、看護婦《かんごふ》と私《わたし》がときどき交代《こうたい》でここに寝《ね》ることになりそうである。しかし床《とこ》にははいってみたが、とうてい寝《ね》られそうもないので諦《あきら》める。それよりも昨日以来《きのういらい》の出来事《できごと》を書《か》き留《と》めておきたかったので、この間《あいだ》に寝《ね》ながら日記《にっき》をしたためる。（先刻二階《せんこくにかい》へ上《あが》る時《とき》、そのつもりで矢立《やたて》と日記帳《にっきちょう》とを敏子《としこ》に感《かん》づかれないように持《も》って上《あが》って来《き》たのである）一時間半《いちじかんはん》を費《ついや》して十七日《じゅうしちにち》の朝《あさ》から今《いま》までの出来事《できごと》を記《しる》し終《お》わる。そして日記帳《にっきちょう》を書棚《しょだな》の蔭《かげ》に隠《かく》し、今《いま》眼《め》が覚《さ》めたようにして階下《した》に下《お》りる。五時少《ごじすこ》し前《まえ》である。

病室《びょうしつ》に行《い》ってみると、病人《びょうにん》が昏睡《こんすい》から覚《さ》めた様子《ようす》である。折々《おりおり》うっすらと眼《め》を開《あ》けて周囲《しゅうい》を見《み》ている。もう二十分《にじっぷん》ほど前《まえ》からのことであるという。今朝《けさ》の九時《くじ》から二十四時間《にじゅうよじかん》おおよそ七時間《しちじかん》餘睡《よねむ》りつづけたわけである。二十四時間以上昏睡《いじょうこんすい》がつづくと危険《きけん》なように聞《き》いておりますが、よいあんばいでございましたと小池看護婦《こいけかんごふ》が云《い》う。だが左《ひだり》半身《はんしん》の動作《どうさ》は依然《いぜん》として自由《じゆう》を缺《か》いているようである。

五時半頃《ごじはんごろ》、病人《びょうにん》が口《くち》をもぐもぐさせる。何《なに》かものを云《い》いたげである。（発音不明瞭《はつおんふめいりょう》ではあるが、今暁発病《こんぎょうはつびょう》の直《ちょく》後《ご》よりはやや聴《き》き取《と》れるようになった気《き》がする）右《みぎ》の手《て》を少《すこ》し動《うご》かして、腹《はら》の下《した》の方《ほう》を指《さ》し示《しめ》す。小便《しょうべん》がしたいのであろうと察《さっ》し、溲瓶《しびん》を当《あ》ててみるが排尿《はいにょう》しない。しきりに懊《じ》れているように見《み》える。「おしっこですか」と云《い》うと頷《うなず》くので、また当《あ》ててみるが出《で》ない。長時間尿《ちょうじかんにょう》が溜《たま》っているので、下腹部《かふくぶ》が張《は》って苦《くる》しいはずなのであるが、膀胱《ぼうこう》が麻痺《まひ》して、出《で》て来《こ》ないのであるらしいことが分《わか》る。児玉《こだま》さんに電話《でんわ》で指図《さしず》を仰《あお》ぎ、カテーテルを取《と》り寄《よ》せて小池《こいけ》さんが導尿《どうにょう》してくれる。多量《たりょう》の排尿《はいにょう》を見《み》る。

七時《しちじ》、牛乳《ぎゅうにゅう》と果汁少量《かじゅうしょうりょう》を吸《す》い口《くち》をもって病人《びょうにん》に与《あた》える。

十時半頃婆《じゅうじはんごろばあ》やが自分《じぶん》の家《いえ》に帰《かえ》る。家庭《かてい》の事情《じじょう》でどうしても泊《とま》るわけには行《い》かないのだそうで、その時刻《じこく》まで働《はたら》いていてくれたのである。敏子《としこ》が私《わたし》はどうしましょうと云《い》う。泊《とま》っても差支《さしつか》えないのだが、私《わたし》が泊《とま》ってはかえって都合《つごう》の悪《わる》いこともありはしないでしょうか、という意《い》味《み》が含《ふく》まれているものと察《さっ》せられる。泊《とま》ってくれてもどちらでもよい、病人《びょうにん》は小康《しょうこう》を保《たも》っているようだから、別《べつ》に心配《しんぱい》はないようである、急変《きゅうへん》があれば知《し》らせて上《あ》げてもよい、と私《わたし》は答《こた》える。「そうね」と云《い》って、彼女《かのじょ》も十一時《じゅういちじ》に関田町《せきでんちょう》に去《さ》る。

病人《びょうにん》はウトウトしているが、あまり熟睡《じゅくすい》はしていないらしい。

四月十九日《しがつじゅうくにち》。……午前零時《ごぜんれいじ》、小池《こいけ》さんと二人《ふたり》で無言《むごん》のまま病室《びょうしつ》にいる。病人《びょうにん》に明《あか》りが射《さ》さないようにして、ランプの蔭《かげ》で新聞雑誌等《しんぶんざっしとう》を読《よ》んで時間《じかん》を消《け》す。小池《こいけ》さんに二階《にかい》で少《すこ》しお休《やす》みなさいと勧《すす》めても寝《ね》ようとしない。五時頃《ごじごろ》夜《よ》が明《あ》けかかってからようやく寝《ね》に行《い》く。

雨戸《あまど》の隙間《すきま》から日《ひ》が射《さ》して来《き》たので、病人《びょうにん》はなおさら安眠《あんみん》が得《え》られないらしい。いつの間《ま》にか眼《め》をぼんやり開《あ》けて、顔《かお》を私《わたし》の方《ほう》に向《む》けている。眼《め》で私《わたし》を捜《さが》しているようでもある。私《わたし》が側《そば》の椅子《いす》に掛《か》けているのが見《み》えないのか、見《み》えるのに見《み》えないふりをしているのか、よく分《わか》らない。口《くち》を動《うご》かして何《なに》か云《い》っている。ほかの言葉《ことば》は不《ふ》明瞭《めいりょう》で聴《き》き分《わ》けられないが、一箇所《いっかしょ》だけ聴《き》き分《わ》けられる――ような気《き》がする。気《き》のせいかも知《し》れないが、きー――むー――ら、と云《い》っているように思《おも》える。そのあとは口《くち》をあぶあぶ云《い》わせるだけであるが、きー――むー――ら、のところは、どうもそうに違《ちが》いないように聞《きこ》える。（ほかの部《ぶ》分《ぶん》も、もっと明瞭《めいりょう》に云《い》おうと思《おも》えば云《い》えるのかも知《し》れない。照《て》れ隠《かく》しにあぶあぶとごまかしているのかも知《し》れない）二三度《にさんど》それを繰《く》り返《かえ》して云《い》ってから、また黙《だま》って眼《め》を潰《つぶ》ってしまった。………

七時頃婆《しちじごろばあ》やが、少《すこ》し後《おく》れて敏子《としこ》が来《く》る。八時頃小池《はちじごろこいけ》さんが起《お》きて来《く》る。

八時半《はちじはん》病人《びょうにん》に朝食《ちょうしょく》を取《と》らせる。ゆるい粥《かゆ》を一碗《ひとわん》、卵黄《らんおう》、林檎汁《りんごじる》等《とう》。私《わたし》が匙《さじ》で掬《すく》って食《た》べさせる。病人《びょうにん》は小《こ》池《いけ》さんよりも、なるべく私《わたし》に身《み》の周《まわ》りの世話《せわ》をして貰《もら》いたがっている風《ふう》が見《み》える。

十時過《じゅうじす》ぎに尿意《にょうい》を催《もよお》す。溲瓶《しびん》を当《あ》ててみるがやはり出《で》ない。小池《こいけ》さんが導尿《どうにょう》しようとすると、それを嫌《きら》うらしく、カテーテルをあっちへ持《も》って行《い》けという風《ふう》な手《て》つきをする。仕方《しかた》なくまた捜瓶《しびん》を当《あ》ててみる。十数分経過《じゅうすうふんけいか》しても依然《いぜん》として出《で》て来《こ》ない。ひどく苛々《いらいら》する様子《ようす》である。

「気持《きもち》がお悪《わる》いでしょうけれども、これで出《だ》してしまいになった方《ほう》がようございます。ね、そうなさいませ、一遍《いっぺん》にお楽《らく》になりますよ」と、小池《こいけ》さんが子供《こども》を諭《さと》すように云《い》って、またカテーテルを持《も》ち出《だ》す。病人《びょうにん》は何《なに》か分《わか》らないことを繰《く》り返《かえ》して云《い》い、手《て》で何《なに》ごとをか示《しめ》そうとするごとくである。小池《こいけ》さん、敏子《としこ》、私《わたし》、三人《さんにん》でしきりに聞《き》いてみる。結局《けっきょく》、「カテーテルを使《つか》うならお前《まえ》が使《つか》ってくれ、敏子《としこ》と看護婦《かんごふ》はあっちへ行《い》っていろ」ということを、私《わたし》に向《む》かって話《はな》すのであるらしい。カテーテルは看護婦《かんごふ》でなければ扱《あつか》うことができないのであるから、敏子《としこ》と小池《こいけ》さんに導尿《どうにょう》して貰《もら》わなければならないことを、二人《ふたり》で辛《かろ》うじて納得《なっとく》させせる。

正午病人《しょうごびょうにん》が昼食《ちゅうしょく》を取《と》る。大体朝《だいたいあさ》と同《おな》じような食事《しょくじ》であるが、食欲《しょくよく》はかなりあるように思《おも》える。

午後零時半木村《ごごれいじはんきむら》が来《く》る。昏睡《こんすい》から覚《さ》めたこと、意識《いしき》が少《すこ》しずつ回復《かいふく》しつつあるらしいこと、木村《きむら》という名《な》を口《くち》にしていたように思《おも》えたこと、等々《とうとう》を告《つ》げ、今日《きょう》は玄関《げんかん》で帰《かえ》って貰《もら》う。

午後一時児玉《ごごいちじこだま》さん来診《らいしん》。経過良好《けいかりょうこう》、まだ油断《ゆだん》はならないがこの分《ぶん》なら順調《じゅんちょう》であると云《い》う。血圧最高《けつあつさいこう》が一六五《ひゃくろくじゅうご》、最低一一〇《さいていひゃくじゅう》。体温三七度二分《たいおんさんじゅうななどにぶ》に低下《ていか》。今日《きょう》もバビンスキー反射《はんしゃ》と提睾筋反射《ていこうきんはんしゃ》の検査《けんさ》をする。(提睾筋検査《ていこうきんけんさ》の時《とき》、病人《びょうにん》がどんな顔《かお》をするかと思《おも》って懸念《けねん》していたが、どんよりとした、無感覚《むかんかく》な瞳《ひとみ》を虚空《こくう》に向《む》けて、されるがままにされていた）葡萄糖《ぶどうとう》、ネオフィリン、ヴィタミン等《とう》を静注《じょうちゅう》する。

発病《はつびょう》のことは努《つと》めて人《ひと》に知《し》らせないようにしていたのだが、追《お》い追《お》い学校方面《がっこうほうめん》に知《し》れてしまい、見舞客《みまいきゃく》、電話《でんわ》の問《と》い合《あわ》せ等《とう》が午後《ごご》からときどきある。果物籠《くだものかご》、花束等《はなたばとう》を方々《ほうぼう》から貰《もら》う。関田町《せきでんちょう》のマダムが見《み》え、自分《じぶん》の夫《おっと》と同《どう》病《びょう》であることを知《し》って大《おお》いに同情《どうじょう》してくれる。そして、これも家《いえ》の庭《にわ》に咲《さ》いたのですと云《い》ってライラックの花《はな》を置《お》いて行《い》く。敏子《としこ》がそれを瓶《びん》に挿《さ》して病室《びょうしつ》に運《はこ》び、「パパ、マダムが庭《にわ》のライラックを切《き》って来《き》て下《くだ》すったのよ」と云《い》って、病人《びょうにん》によく見《み》えるような位置《いち》に台《だい》を持《も》って来《き》て据《す》える。貰《もら》い物《もの》の果物《くだもの》の中《なか》に病人《びょうにん》の好《す》きな伊予柑《いよかん》があったので、ミクサーで絞《しぼ》って与《あた》える。

三時《さんじ》、敏子《としこ》と小池《こいけ》さんに頼《たの》んでおいて二階《にかい》に上《あが》り、日記《にっき》をつけてから睡眠《すいみん》を取《と》る。今日《きょう》はさすがに睡気《ねむけ》が溜《たま》っていたので、約三時間《やくさんじかん》ぐっすりと眠《ねむ》る。……敏子今夜《としここんや》は夕飯後《ゆうはんご》間《ま》もなく、午後八時《ごごはちじ》に引《ひ》き上《あ》げる。婆《ばあ》や九時半《くじはん》頃《ごろ》に去《さ》る。……

四月二十日《しがつはつか》。……午前一時《ごぜんいちじ》、小池《こいけ》さんが二階《にかい》へ寝《ね》に行《い》く。そのあと私一人《わたしひとり》病室《びょうしつ》に附《つ》き添《そ》う。病人《びょうにん》は宵《よい》からうつらうつらうつらしていたようであったが、小池《こいけ》さんが去《さ》ってから十数分後《じゅうすうふんご》、どうも眼《め》を覚《さ》ましているらしいけはいを何《なん》となく感《かん》じる。薄暗《うすぐら》い蔭《かげ》の方《ほう》に臥《ね》ているので、はっきり分《わか》らないのであるが、微《かす》かな身《み》じろぎとともに口《くち》をムニャムニャさせたような気《き》がしたからである。そうっと覗《のぞ》き込《こ》んでみると、推察《すいさつ》の通《とお》り、いつの間《ま》にか眼《め》を開《あ》けている。その眼《め》は私《わたし》の顔《かお》を超《こ》えて、もっと向《むこ》うの方《ほう》を見《み》ている。あの、敏子《としこ》が活《い》けたライラックの花《はな》、――病《びょう》人《にん》の眼《め》はそこに注《そそ》がれているらしい。スタンドの光線《こうせん》を遮蔽《しゃへい》して、室内《しつない》のほんの一部分《いちぶぶん》だけを、辛《かろ》うじて新聞《しんぶん》が読《よ》める程度《ていど》に明《あか》るくしてあるのだが、その明《あか》るい光《ひかり》の圏《けん》の端《はし》の方《ほう》に、ライラックが仄白《ほのじろ》く匂《にお》っている、――その白《しろ》い影《かげ》を、見《み》るともなく視詰《みつ》めて何《なに》か考《かんが》えているような眼《め》つきである。私《わたし》は何《なに》がなしにハッとした。昨日《きのう》、敏子《としこ》があの花《はな》を持《も》って来《き》て、「マダムが庭《にわ》に咲《さ》いていたのを切《き》って来《き》て下《くだ》すったのよ」と云《い》った時《とき》、今《いま》そんなことを聞《き》かせないでもよいのにと、――敏子《としこ》はどんなつもりで云《い》ったのか知《し》れないが、――私《わたし》は思《おも》ったのであった。あの時《とき》多分病人《たぶんびょうにん》はあの言葉《ことば》を聴《き》き取《と》ったであろう。――聴《き》き取《と》らなかったとしても、あの花《はな》を見《み》ればあの木《き》が植《う》わっている関田町《せきでんちょう》の庭《にわ》を思《おも》い出《だ》したであろう。そしてあの家《いえ》の離《はな》れ座敷《ざしき》を思《おも》い出《だ》し、あそこで起《おこ》った過去《かこ》の夜《よる》の出来事《できごと》の数々《かずかず》を思《おも》い出《だ》したであろう。――そう思《おも》うのは思《おも》い過《すご》しかも知《し》れないが、私《わたし》は病人《びょうにん》の眼《め》を見《み》ると、何《なに》かそのことと関聯《かんれん》のある妄想《もうそう》が、あの空虚《うつろ》な瞳《ひとみ》の奥《おく》に浮《う》かんでいるのではあるまいか、という気《き》がした。私《わたし》は慌《あわ》ててスタンドの明《あか》りをその花《はな》から外《そ》らした。……

……午前七時《ごぜんしちじ》ライラックの花瓶《かびん》を病室《びょうしつ》から運《はこ》び出《だ》し、ガラスの花器《かき》に挿《さ》した薔薇《ばら》に置《お》き換《か》える。……

……午後一時《ごごいちじ》児玉《こだま》さん来診《らいしん》。体温六度八分《たいおんろくどはちぶ》に低下《ていか》。血壓《けつあつ》は再《ふたた》び上《あが》る傾向《けいこう》を示《しめ》す、最高一八五《さいこうひゃくはちじゅうご》、最低《さいてい》一四〇《ひゃくよんじゅう》。そのためネオヒポトニン注射《ちゅうしゃ》。今日《きょう》も睾丸《こうがん》の検査《けんさ》がある。玄関《げんかん》まで送《おく》って出《で》て児玉《こだま》さんと話《はな》す。膀胱《ぼうこう》の麻痺《まひ》がつづいていて、今朝《けさ》も小池《こいけ》さんが導尿《どうにょう》したこと、導尿《どうにょう》のたびごとに病人《びょうにん》が懊《じ》れること、ちょっとしたことが神経《しんけい》に触《さわ》って興奮《こうふん》する様子《ようす》が見《み》えること、口《くち》と手足《てあし》が思《おも》うように利《き》かないために一層《いっそう》イライラするらしいこと、等々《とうとう》について相談《そうだん》する。鎮静《ちんせい》と安眠《あんみん》のためルミナールを用《もち》いることにする。……

……敏子《としこ》今日《きょう》は午前中《ごぜんちゅう》は見《み》えず、夕刻《ゆうこく》五時頃《ごじごろ》から来《く》る。……十時頃《じゅうじごろ》より病人《びょうにん》の鼾《いびき》が聞《きこ》え始《はじ》める。これは一昨日《おととい》の異様《いよう》な鼾《いびき》と違《ちが》い、いつもの安眠《あんみん》の鼾《いびき》らしい。先《せん》刻《こく》夕食後《ゆうしょくご》注射《ちゅうしゃ》したルミナールが利《き》いて来《き》たのだとみえる。敏子《としこ》寝顔《ねがお》を覗《のぞ》いてみて、「よいあんばいにすやすや休《やす》んではるらしいわ」と云《い》い、間《ま》もなく去《さ》る。相前後《あいぜんご》して婆《ばあ》やも去《さ》る。小池《こいけ》さんを二階《にかい》へ寝《ね》に行《い》かせる。十一時《じゅういちじ》近《ちか》く電話《でんわ》が鳴《な》る。出《で》てみると木村《きむら》である。「こんな時刻《じこく》に失礼《しつれい》ですが」と云《い》う。(今《いま》なら私《わたし》が一人《ひとり》でいることを、敏子《としこ》が教《おし》えたのではあるまいか)その後《ご》の御容態《ごようだい》を聞《き》かして下《くだ》さいと云《い》う。経過《けいか》を話《はな》して、今夜《こんや》は睡眠剤《すいみんざい》の注射《ちゅうしゃ》が利《き》き、鼾《いびき》を掻《か》いて熟睡《じゅくすい》している由《よし》を告《つ》げる。「ちょっと今《いま》から伺《うかが》ってお顔《かお》を見《み》るわけに行《い》きませんか」と云《い》う。「お顔《かお》」とは誰《だれ》のお顔《かお》の意味《いみ》なのかと思《おも》う。「来《き》たら私《わたし》が裏口《うらぐち》から外《そと》へ出《で》るまで、庭《にわ》で待《ま》っていてほしい。玄関《げんかん》のベルを押《お》してはいけない。出《で》て行《い》かなかったら、都合《つごう》が悪《わる》いのだと察《さっ》して帰《かえ》ってほしい」と、電話口《でんわぐち》でできるだけ小声《こごえ》で答《こた》える。十五分後《じゅうごふんご》、微《かす》かな足音《あしおと》が庭《にわ》に聞《きこ》える。病人《びょうにん》は依然安《いぜんやす》らかに鼾《いびき》ごえを立《た》てている。彼《かれ》を裏口《うらぐち》から上《あ》げて女中部屋《じょちゅうべや》で三十分《さんじっぷん》ほど話《はな》す。……病室《びょうしつ》へ戻《もど》って来《き》ても、まだ鼾《いびき》ごえが続《つづ》いていた。……

四月二十一日《しがつにじゅういちにち》。……午後一時《ごごいちじ》児玉《こだま》さん来診《らいしん》。血壓《けつあつ》最高一八〇《さいこうひゃくはちじゅう》、最低一三六《さいていひゃくさんじゅうろく》。昨日《きのう》よりまた少《すこ》し下《さが》ったけれどもなお安心《あんしん》とは云《い》えない。せめて最高《さいこう》が一七〇台《ひゃくななじゅうだい》に下《さが》り、最低《さいてい》との開《ひら》きが五十以上《ごじゅういじょう》にならなければと云《い》われる。体温《たいおん》は六度五分《ろくどごぶ》でようやく平熱《へいねつ》になる。尿《にょう》も今朝来《けさらい》溲瓶《しびん》を用《もち》い辛《かろ》うじて排尿《はいにょう》するようになる。食慾《しょくよく》は相当《そうとう》、持《も》って行《い》けば何《なん》でも受《う》け付《つ》けるけれども、今《いま》のところやや固《かた》い目《め》の流動物《りゅうどうぶつ》のみを与《あた》える。……

二時《にじ》、病人《びょうにん》を小池《こいけ》さんに頼《たの》んで二階《にかい》に上《あが》る。日記《にっき》をつけてから五時《ごじ》まで眠《ねむ》る。病室《びょうしつ》へ下《お》りて来《き》てみると、敏子《としこ》が来《き》ている。五時半《ごじはん》、夕食前三十分《ゆうしょくまえさんじっぷん》に今日《きょう》もルミナールを射《さ》す。薬《くすり》が利《き》いて来《く》るのは四五時間後《しごじかんご》であるから、当《とう》分毎日《ぶんまいにち》この時刻《じこく》に睡眠剤《すいみんざい》を射《さ》して夜間《やかん》の安眠《あんみん》を謀《はか》った方《ほう》がよいであろうという、児玉《こだま》さんの意見《いけん》があったからである。ただし、小池《こいけ》さんに云《い》い含《ふく》めて、病人《びょうにん》には睡眠剤《すいみんざい》であることを知《し》らせず、血壓降下剤《けつあつこうかざい》だということにしておく。……

……六時《ろくじ》、夕食《ゆうしょく》の膳《ぜん》がナイトテーブルに運《はこ》ばれて来《き》たのを見《み》、病人《びょうにん》が何《なに》か云《い》いたいことがあるらしく口《くち》を動《うご》かす。二度《にど》も三度《さんど》も繰《く》り返《かえ》して一《ひと》つことを云《い》う。何《なん》のことか聞《き》き取《と》れない。私《わたし》がスプーンで粥《かゆ》を掬《すく》って持《も》って行《い》くと、その手《て》を抑《おさ》えるようにしてなおも云《い》う。私《わたし》の給仕《きゅうじ》が気《き》に入《い》らないのかと思《おも》って、敏子《としこ》が代《かわ》ってみ、小池《こいけ》さんが代《かわ》ってみるが、給仕《きゅうじ》のことではないらしい。そのうちに、病人《びょうにん》の云《い》っていることがだんだん私《わたし》に分《わか》って来《く》る。病人《びょうにん》はさっきから、びーふーてーき、びーふーてーき、と云《い》っているのである。突飛《とっぴ》のようであるが、どうもそう云《い》っているに違《ちが》いない。ビフテキ、――ビフテキ、――

そう云《い》って、訴《うった》えるがごとき眼《め》つきでチラと私《わたし》を見《み》、すぐまた眼《め》を潰《つぶ》る。……私《わたし》には病人《びょうにん》が何《なに》を訴《うった》えつつあるのかほぼ想像《そうぞう》することができたが、他《ほか》の二人《ふたり》には分《わか》らなかったことであろう。（敏子《としこ》には分《わか》ったかも知《し》れない）私《わたし》は二人《ふたり》に気《き》づかれないように、病人《びょうにん》に向《む》かって微《かす》かに首《くび》を振《ふ》って見《み》せ、「今《いま》そんなことを思《おも》ってはいけない、当《とう》分《ぶん》の間《あいだ》我慢《がまん》なさい」という意味《いみ》を匂《にお》わせたつもりであるが、病人《びょうにん》にそれが読《よ》めたかどうか。でも病人《びょうにん》は、それきりもうそのことを云《い》わず、おとなしく口《くち》を開《あ》けて私《わたし》がさし出《だ》す粥《かゆ》をすすった。……

八時《はちじ》、敏子《としこ》が去《さ》り、九時《くじ》、婆《ばあ》やが去《さ》る。十時《じゅうじ》、病人《びょうにん》が鼾《いびき》を掻《か》いて熟睡《じゅくすい》し始《はじ》める。小池《こいけ》さんを二階《にかい》へ行《い》かせる。十一時《じゅういちじ》、庭《にわ》に足音《あしおと》が聞《きこ》える。裏口《うらぐち》から女中部屋《じょちゅうべや》へ通《とお》す。十二時《じゅうにじ》、彼去《かれさ》る。鼾《いびき》ごえがなお続《つづ》いている。

四月二十二日《しがつにじゅうににち》。……病状《びょうじょう》には格別《かくべつ》の変化《へんか》もない。血壓《けつあつ》昨日《きのう》よりまた少《すこ》し高《たか》い。睡眠剤《すいみんざい》で夜間《やかん》は安眠《あんみん》するらしいけれども、昼間《ひるま》はとかくもやもやしたものが頭《あたま》に浮《う》かんで来《く》るらしく、ややもすればイライラする様子《ようす》が見《み》える。一日十二時間以上睡眠《いちにちじゅうにじかんいじょうすいみん》を取《と》らせることが必要《ひつよう》であると、児玉《こだま》さんは云《い》うのであるが、正味熟睡《しょうみじゅくすい》しているのは六七時間《ろくしちじかん》に過《す》ぎないであろう、その他《ほか》の時間《じかん》は、ウトウトしているようにはみえるが、ほんとうに寝《ね》ているのかどうかアテにならない。（大体《だいたい》において、鼾《いびき》を掻《か》いていない時《とき》は眠《ねむ》りの浅《あさ》い時《とき》、せいぜい半睡半醒《はんすいはんせい》の状態《じょうたい》にいる時《とき》であると、私《わたし》は長年《ながねん》の経験《けいけん》によって判断《はんだん》している。いや、その鼾《いびき》さえも、今《いま》のは二セの鼾《いびき》ではないかと凝《うたが》い得《う》る場合《ばあい》がないではない）児玉《こだま》さんの許可《きょか》を得《え》て、明日《あす》からルミナールを日《ひ》に二回《にかい》、午前中《ごぜんちゅう》に一回《いっかい》と、午後《ごご》に一回《いっかい》と用《もち》いることにする。……………

……いつもの時刻《じこく》に敏子《としこ》が去《さ》り、婆《ばあ》やが去《さ》る。十《じゅう》時《じ》に病人《びょうにん》の鼾《いびき》が始《はじ》まる。十一《じゅういち》時《じ》に庭《にわ》に足音《あしおと》が聞《きこ》える。……………

四月二十三日《しがつにじゅうさんにち》。……発病《はつびょう》以来今日《いらいきょう》で一週間《いっしゅうかん》である。午前九時《ごぜんくじ》、朝食後《ちょうしょくご》、小池《こいけ》さんが膳《ぜん》を台所《だいどころ》へ下《さ》げに行《い》き、私《わたし》と二人《ふたり》きりになった隙《すき》を見《み》て病人《びょうにん》が唇《くちびる》を動《うご》かす。にーき、にーき、と云《い》っている。昨日《きのう》の、びーふーてーき、に比《くら》べて今日《きょう》はよほど発音《はつおん》がしっかりしている。にーき、にーき、――日記《にっき》のことが気《き》にかかるのであるらしい。「日記《にっき》をお附《つ》けになりたいの？ でもまだ無理《むり》よ」と云《い》うと、「ちがう」と云《い》って首《くび》を振《ふ》る。「違《ちが》うの？ 日記《にっき》のことと違《ちが》うの？」と云《い》うと、「お前《まえ》の日記《にっき》――」と云《い》う。「私《わたし》の日記《にっき》？」と云《い》うと、領《うなず》いて、「お前《まえ》は――お前《まえ》は日記《にっき》を――どうしている？――」と云《い》う。「私《わたし》は昔《むかし》から日記《にっき》なんか附《つ》けていません、そんなこと、あなた知《し》ってはるやありませんか」と、私《わたし》はわざと意地悪《いじわる》く空《そら》とぼけてやる。すると口辺《こうへん》に力《ちから》のない薄笑《うすわら》いを浮《う》かべて、「あゝ、そうだったか、分《わか》ったよ」という風《ふう》に頷《うなず》いている。病人《びょうにん》が微《かす》かながらも笑顔《えがお》を見《み》せたのは始《はじ》めてであるが、ちょっと意味《いみ》の分《わか》らない、謎《なぞ》のような笑《わら》いである。小池《こいけ》さんは病人《びょうにん》の膳《ぜん》を台所《だいどころ》へ運《はこ》んだついでに茶《ちゃ》の間《ま》で自《じ》分《ぶん》の食事《しょくじ》を済《す》ませ、十時頃《じゅうじごろ》病室《びょうしつ》に戻《もど》る。そして、黙《だま》って病人《びょうにん》の腕《うで》へルミナールを射《さ》そうとする。「何《なん》の注射《ちゅうしゃ》?」と、病人《びょうにん》が尋《たず》ねる。午前中《ごぜんちゅう》のこの時刻《じこく》に注射《ちゅうしゃ》されたことがないので、不審《ふしん》を抱《いだ》いたらしいのである。「まだ血壓《けつあつ》が少《すこ》しお高《たか》いようですから、下《さ》げる注射《ちゅうしゃ》をするのでございます」と、小池《こいけ》さんが答《こた》える。

午後《ごご》一時《いちじ》児玉《こだま》さん来診《らいしん》。二時《にじ》半頃《はんごろ》から病人《びょうにん》が鼾《いびき》を掻《か》き出《だ》したのを見《み》て、私《わたし》は二階《にかい》へ上《あが》る。が、五時《ごじ》に下《お》りて来《き》てみると、もう鼾《いびき》ごえが止《や》んでいる。小池《こいけ》さんに聞《き》くと、ほんとうに熟睡《じゅくすい》したのは一時間《いちじかん》足《た》らずで、それからは夢《ゆめ》うつつの境《きょう》を彷徨《ほうこう》しつつあるように見《み》えたと云《い》う。やはり睡眠剤《すいみんざい》を飲《の》んでも夜間《やかん》のようには寝《ね》られないらしい。

夕食後《ゆうしょくご》二回目《にかいめ》の注射《ちゅうしゃ》をする。……

きっちり十一時《じゅういちじ》、庭《にわ》に足音《あしおと》を聞《き》く。……

四月二十四日《しがつにじゅうよっか》。……発病以来今日《はつびょういらいきょう》が二度目《にどめ》の日曜《にちよう》である。朝《あさ》から見舞客《みまいきゃく》が二三人見《にさんにんみ》える。いずれも上《あが》らずに帰《かえ》って貰《もら》う。……児玉《こだま》さん本日《ほんじつ》は来診《らいしん》せず。病人《びょうにん》は格別《かくべつ》の変化《へんか》なし。二時頃《にじごろ》から敏子《としこ》が来《く》る。彼女《かのじょ》はこのところ毎日夕刻《まいにちゆうこく》から来《き》て、二三時間病室《にさんじかんびょうしつ》に詰《つ》めるようにしていたのに、今日《きょう》は珍《めずら》しく昼間《ひるま》から出《で》て来《き》た。父《ちち》が鼾《いびき》ごえを立《た》てている傍《そば》で、「今日《きょう》はお客様《きゃくさま》が多《おお》くはないかと思《おも》って」と、そう云《い》って私《わたし》の顔色《かおいろ》を見《み》ている。私《わたし》が何《なん》とも云《い》わないでいると、「ママ、買《か》い物《もの》が溜《たま》っていはしないの。……たまの日曜《にちよう》に外《そと》の空気《くうき》を吸《す》うて来《き》やはったらどう?」などと云《い》ったりしている。いったい彼女《かのじょ》は自《じ》分一人《ぶんひとり》だけの考《かんが》えで云《い》っているのか、彼《かれ》から頼《たの》まれているのであるか。……彼《かれ》にそんな気《き》があったのなら、昨《さく》夜私《やわたし》に匂《にお》わしそうなものだけれども、何《なに》もそんな話《はなし》は出《で》なかった。……直接私《ちょくせつわたし》には云《い》い出《だ》しにくいので、敏《とし》子《こ》に云《い》わせたのであろうか。それとも敏子《としこ》が勝手《かって》に気《き》を廻《まわ》しているのであろうか。……ふっと私《わたし》は、ちょうど今《いま》、この時刻《じこく》に、あの大阪《おおさか》の宿《やど》で私《わたし》の来《く》るのを心待《こころま》ちにしている彼《かれ》の様子《ようす》を思《おも》い描《えが》いた。……ひょっとしたら、ほんとうにそんなことになっているのかも知《し》れない、――そんな妄想《もうそう》まで浮《う》かんで来《き》たが、でもそんなことがあるはずはないと思《おも》って打《う》ち消《け》す。打《う》ち消《け》しても打《う》ち消《け》しても、もし待《ま》っていたらどうしよう、と、また妄想《もうそう》が湧《わ》いて来《く》る。が、どう考《かんが》えても今日《きょう》の私《わたし》はあそこまで出《で》かける時間《じかん》はない、そんなに長《なが》く家《いえ》を空《あ》けるわけには行《い》かない、せめてこの次《つぎ》の日曜《にちよう》ぐらいにならなければ、などと思《おも》う。…………しかし私《わたし》は、ほかにいささか気《き》にかかっていたことがあるので、「ではちょっと、錦辺《にしきあたり》まで買《か》い物《もの》に行《い》って来《く》る。一時間以内《いちじかんいない》に帰《かえ》るわ」と、敏子《としこ》に断《ことわ》って、三時過《さんじす》ぎに家《いえ》を出《で》た。そして大急《おおいそ》ぎでタキシーを拾《ひろ》って御幸町錦小路《ごこうまちにしきこうじ》まで飛《と》ばした。私《わたし》はまず、食料品《しょくりょうひん》の買《か》い出《だ》しに来《き》たという証拠《しょうこ》に、錦《にしき》の市場《いちば》で麩《ふ》だの湯葉《ゆば》だの野菜《やさい》物《もの》だのを買《か》った。それから三条寺町《さんじょうてらまち》まで歩《ある》いて、いつもの紙屋《かみや》で大判《おおばん》の雁皮《がんぴ》を十枚《じゅうまい》と表紙用《ひょうしよう》の厚紙《あつがみ》を一枚《いちまい》買《か》い、それを私《わたし》の日記帳《にっきちょう》の大《おお》きさに裁《た》って貰《もら》い、皺《しわ》にならないように巧《うま》く包装《ほうそう》して貰《もら》って、買《か》い物袋《ものぶくろ》の野菜物《やさいもの》の下《した》に入《い》れた。それから河原町通《かわらまちどお》りでタキシーを拾《ひろ》って、――いや、八百屋《やおや》の店《みせ》で彼《かれ》を電話口《でんわぐち》へ呼《よ》び出《だ》したことも書《か》き洩《も》らしてはならない。「いゝえ、今日《きょう》はどこにも出《で》かけず、家《いえ》にいました」と彼《かれ》は云《い》った。事《こと》によれば誘《さそ》いがかかりはしないかと思《おも》っていたらしい口《くち》ぶりでもあったが、一二《いちに》分話《ふんはな》しただけであった。――四時少《よじすこ》し過《す》ぎに帰宅《きたく》した。（一時間《いちじかん》より多少過《たしょうす》ぎていたかも知《し》れない）私《わたし》は玄関《げんかん》の傘立《かさた》ての蔭《かげ》に雁皮《がんぴ》の包《つつ》みを隠《かく》し、買《か》い物袋《ものぶくろ》は台所《だいどころ》の婆《ばあ》やに渡《わた》した。……病人《びょうにん》はまだ寝《ね》ているようには見《み》えたけれども、鼾《いびき》は止《や》んでいた。……

……私《わたし》が気《き》にかかっていたことというのは、昨日《きのう》病人《びょうにん》が「お前《まえ》は日記《にっき》をどうしている」と云《い》った、あの言《こと》葉《ば》なのである。私《わたし》が日記《にっき》をつけていることを、表向《おもてむ》きは知《し》らない体《てい》を装《よそお》っていたはずの夫《おっと》が、どうして突然《とつぜん》あんなことを云《い》い出《だ》したのか。頭《あたま》が混乱《こんらん》していたために知《し》らないはずになっていたことをウッカリ忘《わす》れたのであろうか。それとも、「もう僕《ぼく》は知《し》らないふりをする必要《ひつよう》を認《みと》めなくなった」と云《い》うのであろうか。私《わたし》が咄嗟《とっさ》の返辞《へんじ》に困《こま》って、「日記《にっき》なんか附《つ》けていない」と答《こた》えると、「分《わか》ったよ」と云《い》って変《へん》な笑《わら》い方《かた》をしたのは、「空惚《そらとぼ》けるのは止《よ》せ」という意味《いみ》だったのであろうか。――何《なに》にしても、夫《おっと》は彼《かれ》の発病《はつびょう》以後《いご》も私《わたし》が日記《にっき》を附《つ》けることを継続《けいぞく》しつつあるかどうか、それを知《し》りたいのに違《ちが》いなく、継続《けいぞく》しているのなら、何《なん》とかしてそれを読《よ》ませて貰《もら》いたいのに違《ちが》いあるまい。盗《ぬす》み読《よ》みができなくなった彼《かれ》としては、おおびらに私《わたし》の許可《きょか》を求《もと》めたい下心《したごころ》があったためにあんな言葉《ことば》を洩《も》らしたのだと、私《わたし》は推測《すいそく》せざるを得《え》ない。とすると、彼《かれ》から公然《こうぜん》とそういう申《もう》し出《で》があった場合《ばあい》のことを、早速考《さっそくかんが》えておかねばならない。この正月《しょうがつ》から四《し》月十六日《がつじゅうろくにち》に至《いた》るまでの私《わたし》の日記《にっき》は、もし求《もと》められれば、私《わたし》はいつでも彼《かれ》の前《まえ》に取《と》り出《だ》して見《み》せるであろう。しかし十七日《じゅうしちにち》以後《いご》の日記《にっき》があることは、決《けっ》して彼《かれ》に知《し》らせてはならない。私《わたし》は彼《かれ》に云《い》うであろう、――「この帳面《ちょうめん》は始終《しじゅう》あなたが盗《ぬす》み読《よ》みしていたのですから、隠《かく》しても仕《し》方《かた》がありませんが、今《いま》さら見《み》せるまでもありますまい。それでも見《み》たいと云《い》うのならいくらでも見《み》て貰《もら》いますが、見《み》れば分《わか》る通《とお》り、十六日《じゅうろくにち》で日記《にっき》は終《おわ》っているのです。あなたが病気《びょうき》になってからは、私《わたし》は看護《かんご》に忙《いそが》しくて日記《にっき》どころではなかったし、書《か》くような材料《ざいりょう》もありませんでした」と。――で、私《わたし》は彼《かれ》に十七日《じゅうしちにち》以後《いご》空白《くうはく》になっている日記帳《にっきちょう》を開《あ》けて見《み》せ、彼《かれ》を安心《あんしん》させなければならない。

私《わたし》が雁皮《がんぴ》を買《か》って来《き》たのは、十六日《じゅうろくにち》までの分《ぶん》と、十七《じゅうしち》日以後《にちいご》の分《ぶん》と、日記帳《にっきちょう》を二冊《にさつ》に分《わ》けて製本《せいほん》し直《なお》すためなのである。……………

……昼寝《ひるね》の時間《じかん》に外出《がいしゅつ》したので、帰宅後五時《きたくごごじ》から一《いち》時間半《じかんはん》ほど二階《にかい》に上《あが》る。六時半《ろくじはん》に下《お》りて来《く》る時《とき》に、日記《にっき》帳《ちょう》を持《も》って下《お》り、茶《ちゃ》の間《ま》の用箪笥《ようだんす》の抽出《ひきだし》に入《い》れておく。敏子《としこ》、夕食後八時《ゆうしょくごはちじ》に去《さ》る。十時小池《じゅうじこいけ》さんを二階《にかい》へ行《い》かせる。十一時《じゅういちじ》、庭《にわ》に音《おと》が聞《きこ》える。……………

四月二十五日《しがつにじゅうごにち》。……午前零時《ごぜんれいじ》、送《おく》り出《だ》して勝手口《かってぐち》の戸締《とじま》りをする。それから約一時間《やくいちじかん》、病室《びょうしつ》にいて鼾《いびき》ごえに耳《みみ》を澄《す》ます。熟睡《じゅくすい》しているのを見届《みとど》けて茶《ちゃ》の間《ま》に入《はい》り、日記帳《にっきちょう》の製本《せいほん》に取《と》りかかる。二冊《にさつ》に分《わ》けて、十六日《じゅうろくにち》までの分《ぶん》は用箪笥《ようだんす》の抽出《ひきだし》に収《おさ》め、十七日《じゅうしちにち》以後《いご》の分《ぶん》は二階《にかい》へ持《も》って行《い》って書棚《しょだな》に隠《かく》す。この仕事《しごと》に一時間《いちじかん》を費《ついや》す。二時過《にじす》ぎ頃《ごろ》から病室《びょうしつ》に戻《もど》る。病人《びょうにん》はずっと眠《ねむ》りつづけている。……

午後一時《ごごいちじ》、児玉《こだま》さん来診《らいしん》。格別《かくべつ》の変化《へんか》なし。このところ血壓《けつあつ》も一八〇《ひゃくはちじゅう》より一九〇《ひゃくきゅうじゅう》内外《ないがい》を上下《じょうげ》している。もう少《すこ》し下《さが》ってくれないものかと、児玉《こだま》さんは首《くび》をかしげる。昼間《ひるま》は依然《いぜん》十分《じゅうぶん》な安眠《あんみん》が得《え》られないらしい。……

……十一時《じゅういちじ》、庭《にわ》に音《おと》が聞《き》こえる。……

四月二十八日《しがつにじゅうはちにち》。……十一時《じゅういちじ》、庭《にわ》に……

四月二十九日《しがつにじゅうくにち》。……十一時《じゅういちじ》、庭《にわ》に……

四月三十日《しがつさんじゅうにち》。……午後一時《ごごいちじ》、児玉《こだま》さん来診《らいしん》。……来週早々《らいしゅうそうそう》、今一度《いまいちど》相馬先生《そうませんせい》に見《み》てお貰《もら》いになった方《ほう》がよござんすなと云《い》う。……

……十一時《じゅういちじ》、庭《にわ》に……

五月一日《ごがつついたち》。……発病以来三度目《はつびょういらいさんどめ》の日曜《にちよう》である。……敏子《としこ》、この前《まえ》の日曜《にちよう》と同《おな》じ時刻《じこく》、午後二時過《ごごにじす》ぎに現《あら》われる。そうではないかと豫期《よき》していた通《とお》りである。父《ちち》の寝息《ねいき》を確《たし》かめるような風《ふう》をしてから、「買《か》い物《もの》かたがた息抜《いきぬ》きに散歩《さんぽ》していらっしゃい」と、小声《こごえ》ですすめる。「どうしようかしら」と、私《わたし》が躊躇《ちゅうちょ》していると、「パパは大丈夫《だいじょうぶ》、今《いま》しがた寝《ね》やはったところよ。……行《い》ってらっしゃいよママ。今日《きょう》は関田町《せきでんちょう》で昼間《ひるま》から風呂《ふろ》が沸《わ》いているのよ、ついでに寄《よ》って風呂《ふろ》を貰《もら》っていらっしゃい」と云《い》う。何《なに》かわけがあることと察《さっ》し、「ではちょっと一二時間《いちにじかん》」と云《い》って、三時頃《さんじごろ》に買《か》い物袋《ものぶくろ》を提《さ》げて出《で》かける。まっすぐ関田町《せきでんちょう》へ行《い》ってみる。マダムは留守《るす》で、木村《きむら》が離《はな》れに一人《ひとり》でいる。先刻敏子《せんこくとしこ》から電話《でんわ》があって、「今日《きょう》はマダムが和歌山《わかやま》へ行《い》って夜《よる》おそくまで不在《ふざい》であるが、私《わたし》もこれから病人《びょうにん》の所《ところ》へ出《で》かけるので、済《す》まないけれども二三時間留守番《にさんじかんるすばん》に来《き》ていてほしい。夕刻《ゆうこく》までには帰《かえ》って来《く》る」ということで、呼《よ》び寄《よ》せられたのであるという。風呂《ふろ》は沸《わ》いていなかったが、風呂《ふろ》の代《かわ》りに木村《きむら》がいたというわけである。……ざっと半月《はんつき》ぶりに少《すこ》しゆっくり話《はな》し合《あ》うことができたけれども、やはり何《なん》となくセカセカして落《お》ち着《つ》いた気分《きぶん》にはなれなかった。……彼《かれ》を残《のこ》して五時《ごじ》に関田町《せきでんちょう》を出《で》て、時間《じかん》がないので、——病人《びょうにん》が眼《め》を覚《さ》ましはしないかと心配《しんぱい》なので、——大急《おおいそ》ぎで近所《きんじょ》の市場《いちば》で買《か》い物《もの》をして帰宅《きたく》する。「お帰《かえ》り。

早《はや》かったわね」と、敏子《としこ》が云《い》う。「パパは」と云《い》うと、「今日《きょう》は珍《めずら》しくよう寝《ね》たはる。もう三時間以上《さんじかんいじょう》になるわ」と云《い》う。なるほど凄《すご》い鼾《いびき》ごえである。「お嬢《じょう》さんにお願《ねが》いして、お風呂《ふろ》へ行《い》って参《まい》りました」と、小池《こいけ》さんが云《い》う。湯上《ゆあが》りの色《いろ》つやのよい顔《かお》をてかてかさせている。あ、そうだったか、小池《こいけ》さんは銭湯《せんとう》へ行《い》って来《き》たのか、——私《わたし》は何《なに》がなしにハッとする。何《なに》かしら敏子《としこ》が作為《さくい》を施《ほどこ》したらしいことを感《かん》じる。——もっとも、夫《おっと》が臥床《がしょう》してからは、家《いえ》の風呂《ふろ》を沸《わ》かしたことは二三度《にさんど》しかない。私《わたし》も、小池《こいけ》さんも、婆《ばあ》やも、大概隔日《たいがいかくじつ》か三日置《みっかお》きぐらいに、昼間《ひるま》のうちに銭湯《せんとう》へ浴《あ》びに行《い》くことにしているのであるし、今日《きょう》あたりは小池《こいけ》さんが行《い》く番《ばん》であるから、行《い》って来《く》るのに不思議《ふしぎ》はない。が、敏子《としこ》はそれを計算《けいさん》に入《い》れて、病人《びょうにん》と自分《じぶん》と二人《ふたり》きりになるように、私《わたし》を外《そと》へ出《だ》したのではあるまいか。ついウッカリして、そういう場合《ばあい》が生《しょう》じ得《う》ることに、私《わたし》は考《かんが》え及《およ》ばなかった。いつもなら当然《とうぜん》気《き》が付《つ》くのであるが、（小池《こいけ》さんの風呂《ふろ》は長湯《ながゆ》で、五六十分《ごろくじっぷん》はかかるということも、私《わたし》は知《し》っていたはずであるが）「関田町《せきでんちょう》で風呂《ふろ》が沸《わ》いている」と云《い》われて、さてはと胸《むね》をときめかせて思慮《しりょ》を失《うしな》ったのである。――私《わたし》は「しまった」と思《おも》いながら、二人《ふたり》に病人《びょうにん》を預《あず》けておいて、「いつもの午睡《ごすい》をするために」二階《にかい》へ上《あが》った。

すぐに私《わたし》は、書棚《しょだな》の蔭《かげ》に隠《かく》してある日記帳《にっきちょう》を取《と》り出《だ》して、念《ねん》のために調《しら》べてみたが、セロファンテープで封《ふう》をしておけばよかったのであるが、まさかそこまで用心深《ようじんぶか》くはしなかったので、盗《ぬす》み読《よ》まれていたにしても、証拠《しょうこ》を見付《みつ》けようはなかった。――いや、やっぱり自分《じぶん》の疑《ぎ》心暗鬼《しんあんき》に過《す》ぎないのだ、と、私《わたし》はそうも思《おも》い直《なお》してみた。自分《じぶん》は少《すこ》し気《き》を廻《まわ》し過《す》ぎた、日記帳《にっきちょう》を二《ふた》つに分《わ》けたこと、後《あと》の部分《ぶぶん》が二階《にかい》の書棚《しょだな》に隠《かく》してあること、等々《とうとう》を、彼《かれ》らがどうして知《し》るはずがあろう。私《わたし》はそう思《おも》って一《ひ》とまず安心《あんしん》し、その時《とき》はそれで済《す》んだのであったが、……午後八時《ごごはちじ》、敏子《としこ》が関田町《せきでんちょう》へ去《さ》ってしまうと、またそのことが気《き》にかかった。私《わたし》は台所《だいどころ》へ行《い》って婆《ばあ》やに聞《き》いてみた。今日《きょう》の午後《ごご》、私《わたし》が外出《がいしゅつ》したあとで誰《だれ》かが二階《にかい》の書斎《しょさい》へ上《あが》りはしなかったか。すると意外《いがい》にも、「はあ、お嬢《じょう》さんがお上《あが》りになりました」と云《い》う。婆《ばあ》やの話《はなし》だと、私《わたし》が出《で》かけてから十五分《じゅうごふん》ほどたって小池《こいけ》さんが銭湯《せんとう》へ出《で》かけた、それから間《ま》もなく敏子《としこ》が二階《にかい》へ上《あが》って行《い》ったが、二三分《にさんぷん》で下《お》りて来《き》て病室《びょうしつ》に戻《もど》り、「何《なに》か旦那様《だんなさま》とお話《はな》しになっていらっしゃる御様子《ごようす》でした」と云《い》う。でも病人《びょうにん》は鼾《いびき》を掻《か》いていたはずだが、と云《い》うと、「その鼾《いびき》ごえがぱったり止《や》んでいました」と云《い》う。そして敏子《としこ》は「旦那《だんな》様《さま》としばらく話《はなし》をなすってからもう一度《いちど》二階《にかい》へ上《あが》り、またすぐ下《お》りておいでになった、そのあとで小池《こいけ》さんが銭《せん》湯《とう》から戻《もど》って来《こ》られました」と云《い》う。でも、夕刻《ゆうこく》私《わたし》が帰《かえ》って来《き》た時《とき》には病人《びょうにん》の鼾《いびき》ごえが聞《きこ》えていたのに、と云《い》うと、「奥《おく》さんのお留守中《るすちゅう》は止《や》んでいて、お帰《かえ》りになる少《すこ》し前《まえ》からまた始《はじ》まっていたのです」と云《い》う。――

どうやら私《わたし》の疑心暗鬼《ぎしんあんき》が当《あた》っており、思《おも》い過《すご》しが思《おも》い過《すご》しでなかったことが分《わか》りかけて来《き》たのであるが、それでも私《わたし》にはまだ腑《ふ》に落《お》ちかねることがあった。ここで一往敏子《いちおうとしこ》の今日《きょう》の行動《こうどう》を順《じゅん》に並《なら》べてみると、――午後三《ごごさん》時《じ》、口実《こうじつ》を設《もう》けて私《わたし》を外《そと》へ出《だ》してしまう。次《つぎ》に小池《こいけ》さんを風呂《ふろ》へ行《い》かせる。次《つぎ》に病人《びょうにん》が自《みずか》ら眼《め》を覚《さ》まして敏子《としこ》に告《つ》げたか、敏子《としこ》から病人《びょうにん》に働《はたら》きかけたか、そこのところは不明《ふめい》であるが、彼女《かのじょ》は私《わたし》の日記帳《にっきちょう》が茶《ちゃ》の間《ま》の用箪笥《ようだんす》に入《い》れてあることを知《し》り、それを捜《さが》し出《だ》して病人《びょうにん》の枕元《まくらもと》へ持《も》って来《く》る。病人《びょうにん》が、この帳面《ちょうめん》は四月十六日《しがつじゅうろくにち》で終《おわ》っているが、十七日以後《じゅうしちにちいご》の分《ぶん》も必《かなら》ずどこかに秘《ひ》してあるに違《ちが》いない、己《おれ》が読《よ》みたいのはその方《ほう》であるから捜《さが》してくれと云《い》う。そこで彼女《かのじょ》は二階《にかい》の書棚《しょだな》を探《さぐ》って見《み》つけ出《だ》す。次《つぎ》にそれを病室《びょうしつ》へ持参《じさん》して病人《びょうにん》に見《み》せる。あるいは読《よ》んで聞《き》かせる。次《つぎ》に二階《にかい》へ持《も》って上《あが》って元《もと》の場所《ばしょ》に収《おさ》めて来《く》る。小池《こいけ》さんが戻《もど》って来《く》る。病人《びょうにん》が再《ふたた》び安眠《あんみん》を装《よそお》う。五時過《ごじす》ぎ、私《わたし》が帰《かえ》って来《く》る。——と、こういう風《ふう》になるのであるが、これだけのことが私《わたし》の外出中《がいしゅつちゅう》の二三《にさん》時間《じかん》に、こうすらすらと運《はこ》ぶということは、ちょっと普《ふ》通《つう》には考《かんが》えられない。そこで、思《おも》い出《だ》したのは、私《わたし》はこの前《まえ》の日曜《にちよう》（四月二十四日《しがつにじゅうよっか》）にも、敏子《としこ》にすすめられて午後《ごご》に外出《がいしゅつ》したのであった。とすると、敏子《としこ》のこの仕事《しごと》は、多分《たぶん》あの日曜日《にちようび》から取《と》りかかっていたのではないか。すでに病人《びょうにん》は二十三日《にじゅうさんにち》の土曜《どよう》の朝《あさ》、私《わたし》と二人《ふたり》きりでいる時《とき》に、「にーき、にーき」と口走《くちばし》って、私《わたし》の日記《にっき》を読《よ》みたがっている意《い》を明《あき》らかにした。それなら、二十四日《にじゅうよっか》の午後《ごご》、私《わたし》がいなくなった留守《るす》に、敏子《としこ》と小池《こいけ》さんのいる前《まえ》（その時《とき》も小池《こいけ》さんは銭湯《せんとう》へ行《い》っていたのかも知《し》れないが、婆《ばあ》やは確《たし》かな記憶《きおく》がないと云《い》う）でも、同《おな》じ言葉《ことば》を口走《くちばし》らなかったと誰《だれ》が云《い》えよう。病人《びょうにん》は、私《わたし》に訴《うった》えても取《と》り合《あ》ってくれないので、敏子《としこ》に訴《うった》えた。——それは最《もっと》も有《あ》り得《う》ることだと云《い》わなければならない。私《わたし》は敏子《としこ》には、私《わたし》の日記《にっき》の存在《そんざい》をかつて知《し》らした覚《おぼ》えはない。しかし木村《きむら》を通《とお》してでも、またそうでなくても、何《なに》かの折々《おりおり》に感《かん》づいていたことであろうし、まして病人《びょうにん》が口走《くちばし》ったとすれば、直《ただ》ちにピンと来《き》たであろう。「ヨウダンス、——」と、病人《びょうにん》が茶《ちゃ》の間《ま》の方《ほう》を指《ゆび》さす。敏子《としこ》が茶《ちゃ》の間《ま》へ行《い》って用箪笥《ようだんす》の抽出《ひきだし》を捜《さが》してみる、が、もはや日記帳《にっきちょう》はそこに置《お》いてないことが知《し》れる。「分《わか》った、きっと二階《にかい》だわ」と、敏子《としこ》が云《い》って二階《にかい》を捜《さが》す。そんな場面《ばめん》が私《わたし》には想像《そうぞう》される。――とにかくそういう風《ふう》にして、まずこの前《まえ》の日曜《にちよう》に十七日《じゅうしちにち》以後《いご》も日記《にっき》を附《つ》けていることが知《し》れる。そして今日《きょう》の日曜《にちよう》に、日記帳《にっきちょう》が用心深《ようじんぶか》く二冊《にさつ》に製本《せいほん》し直《なお》されており、一冊《いっさつ》は二階《にかい》に、一冊《いっさつ》は階下《した》に置《お》かれていることが分《わか》る。――それならできないことではない。――

さしあたっての私《わたし》の当惑《とうわく》は、もしこの推定《すいてい》が当《あた》っているとすれば、これから以後《いご》の日記《にっき》をどうしたらよいか、ということであった。私《わたし》はいったん附《つ》け始《はじ》めた日記《にっき》を、障害《しょうがい》に出遇《であ》ったからといって、中絶《ちゅうぜつ》する気《き》にはなれなかった。そうかといって、これ以上盗《いじょうぬす》み読《よ》まれることは、避《さ》けられるだけは避《さ》けた方《ほう》がよい。今日《きょう》から私《わたし》は、昼寝《ひるね》の時間《じかん》に二階《にかい》で書《か》くことを止《や》めにする。そして深夜《しんや》、病《びょう》人《にん》と小池《こいけ》さんの寝《ね》るのを待《ま》ってしたため、某所《ぼうしょ》に隠《かく》しておくことにする。……

六月九日《ろくがつここのか》。……長《なが》い間《あいだ》、私《わたし》は日記《にっき》をつけることを怠《おこた》っていた。去月一日《きょげつついたち》、すなわち病人《びょうにん》が第二回目《だいにかいめ》の発《ほっ》作《さ》を起《おこ》して斃《たお》れた日《ひ》の前日《ぜんじつ》をもって私《わたし》の日記《にっき》は終《おわ》っており、それ以後今日《いごきょう》まで三十八日間《さんじゅうはちにちかん》というもの、私《わたし》はあとを書《か》き継《つ》ぐことを中止《ちゅうし》していた。それは、病人《びょうにん》の突然《とつぜん》の死去《しきょ》によって当分《とうぶん》の間《あいだ》いろいろな家事上《かじじょう》の雑務《ざつむ》が生《しょう》じ、多忙《たぼう》であったからでもあるが、彼《かれ》の死《し》の結果《けっか》として、さしあたり先《さき》を書《か》き継《つ》ぐ興味《きょうみ》が、――というか、張《は》り合《あ》いが、というか、――なくなったからでもある。その「張《は》り合《あ》いがなくなった」という事情《じじょう》は、今日《きょう》といえども変《かわ》っていない。だから私《わたし》は今後《こんご》も日記《にっき》をつけることをしないかも知《し》れない。少《すく》なくとも、再《ふたた》び日記《にっき》を始《はじ》めることにするかどうかは、今《いま》のところ未定《みてい》であると云《い》ってよい。が、今年《ことし》の正月一日《しょうがつついたち》以来《いらい》百二十一日《ひゃくにじゅういちにち》の間《あいだ》毎日《まいにち》書《か》きつづけて来《き》た日記《にっき》が、あんな風《ふう》にポツリと切《き》れてしまったままになっているので、あれに一往《いちおう》の結末《けつまつ》をつけておく方《ほう》がよいとは思《おも》う。日記《にっき》の体裁《ていさい》の上《うえ》からいってもそれが必要《ひつよう》であると思《おも》うし、亡《な》くなった人《ひと》と私《わたし》との性生活《せいせいかつ》の闘争《とうそう》についても、ここらでもう一度《いちど》振《ふ》り返《かえ》ってみて、そのいきさつを追想《ついそう》してみるのも徒爾《とじ》ではない。故人《こじん》が書《か》き遺《のこ》して行《い》った日記《にっき》、――分《わ》けてもこの正月以来《しょうがついらい》の日記《にっき》と、私《わたし》のそれとを仔細《しさい》に読《よ》み比《くら》べてみるならば、闘争《とうそう》の跡《あと》は歴々《れきれき》と分《わか》るのであるが、なお私《わたし》としては、故人《こじん》の生前《せいぜん》には書《か》き記《しる》すことを憚《はばか》っていた事柄《ことがら》がかなりあるので、最後《さいご》にそれの幾分《いくぶん》を書《か》き加《くわ》えて、過去《かこ》の日記帳《にっきちょう》に締《し》めくくりをつけたいのである。

病人《びょうにん》の死《し》が突然《とつぜん》であったことは今《いま》も書《か》いた通《とお》りである。後《あと》に記《しる》すような事情《じじょう》で、正確《せいかく》な時間《じかん》は分《わか》らないのである。

あるが、死《し》んだのは五月二日《ごがつふつか》の午前三時前後《ごぜんさんじぜんご》——ではなかったかと思《おも》う。当時看護婦《とうじかんごふ》の小池《こいけ》さんは二階《にかい》で寝《ね》ており、敏子《としこ》は関田町《せきでんちょう》に去《さ》っており、病室《びょうしつ》には私《わたし》だけが附《つ》き添《そ》っていた。しかし私《わたし》も、午前二時頃病人《ごぜんにじごろびょうにん》がいつものように安《やす》らかに鼾《いびき》を掻《か》いているのを見《み》て、密《ひそ》かに病室《びょうしつ》を抜《ぬ》け出《だ》して茶《ちゃ》の間《ま》に行《い》き、四月三十日《しがつさんじゅうにち》の夕刻以後五月《ゆうこくいごごがつ》一日《ついたち》にかけての出来事《できごと》を書《か》き留《と》めつつあった。というのは、私《わたし》はその前々日《ぜんぜんじつ》、つまり夫《おっと》の発病以後四月三十日《はつびょういごしがつさんじゅうにち》までは、毎日午後《まいにちごご》の午睡《ごすい》の時間《じかん》を利用《りよう》して、二階《にかい》でそっと、その前日《ぜんじつ》の午後《ごご》からその日《ひ》の午後《ごご》に至《いた》る出来事《できごと》を記《しる》すことにしていたのであるが、五月一日《ごがつついたち》の日曜《にちよう》に、はからずも秘密《ひみつ》にしていた第二冊目《だいにさつめ》の日記帳《にっきちょう》が病人《びょうにん》や敏子《としこ》に盗《ぬす》み読《よ》まれている事実《じじつ》を知《し》り、当日《とうじつ》はいつもの時間《じかん》に二《に》階《かい》で記《しる》すことを止《や》め、以後《いご》は深夜《しんや》の時刻《じこく》を選《えら》んで筆《ふで》を執《と》り、日記帳《にっきちょう》の隠匿場所《いんとくばしょ》を変更《へんこう》することにきめたのであった。(変更《へんこう》する場所《ばしょ》をどこにしたらよいかについては、すぐには思《おも》い当《あた》らなかったので、私《わたし》は一《ひ》とまず日記帳《にっきちょう》を以前《いぜん》の場所《ばしょ》に収《おさ》めておいて、その時《とき》は二階《にかい》を下《お》りた。そしてその夜《よ》、敏子《としこ》や婆《ばあ》やが去《さ》るのを待《ま》って、小池《こいけ》さんが寝《ね》に行《い》く少《すこ》し前《まえ》に取《と》りに上《あが》り、それをふところに入《い》れて下《お》りて来《き》た。そのすぐあとで小池《こいけ》さんが上《あが》って行《い》った。私《わたし》はまだその時《とき》も適当《てきとう》な隠《かく》し場所《ばしょ》を考《かんが》えつかないで困《こま》っていた。今夜《こんや》じゅうに考《かんが》えつけばよいのであるが、已《や》むを得《え》なければ茶《ちゃ》の間《ま》の押入《おしいれ》の天井板《てんじょういた》を一枚《いちまい》剥《は》がして、その上《うえ》に挿《さ》し込《こ》むことにしようか、などと思案《しあん》していた）で、五月二日《ごがつふつか》の午前二時《ごぜんにじ》過《す》ぎ、茶《ちゃ》の間《ま》にはいって懐中《かいちゅう》していた帳面《ちょうめん》を取《と》り出《だ》し、四月三十日《しがつさんじゅうにち》の夕刻以後《ゆうこくいご》の出来《でき》事《ごと》を記《しる》していると、ふと、つい先刻《せんこく》まで聞《きこ》えていた病人《びょうにん》の鼾《いびき》ごえが、いつからか聞《きこ》えなくなっているのに心《こころ》づいた。病室《びょうしつ》と茶《ちゃ》の間《ま》とは壁《かべ》一《ひ》と重《え》しか隔《へだ》たっていないのであるが、私《わたし》は書《か》く方《ほう》に気《き》を取《と》られていたので、それまで知《し》らずにいたのである。私《わたし》は、「………今日《きょう》から私《わたし》は、昼寝《ひるね》の時間《じかん》に二階《にかい》で書《か》くことを止《や》めにする。そして深夜《しんや》、病人《びょうにん》と小池《こいけ》さんの寝《ね》るのを待《ま》ってしたため、某所《ぼうしょ》に隠《かく》しておくことにする。……」と、ここまで書《か》き終《お》わった時《とき》に気《き》がついて筆《ふで》を止《と》め、しばらく隣室《りんしつ》に耳《みみ》を傾《かたむ》けていた。が、それきり声《こえ》が聞《きこ》えて来《く》る様子《ようす》がないので、書《か》きさしの日記帳《にっきちょう》を卓《たく》の上《うえ》に置《お》き、立《た》って病室《びょうしつ》に行《い》ってみた。病人《びょうにん》は静《しず》かに仰向《あおむ》いて、顔《かお》を真正面《まとも》に天井《てんじょう》に向《む》けて寝《ね》ているようであった。（発病《はつびょう》の日《ひ》に私《わたし》が眼鏡《めがね》を外《はず》してやってから、病人《びょうにん》は一度《いちど》も眼鏡《めがね》を掛《か》けたことがなかった。彼《かれ》の寝《ね》ている時《とき》の姿勢《しせい》は、大体《だいたい》において仰向《あおむ》けであったが、そのために一層《いっそう》、あの「眼鏡《めがね》のない顔《かお》」を見《み》せられる場合《ばあい》が多《おお》かった）「ようであった」というのは、病《びょう》室《しつ》ではスタンドのシェードに布《ぬの》を被《かぶ》せて病人《びょうにん》に光線《こうせん》が直《ちょく》射《しゃ》せぬようにしていたので、蔭《かげ》のところに臥《ね》ている病人《びょうにん》の顔《かお》が、急《きゅう》にはハッキリ見定《みさだ》めがたかったからである。私《わたし》は椅子《いす》に腰《こし》かけて一《ひ》と息《いき》つき、薄暗《うすぐら》いところにいる病人《びょうにん》を見据《みす》えたのであったが、何《なに》か異常《いじょう》に静《しず》か過《す》ぎる感《かん》じがしたので、シェードの布《ぬの》を上《あ》げて病人《びょうにん》の顔《かお》に露骨《ろこつ》な光線《こうせん》があたるようにした。と、病人《びょうにん》の眼《め》は半眼《はんがん》に見開《みひら》かれて、斜《なな》めに、寝台《しんだい》の裾《すそ》の方《ほう》の天井《てんじょう》に注《そそ》がれたまま、凝《ぎょう》然《ねん》と動《うご》かなくなっていた。「死《し》んだのだ」——私《わたし》はそう思《おも》って傍《そば》へ寄《よ》り、手《て》に触《ふ》れてみると、冷《つめ》たくなっていた。枕元《まくらもと》の時計《とけい》は三時《さんじ》七分《ななふん》を指《さ》していた。であるから、五月《ごがつ》二日《ふつか》の午前《ごぜん》二時《にじ》数分後《すうふんご》から三時《さんじ》七分《ななふん》に至《いた》る間《あいだ》において死《し》去《きょ》した、ということだけが云《い》える。そして恐《おそ》らく寝《ね》ている間《あいだ》に、ほとんど何《なん》の苦痛《くつう》もなく逝《い》ったらしいことは想《そう》像《ぞう》できる。私《わたし》は臆病《おくびょう》な人間《にんげん》が恐怖《きょうふ》を怺《こら》えて深淵《しんえん》の底《そこ》を覗《のぞ》き込《こ》むように、「眼鏡《めがね》のない顔《かお》」を数分《すうふん》の間息《あいだいき》を凝《こ》らして視詰《みつ》めてから、——新婚旅行《しんこんりょこう》の夜《よる》の記憶《きおく》がとたんに鮮《あざ》やかに蘇生《よみがえ》った。——再《ふたた》び急《いそ》いでシェードの布《ぬの》を被《かぶ》せたのであった。

相馬博士《そうまはかせ》も児玉《こだま》さんも、第二回目《だいにかいめ》の脳溢血《のういっけつ》の発作《ほっさ》がこの病人《びょうにん》にこんなに早《はや》く襲《おそ》って来《く》るであろうとは、豫期《よき》していなかったということを翌日《よくじつ》云《い》われた。昔《むかし》、といっても今《いま》から十年《じゅうねん》ぐらい前《まえ》までは、一度《いちど》脳溢血《のういっけつ》に罹《かか》ると、それから二三年《にさんねん》、もしくは七八年《しちはちねん》を経《へ》て二度目《にどめ》の発作《ほっさ》に襲《おそ》われる例《れい》が多《おお》く、大概《たいがい》な人《ひと》はその時《とき》に駄目《だめ》になったものであるが、近年《きんねん》は医術《いじゅつ》の進歩《しんぽ》によって、そうとも限《かぎ》らないようになった。一度《いちど》罹《かか》ってもそれきり罹《かか》らない人《ひと》もあり、二度《にど》罹《かか》ってもまた再起《さいき》する人《ひと》もあり、三度《さんど》も四度《よんど》も罹《かか》りながらなお天寿《てんじゅ》を保《たも》っている人《ひと》も、しばしば見受《みう》けるようになった。お宅《たく》の御主人《ごしゅじん》は学者《がくしゃ》の方《かた》に似合《にあ》わず、摂生《せっせい》に関《かん》しては無頓着《むとんちゃく》なところがあり、ややともすると医師《いし》の忠告《ちゅうこく》をお用《もち》いにならない風《ふう》があったので、再発《さいはつ》の恐《おそ》れが全《まった》くないとは云《い》えなかったけれども、こんなに早《はや》くそれが来《く》るとは思《おも》わなかった。まだ六十歳《ろくじっさい》には達《たっ》しておられないことであるし、ここでいったん、徐々《じょじょ》ながらも健康《けんこう》を回復《かいふく》され、今後数年《こんごすうねん》、巧《うま》く行《い》ければ十数年《じゅうすうねん》は活動《かつどう》をおつづけになるであろうと考《かんが》えていたのに、かような結果《けっか》になったのは意外《いがい》である。――と、博士《はかせ》も児玉《こだま》さんもそう云《い》ってくれた。博士《はかせ》や児玉《こだま》さんがほんとうにそう思《おも》っておられたかどうかは、もちろん推測《すいそく》の限《かぎ》りではない、人《ひと》の命数《めいすう》はいかなる名医《めいい》にも豫断《よだん》できないものであるから、二人《ふたり》がそう思《おも》っておられたとしても不思議《ふしぎ》はないが、正直《しょうじき》に云《い》って、私《わたし》は大体豫期《だいたいよき》していたことが豫《よ》期《き》した時《とき》に起《おこ》ったと思《おも》い、あまり意外《いがい》な感《かん》は抱《いだ》かなかったのであった。豫期《よき》したことが豫期《よき》した通《とお》りに起《おこ》らないこともあり得《う》るし、むしろその方《ほう》が普通《ふつう》であるが、私《わたし》と夫《おっと》の場合《ばあい》には、私《わたし》の豫測《よそく》が適確《てきかく》に当《あた》ったのである。そのことは娘《むすめ》の敏子《としこ》にしても、同様《どうよう》に感《かん》じているだろうと思《おも》う。

そこで、もう一遍《いっぺん》夫《おっと》の日記《にっき》と私《わたし》の日記《にっき》とを読《よ》み返《かえ》し、照《て》らし合《あ》わしながら、夫《おっと》と私《わたし》とがこういう風《ふう》な発展《はってん》の後《のち》にこういう風《ふう》な永別《えいべつ》を遂《と》げるに至《いた》った事《こと》の次第《しだい》を、今《いま》こそあけすけに跡《あと》づけてみたいのである。もっとも、夫《おっと》はすでに何十年《なんじゅうねん》も前《まえ》、私《わたし》と結婚《けっこん》する以前《いぜん》から日記《にっき》をつけていたそうであるから、彼《かれ》と私《わたし》との関係《かんけい》を根本的《こんぽんてき》に究《きわ》めるためには、そういう古《ふる》い日記《にっき》から読《よ》み直《なお》すのが順序《じゅんじょ》であるかも知《し》れない。が、私《わたし》のようなものがそんな大仕事《おおしごと》に手《て》をつける資格《しかく》はない。二階《にかい》の書斎《しょさい》の、梯子《はしご》を掛《か》けなければ届《とど》かない高《たか》い所《ところ》にある戸棚《とだな》には、夫《おっと》の日記帳《にっきちょう》が何十《なんじっ》冊《さつ》となく埃《ほこり》にまみれて積《つ》み重《かさ》ねてあるのを知《し》っているけれども、私《わたし》はそんな厖大《ぼうだい》な記録《きろく》に眼《め》を通《とお》すほどの根気《こんき》はない。故人《こじん》は彼自身《かれじしん》も云《い》っている通《とお》り、去年《きょねん》までは私《わたし》との閨房生活《けいぼうせいかつ》のことは努《つと》めて日記《にっき》に附《つ》けないようにしていた。彼《かれ》がそのことを遠慮《えんりょ》なく記《しる》すようになったのは、――というよりは、ほとんどそのことばかりを記《しる》す目的《もくてき》をもって日記《にっき》を書《か》くようになったのは、今年《ことし》の正月以来《しょうがついらい》のことで、同時《どうじ》に私《わたし》もこの正月《しょうがつ》からそれに対抗《たいこう》して附《つ》け始《はじ》めたのであるから、まずそれ以後《いご》の彼《かれ》と私《わたし》とが代《かわ》る代《がわ》る語《かた》るところを対比《たいひ》して見《み》、その間《あいだ》に漏《も》れているところを補《おぎな》って行《い》けば、二人《ふたり》がどんな風《ふう》にして愛《あい》し合《あ》い、溺《おぼ》れ合《あ》い、欺《あざむ》き合《あ》い、陥《おとしい》れ合《あ》い、そうして遂《つい》に一方《いっぽう》が一方《いっぽう》に滅《ほろ》ぼされるに至《いた》ったかのいきさつが、ほぼ明《あき》らかになるはずで、それ以前《いぜん》の日記《にっき》にまで溯《さかのぼ》る要《よう》はないように思《おも》う。夫《おっと》は本年一月一日《ほんねんいちがつついたち》の記《き》において、私《わたし》のことを「生《う》レツキ陰性《いんせい》デ、秘密《ひみつ》ヲ好《この》ム癖《くせ》ガアル」と云《い》い、「知《し》ッテイルㇾデモ知《し》ラナイ風《ふう》ヲ装《よそお》イ、心《こころ》ニアルㇾヲ容易《ようい》ニ口《くち》ニ出《だ》サナイ」性質《せいしつ》の女《おんな》であると云《い》っているが、これはたしかにその通《とお》りであることを否定《ひてい》しない。概括的《がいかつてき》に云《い》えば、私《わたし》よりも彼《かれ》の方《ほう》が何層倍《なんそうばい》か人間《にんげん》が正直《しょうじき》にできており、従《したが》ってその記《しる》すところにも虚偽《きょぎ》が少《すくな》いことは認《みと》めざるを得《え》ないけれども、そう云《い》っても彼《かれ》の言葉《ことば》にも、全《まった》く譃《うそ》がないというわけでもない。たとえば「妻《つま》ハコノ日記《にっき》帳《ちょう》ガ書斎《しょさい》ノドコノ抽出《ひきだし》ニハイッテイルカヲ知《し》ッテイルニ違《ちが》イナイ」けれども、「マサカ夫《おっと》ノ日記帳《にっきちょう》ヲ盗《ぬす》ミ読《よ》ムヨウナ「《こと》ハシソウモナイ」と云《い》ったり、「シカシ必《かなら》ズシモソウトハ限《かぎ》ラナイ理由《りゆう》モアル」が、「今年《ことし》カラハソレヲ恐《おそ》レヌ「《こと》ニシタ」と云《い》ったりしているが、実《じつ》はその後段《こうだん》において告白《こくはく》している通《とお》り、「ムシロ内々《ないない》読《よ》マレル「《こと》ヲ覚悟《かくご》シ、期待《きたい》シテイタ」というのが本心《ほんしん》であったことを、私《わたし》は夙《つと》に見破《みやぶ》っていた。正月四日《しょうがつよっか》の朝《あさ》、彼《かれ》が書棚《しょだな》の水仙《すいせん》の花《はな》の前《まえ》にわざと抽出《ひきだし》の鍵《かぎ》を落《おと》しておいたのは、私《わたし》に日記《にっき》を読《よ》んで貰《もら》いたくてたまらなくなった証拠《しょうこ》であるが、そんな小細工《こざいく》をしてくれないでも、私《わたし》はとうから盗《ぬす》み読《よ》みをしていたのであることを、ここで白状《はくじょう》することにしよう。私《わたし》は私《わたし》の一月四日《いちがつよっか》の記《き》において、「私《わたし》は（夫《おっと》の日記帳《にっきちょう》を）決《けっ》して読《よ》みはしない。私《わたし》は自分《じぶん》でここまでときめている限界《げんかい》を越《こ》えて、夫《おっと》の心理《しんり》の中《なか》にまではいり込《こ》んで行《い》きたくない。私《わたし》は自分《じぶん》の心《こころ》の中《なか》を人《ひと》に知《し》らせることを好《この》まないように、人《ひと》の心《こころ》の奥底《おくそこ》を根《ね》掘《ほ》り葉《は》掘《ほ》りすることを好《この》まない」と云《い》っているが、ほんとうを云《い》えばそれは虚言《きょげん》である。「私《わたし》は自分《じぶん》の心《こころ》の中《なか》を人《ひと》に知《し》らせることを好《この》まない」けれども、「人《ひと》の心《こころ》の奥底《おくそこ》を根《ね》掘《ほ》り葉《は》掘《ほ》りすること」は好《す》きなのである。私《わたし》は、彼《かれ》と結婚《けっこん》したその翌日《よくじつ》あたりから、ときどき彼《かれ》の日記帳《にっきちょう》を盗《ぬす》み読《よ》む習慣《しゅうかん》を持《も》ち始《はじ》めていた。私《わたし》は彼《かれ》が「その日記帳《にっきちょう》をあの小机《こづくえ》の抽出《ひきだし》に入《い》れて鍵《かぎ》をかけていることも、そしてその鍵《かぎ》を時《とき》としては書棚《しょだな》のいろいろな書物《しょもつ》の間《あいだ》に、時《とき》としては床《ゆか》の絨緞《じゅうたん》の下《した》に隠《かく》していることも、とうの昔《むかし》から知《し》っていた」のであり、決《けっ》して「日記帳《にっきちょう》の中《なか》を開《あ》けて見《み》たりなんかしたことはない」どころではない。ただ今《いま》までは、われわれ夫婦《ふうふ》の性生活《せいせいかつ》につながりのある問題《もんだい》はあまり扱《あつか》われていたことがなく、私《わたし》には無味乾燥《むみかんそう》な学問的《がくもんてき》な事柄《ことがら》が多《おお》かったところから、めったに身《み》を入《い》れて見《み》たことはなかった。時折《ときおり》ぱらぱらとページをめくってみる程度《ていど》で、わずかに「夫《おっと》のものを盗《ぬす》み読《よ》んでいる」ということだけに、或《あ》る満足《まんぞく》を覚《おぼ》えていたに過《す》ぎなかったのであるが、彼《かれ》がそのことを記《しる》すことを「恐《おそ》レヌ]ニシタ」今年《ことし》の正《しょう》月一日《がつついたち》の記《き》から、私《わたし》は当然《とうぜん》の結果《けっか》として彼《かれ》の記述《きじゅつ》に惹《ひ》き付《つ》けられた。私《わたし》は早《はや》くも正月二日《しょうがつふつか》の午後《ごご》、彼《かれ》が散歩《さんぽ》に出《で》かけた留守中《るすちゅう》に、彼《かれ》の日記《にっき》の書《か》き方《かた》が今年《ことし》から変化《へんか》していることを発見《はっけん》した。ただし私《わたし》が盗《ぬす》み読《よ》みをしていることを夫《おっと》に秘《ひ》していたのは、生来《せいらい》「知《し》ッテイルコト《こと》デモ知《し》ラナイ風《ふう》ヲ装《よそお》」うのが好《す》きであるためばかりではない。盗《ぬす》み読《よ》んでは貰《もら》いたいのだが、読《よ》んでも読《よ》まない風《ふう》をしていてくれるようにというのが、恐《おそ》らくは夫《おっと》の注文《ちゅうもん》であるらしいことをも、察《さっ》していたからである。

彼《かれ》が私《わたし》を、「郁子《いくこ》ヨ、ワガ愛《あい》スルイトシノ妻《つま》ヨ」と呼《よ》び、「何《なに》ヨリモ、僕《ぼく》ガ彼女《かのじょ》ヲ愛《あい》シテイルコト《こと》」は「偽《いつわ》リノナイコト《こと》デ」あると云《い》っているのは、真実《しんじつ》に違《ちが》いないと思《おも》う。私《わたし》はその一事《いちじ》については寸毫《すんごう》も彼《かれ》を疑《うたが》っていない。が、同時《どうじ》に私《わたし》も当初《とうしょ》においては彼《かれ》を熱愛《ねつあい》していたことを、認《みと》めて貰《もら》いたいのである。「遠《とお》い昔《むかし》の新婚旅行《しんこんりょこう》の晩《ばん》、………彼《かれ》が顔《かお》から近眼《きんがん》の眼鏡《めがね》を外《はず》したのを見《み》ると、とたんにゾウッと身慄《みぶる》いがしたこと」も事実《じじつ》であり、「今《いま》から考《かんが》えると、私《わたし》は自分《じぶん》に最《もっと》も性《しょう》の合《あ》わない人《ひと》を選《えら》んだらしい」ことも、時々《ときどき》彼《かれ》に面《めん》と向《むか》ってみて、「何《なん》という理由《りゆう》もなしに胸《むね》がムカムカ」したことも事実《じじつ》であるに相違《そうい》ないが、そうだからといって、私《わたし》が彼《かれ》を愛《あい》していなかったということにはならない。「古風《こふう》ナ京都《きょうと》ノ舊家《きゅうか》ニ生《うま》レ封建的《ほうけんてき》ナ空気《くうき》ノ中《なか》ニ育《そだ》ッタ」私《わたし》は、「父母《ちちはは》の命《めい》ずるままに漫然《まんぜん》とこの家《いえ》に嫁《とつ》ぎ、夫婦《ふうふ》とはこういうものと思《おも》」わされて来《き》たのであるから、好《この》むと好《この》まないとにかかわらず、彼《かれ》を愛《あい》するよりほかに術《すべ》はなかった。まして私《わたし》には「今日《こんにち》モナオ時《じ》代《だい》オクレナ舊道徳《きゅうどうとく》ヲ重《おも》ンズル一面《いちめん》ガアリ、或《あ》ル場合《ばあい》ニハソレヲ誇《ほこ》リトスル傾向《けいこう》モア」ったのである。私《わたし》は胸《むね》がムカムカするたびに、夫《おっと》に対《たい》しても、亡《な》くなった私《わたし》の父母《ちちはは》に対《たい》しても、そういう心持《こころもち》を抱《いだ》く自分自身《じぶんじしん》を浅《あさ》ましいとも、申《もう》しわけがないとも感《かん》じ、そんな心持《こころもち》が起《おこ》れば起《おこ》るほど、なおさらそれに反抗《はんこう》して彼《かれ》を愛《あい》するように努《つと》めたし、また愛《あい》し得《え》ていた。なぜかというのに、生《うま》れつき体質的《たいしつてき》に淫蕩《いんとう》であった私《わたし》は、どうでもこうでもそうするよりほかに生《い》き方《かた》はなかったからである。当時《とうじ》の私《わたし》が、夫《おっと》に対《たい》して何《なに》かの不満《ふまん》を持《も》っていたとすれば、それは夫《おっと》が私《わたし》の旺盛《おうせい》な慾求《よっきゅう》に十分《じゅうぶん》な満足《まんぞく》を与《あた》えてくれないという点《てん》にあったが、それでも私《わたし》は、彼《かれ》の体力《たいりょく》の乏《とぼ》しさを咎《とが》めるよりは、自分《じぶん》の過度《かど》な淫慾《いんよく》を恥《は》じる気持《きもち》の方《ほう》が強《つよ》かった。私《わたし》は彼《かれ》の精力《せいりょく》の減退《げんたい》を歎《なげ》きながらも、そのために愛憎《あいそ》を尽《つ》かすどころか、一層《いっそう》愛情《あいじょう》を募《つの》らせつつあった。しかるに、彼《かれ》は何《なん》と考《かんが》えたのか、この正月《しょうがつ》からそういう私《わたし》に新《あたら》しい眼《め》を見開《みひら》かせてくれたのである。彼《かれ》が「今日《きょう》マデ日記《にっき》ニ記《しる》スコトヲ躊躇《ちゅうちょ》シテイタヨウナ事柄《ことがら》ヲモアエテ書《か》キ留《と》メル「ニシタ」真《しん》の動機《どうき》が何《なん》であったかは、よく分《わか》らない。「僕《ぼく》ハ彼女《かのじょ》ト直接《ちょくせつ》閨房《けいぼう》ノ「ヲ語《かた》リ合《あ》ウ機会《きかい》ヲ与《あた》エラレナイ不満《ふまん》ニ堪《た》エカネテコレヲ書《か》ク」と云《い》い、私《わたし》の「アマリナ秘密《ひみつ》主義《しゅぎ》」、私《わたし》のいわゆる「身嗜《みだしな》ミ」、「アノ偽善的《ぎぜんてき》ナ『女《おんな》ラシサ』に、「アノワザトラシイオ上品趣味《じょうひんしゅみ》」に反感《はんかん》を抱《いだ》き、それを打破《だは》してやりたいために「コウイウ「《こと》ヲ書《か》ク気《き》ニナッタ」と云《い》っているのは、果《はた》してそれだけが理由《りゆう》だったのであろうか。恐《おそ》らくは他《ほか》に重大《じゅうだい》な原《げん》因《いん》もあったことと思《おも》われるけれども、日記《にっき》は不思議《ふしぎ》にもそのことについて明瞭《めいりょう》には記《しる》すところがない。あるいは彼自身《かれじしん》も、ああいう日記《にっき》を書《か》きたくなった心《こころ》の経過《けいか》、その由《よ》って来《く》るところを理解《りかい》していなかったのかも知《し》れない。とまれ私《わたし》は、自分《じぶん》が「多《おお》クノ女性《じょせい》ノ中《なか》デモ極《きわ》メテ稀《まれ》ニシカナイ器具《きぐ》ノ所有者《しょゆうしゃ》デアル「《こと》を、始《はじ》めて教《おし》えられたのであった。私《わたし》が「モシ昔《むかし》ノ島原《しまばら》ノヨウナ妓楼《ぎろう》ニ売《う》ラレ」た女《おんな》であったとしたら、「必《かなら》ズヤ世間《せけん》ノ評判《ひょうばん》ニナリ、無数《むすう》ノ嫖客《ひょうかく》ガ競《きそ》ッテ」「周囲《しゅうい》ニ集《あつ》マ」ったであろうことを、私《わたし》は始《はじ》めて知《し》ったのであった。ところで、「僕《ぼく》ハコンナ事《こと》ヲ彼女《かのじょ》ニ知《し》ラセナイ方《ほう》ガヨイカモ知《し》レナイ。彼女《かのじょ》ニソウイウ自覚《じかく》ヲ与《あた》ユル事《こと》ハ、少《すく》ナクトモ僕自身《ぼくじしん》ノタメニ不利《ふり》カモ知《し》レナイ」にもかかわらず、彼《かれ》があえてその不《ふ》利《り》を冒《おか》す気《き》になったのはなぜであろうか。彼《かれ》は私《わたし》のその「長所《ちょうしょ》ヲ考《かんが》エタダケデモ嫉妬《しっと》ヲ感《かん》」じ、「モシモ僕以外《ぼくいがい》ノ男性《だんせい》ガ彼女《かのじょ》ノアノ長所《ちょうしょ》ヲ知《し》ッタナラバ、……ドンナ事《こと》ガ起《おこ》ルデアロウカ」不安《ふあん》であると云《い》っているが、その不《ふ》安《あん》をことさら隠《かく》すところなく日記《にっき》に書《か》き記《しる》すということは、ひょっとすると、私《わたし》にそれを盗《ぬす》み読《よ》んで貰《もら》い、そうして彼《かれ》を嫉妬《しっと》せしめるような行動《こうどう》を示《しめ》して貰《もら》うことを、期待《きたい》しているのではあるまいかという風《ふう》に、私《わたし》は取《と》った。この推測《すいそく》が当《あた》っていたことは、「僕《ぼく》ハソノ嫉妬《しっと》ヲ密《ひそ》カニ享楽《きょうらく》シツツアッタ」、――「僕《ぼく》ハ嫉妬《しっと》ヲ感《かん》ジルトアノ方《ほう》ノ衝動《しょうどう》ガ起《おこ》ル」、――「ダカラ嫉妬《しっと》ハ或《あ》ル意味《いみ》ニオイテ必要《ひつよう》デモアリ快感《かいかん》デモアル」(一月十三日《いちがつじゅうさんにち》)――等々《とうとう》とあるので明《あき》らかであるが、もうそのことは一月一日《いちがつついたち》の日記《にっき》の中《なか》でうすうす私《わたし》には想像《そうぞう》できたのであった。………

六月十日《ろくがつとおか》。………八日《ようか》に私《わたし》はこう書《か》いている。――

「私《わたし》は夫《おっと》を半分《はんぶん》は激《はげ》しく嫌《きら》い、半分《はんぶん》は激《はげ》しく愛《あい》している。私《わたし》は夫《おっと》とほんとうは性《しょう》が合《あ》わない……」と。そうしてまたこうも書《か》いている。——「だからといって他《ほか》の人《ひと》を愛《あい》する気《き》にはなれない。私《わたし》には古《ふる》い貞操観念《ていそうかんねん》がこびり着《つ》いているので、それに背《そむ》くことは生《うま》れつきできない」、——「私《わたし》は夫《おっと》のあの……愛撫《あいぶ》の仕方《しかた》にはホトホト当惑《とうわく》するけれども、そういっても彼《かれ》が熱狂的《ねっきょうてき》に私《わたし》を愛《あい》していてくれることは明《あき》らかなので、それに対《たい》して何《なん》とか私《わたし》も報《むく》いるところがなければ済《す》まない」と。亡《な》くなった父母《ちちはは》に厳《きび》しい儒教的《じゅきょうてき》躾《しつけ》を受《う》けた私《わたし》が、仮《かり》にも夫《おっと》の悪口《わるぐち》を筆《ふで》にするような心境《しんきょう》に引《ひ》き入《い》れられたのは、二十年来古《にじゅうねんらいふる》い道徳《どうとく》観念《かんねん》に縛《しば》りつけられて、夫《おっと》に対《たい》する不満《ふまん》の情《じょう》を無理《むり》に抑《よく》圧《あつ》していたせいもあるけれども、何《なに》よりも、夫《おっと》を嫉妬《しっと》せしめるように仕向《しむ》けることが結局《けっきょく》彼《かれ》を喜《よろこ》ばせる所以《ゆえん》であり、それが「貞女《ていじょ》」の道《みち》に通《つう》ずるのであることを、おぼろげながら理解《りかい》しかかっていたからである。しかし私《わたし》はまだ、夫《おっと》を「激《はげ》しく嫌《きら》」うと云《い》い、「性《しょう》が合《あ》わない」と云《い》っているに過《す》ぎず、すぐそのあとから「他《ほか》の人《ひと》を愛《あい》する気《き》にはなれない」、夫《おっと》に「背《そむ》くことは生《うま》れつきできない」と、弱音《よわね》を吐《は》いているのである。私《わたし》はすでにその時分《じぶん》から、潜在的《せんざいてき》には木村《きむら》を恋《こい》しつつあったのかも知《し》れないが、自分《じぶん》ではそれを意識《いしき》していなかった。自分《じぶん》は夫《おっと》に貞節《ていせつ》を尽《つく》さんがために、心《こころ》ならずも彼《かれ》の嫉妬《しっと》を煽《あお》るような言葉《ことば》を、恐《おそ》る恐《おそ》る、それも大変遠廻《たいへんとおまわ》しに洩《も》らしていただけであった。

だが、十三日《じゅうさんにち》に、「木村《きむら》ニ対《たい》スル嫉妬《しっと》ヲ利用《りよう》シテ妻《つま》ヲ喜《よろこ》バス事《こと》、——「ソウイウ風《ふう》ニシテ努《つと》メテ僕《ぼく》ヲ刺戟《しげき》シテクレル事《こと》ハ、彼女自身《かのじょじしん》ノ幸福《こうふく》ノタメデモアルト思《おも》ッテ貰《もら》イタイ」という語《ことば》、「僕《ぼく》ハ僕《ぼく》ヲ、気《き》ガ狂《くる》ウホド嫉妬《しっと》サセテホシイ」、——「妻《つま》ハ随分《ずいぶん》キワドイ所《ところ》マデ行《い》ッテヨイ。キワドケレバキワドイホドヨイ」、——「多少疑《たしょううたが》イヲ抱《いだ》カセルクライデアッテモヨイ。ソノクライマデ行《い》ク事《こと》ヲ望《のぞ》ム」という語《ことば》が出《で》て来《く》るのを読《よ》んでから、私《わたし》は急角度《きゅうかくど》をもって木村《きむら》のことを考《かんが》えるようになった。「少《すくな》クトモ妻《つま》ハ、……自分《じぶん》デハ若《わか》イ二人《ふたり》ヲ監督《かんとく》シテイルツモリカモ知《し》レナイガ、実際《じっさい》ハ木村《きむら》ヲ愛《あい》シテイルヨウニ思《おも》エテナラナイ」と、七日《なのか》に夫《おっと》がそんな風《ふう》に書《か》いているあたりでは、私《わたし》はむしろ「イヤらしい」というように感《かん》じ、いくら夫《おっと》に嗾《けしか》けられてもそういう道《みち》に外《はず》れたことができるものかと、反撥《はんぱつ》を感《かん》じていたのであったが、「キワドケレバキワドイホドヨイ」と云《い》われるに及《およ》んで、私《わたし》の心《こころ》に急《きゅう》回転《かいてん》が起《おこ》った。私《わたし》が意識《いしき》するより前《まえ》に、私《わたし》に木村《きむら》を好《この》む様子《ようす》があるのを見《み》て夫《おっと》が嗾《けしか》けたのか、嗾《けしか》けられたので無《む》から有《ゆう》が生《しょう》じたのか、そこのところはよく分《わか》らない。が、私《わたし》は自分《じぶん》の好奇心《こうきしん》が木村《きむら》の方《ほう》へ傾《かたむ》いたのを明瞭《めいりょう》に意識《いしき》し出《だ》してからも、なおしばらくは、夫《おっと》のために「心《こころ》ならず」もそのように「努《つと》めて」いるのであると、自《みずか》らを欺《あざむ》いていた。――そう、私《わたし》は今《いま》「好奇心《こうきしん》」という語《ことば》を使《つか》ったが、当時《とうじ》は夫《おっと》を喜《よろこ》ばすために夫以外《おっといがい》の人間《にんげん》にちょっとした好《こう》奇心《きしん》を持《も》ってみるのだ、という風《ふう》に自分《じぶん》に云《い》い聴《き》かせていた。一月二十八日《いちがつにじゅうはちにち》に、始《はじ》めて人事不省《じんじふせい》になった時《とき》の心《しん》理状態《りじょうたい》を云《い》えば、木村《きむら》に対《たい》する自分《じぶん》の気持《きもち》が夫《おっと》のためのものであるのか、自分自身《じぶんじしん》のためのものであるのか、その辺《あたり》の境界《きょうかい》があの晩《ばん》あたりから自分《じぶん》にも分《わか》らなくなって来《き》たので、その苦《くる》しさをごまかそうとしていたのであった。あの晩《ばん》から、二十九日《にじゅうくにち》、三十日《さんじゅうにち》の朝《あさ》にかけて、私《わたし》はずっと寝通《ねどお》していた。「彼女《かのじょ》ノ性質《せいしつ》カラ推《お》シテ、果《はた》シテホントウニ睡《ねむ》ッテイタノカ寝《ね》タフリヲシテイタノカ、ソノ点《てん》ハ疑《うたが》ワシイ」と夫《おっと》が書《か》いているあの二日間《ふつかかん》、私《わたし》は決《けっ》して「寝《ね》タフリヲシテイタ」のではないが、そうかといって完全《かんぜん》に意識《いしき》を失《うしな》いつづけていたとは云《い》いがたい。あの時《とき》の半睡半醒《はんすいはんせい》の状態《じょうたい》は、大体《だいたい》あの折《おり》の日記《にっき》に書《か》いた通《とお》りであるが、「彼女《かのじょ》ノ口《くち》カラ『木村《きむら》サン』トイウ一語《いちご》ガ譫語《うわごと》ノヨウニ洩《も》レタ」ことについては、多少《たしょう》書《か》き添《そ》える必要《ひつよう》があろう。あれは「ホントウノ譫語《うわごと》ダッタノカ、譫《うわ》語《ごと》ノゴトク見《み》セカケテ故意《こい》ニ僕《ぼく》ニ聞《き》カセタノデアルカ」

どちらであるかといえば、その中間《ちゅうかん》ぐらいであったといえよう。私《わたし》は「寝惚《ねぼ》ケテ、木村《きむら》ト情交《じょうこう》ヲ行《おこな》ッテイルト夢《ゆめ》見《み》」つつあったのであるが、とたんに「木村《きむら》さん」という譫語《うわごと》を口走《くちばし》ったのを、朦朧《もうろう》とした意識《いしき》の底《そこ》で感《かん》じていた。「あゝ浅《あさ》ましいことを口走《くちばし》っているな」と思《おも》いながら云《い》っていた。そして、こんな言葉《ことば》を夫《おっと》に聞《き》かれて恥《はず》かしいと思《おも》う一方《いっぽう》、聞《き》かれた方《ほう》がよかったという気持《きもち》も、ないではなかった。しかしその次《つぎ》の夜《よる》、「『木村《きむら》サン』トイウ一語《いちご》ガ今夜《こんや》モ彼女《かのじょ》ノ口《くち》カラ洩《も》レタ。彼女《かのじょ》ハ今夜《こんや》モ同《おな》ジ夢《ゆめ》、同《おな》ジ幻覚《げんかく》ヲ、同《おな》ジ状況《じょうきょう》ノ下《もと》ニオイテ見《み》タ」のであろうかと云《い》っている三十日《さんじゅうにち》の夜《よる》の場合《ばあい》は違《ちが》う。あの夜《よる》は私《わたし》は明《あき》らかに或《あ》る目的《もくてき》をもって寝《ね》たふりをし、譫語《うわごと》のように見《み》せかけてあの言葉《ことば》を云《い》った。はっきりした意図《いと》と計画《けいかく》に基《もと》ずいていたとまでは云《い》いがたいが、――やはり幾分《いくぶん》は寝惚《ねぼ》けていたかも知《し》れないが、――寝惚《ねぼ》けているのを意識《いしき》しながら、良心《りょうしん》を麻痺《まひ》させるのにそれを利用《りよう》した。「僕《ぼく》ハ彼女《かのじょ》ニ愚弄《ぐろう》サレテイルト解《かい》スベキナノデアロウカ」と夫《おっと》は云《い》っているが、あるいはそう解《かい》するのが当《あた》っているかも知《し》れない。あの譫語《うわごと》には、「木村《きむら》サントコンナ風《ふう》ニナッタラナア」という気持《きもち》と、「夫《おっと》があの人《ひと》を私《わたし》に世話《せわ》してくれたらなあ」という気持《きもち》と、二《ふた》つの願望《がんぼう》が籠《こも》っていたに違《ちが》いなく、それを分《わか》って貰《もら》うためにあの言葉《ことば》を云《い》った。

二月十四日《にがつじゅうよっか》に、木村《きむら》は夫《おっと》にポーラロイドという写真機《しゃしんき》のあることを教《おし》えた。「僕《ぼく》ニソウイウ機械《きかい》ノアル⌈《こと》ヲ教《おし》エタラ僕《ぼく》ガ喜《よろこ》ブデアロウトイウ⌈《こと》ヲ、ドウシテ木村《きむら》八察《さっ》シタノデアロウカ、ソレガ不思議《ふしぎ》ダ」と云《い》っているが、それは私《わたし》にも不思議《ふしぎ》であった。夫《おっと》が私《わたし》の裸体像《らたいぞう》を撮影《さつえい》したがっているだろうなどとは、私《わたし》にしても察知《さっち》してはいなかった。仮《かり》に察知《さっち》していたとしても、そんなことを木《き》村《むら》に知《し》らせてやる隙《すき》などはなかった。あの時分《じぶん》、私《わたし》は毎《まい》夜《よ》のように泥酔《でいすい》して木村《きむら》の腕《うで》に凭《よ》りかかりつつ抱《だ》き運《はこ》ばれていたけれども、夫婦間《ふうふかん》の秘戯《ひぎ》に関《かん》することはおろか、ついぞ打《う》ち解《と》けた談合《だんごう》などを彼《かれ》と遣《や》り取《と》りしたことはなかった。ありていに云《い》って、彼《かれ》とは酔《よ》って運《はこ》ばれるだけの関係《かんけい》で、夫《おっと》の眼《め》を掠《かす》めて話《はな》し合《あ》う機会《きかい》などあるはずはなかった。私《わたし》はむしろ敏子《としこ》が怪《あや》しいと睨《にら》んでいた。木村《きむら》にそんな暗示《あんじ》を与《あた》えた者《もの》があるとすれば、敏子《としこ》を措《お》いて他《ほか》にない。彼女《かのじょ》は二月九日《にがつここのか》に、関田町《せきでんちょう》に別居《べっきょ》させてほしい旨《むね》を申《もう》し出《で》ており、静《しず》かな場所《ばしょ》で勉強《べんきょう》したいというのを理由《りゆう》に挙《あ》げているが、「静《しず》かな場所《ばしょ》」を欲《ほっ》するというのは、深夜両親《しんやりょうしん》の寝室《しんしつ》で時々煌々《ときどきこうこう》と電燈《でんとう》が点《とも》ったり、螢光燈《けいこうとう》ランプが輝《かがや》いたりするのに辟易《へきえき》しているという意味《いみ》であろうことは、推測《すいそく》するにかたくなかった。多分彼女《たぶんかのじょ》は、螢光燈《けいこうとう》に照《て》らされている寝室内《しんしつない》の光景《こうけい》を夜《よ》な夜《よ》な隙《すき》見《み》していたに違《ちが》いないが、——ストーブがゴウゴウと呻《うな》りを立《た》てて燃《も》えていたので、足音《あしおと》を忍《しの》ばせるには好都合《こうつごう》であったはずだ。——とすれば、私《わたし》を裸体《はだか》にしてさまざまな姿態《したい》に置《お》きかえることに限《かぎ》りない愉悦《ゆえつ》を覚《おぼ》えていた夫《おっと》の所作《しょさ》をも、悉《ことごと》く見《み》て知《し》っていたであろうことも想《そう》像《ぞう》できる。とすればまた、彼女《かのじょ》がそのことを木村《きむら》に話《はな》したであろうことも想像《そうぞう》できる。これらの想像《そうぞう》が当《あた》っていたことは後日《ごじつ》に及《およ》んで明《あき》らかになったが、私《わたし》は十四日《じゅうよっか》の夫《おっと》の日記《にっき》を読《よ》んだ時《とき》に、おおよそそこまでは察《さっ》していた。つまり、当時私《とうじわたし》が裸体《はだか》にされて弄《もてあそ》ばれていたことは、私自身《わたしじしん》より先《さき》に敏子《としこ》が知《し》り、木村《きむら》に報告《ほうこく》していたはずであった。

それにしても、木村《きむら》は何《なん》のために「ソウイウ機械《きかい》」のあることを夫《おっと》に教《おし》えたり、私《わたし》の裸体《はだか》を撮影《さつえい》することを示唆《しさ》したりしたのであろうか。このことについては、ついまだ木村《きむら》に聞《き》いてみるのを忘《わす》れていたが、察《さっ》するところ、一《ひと》つには夫《おっと》にそういう智慧《ちえ》を授《さず》けて彼《かれ》の歓心《かんしん》を得《え》たかったのであろう。が、一《ひと》つには、そうすれば他日《たじつ》夫《おっと》の撮影《さつえい》した裸体写真《らたいしゃしん》を、自分《じぶん》も手《て》に入《い》れることができるようになることを、期待《きたい》したからなのであろう。そしてその方《ほう》が主《しゅ》たる目的《もくてき》だったのであろう。夫《おっと》がやがてポーラロイドで満足《まんぞく》できず、ツワイス・イコンを使《つか》うようになり、それを現像《げんぞう》する役目《やくめ》が木村《きむら》に廻《まわ》って来《く》るようになるのを、――細《こま》かい先《さき》の先《さき》まではどうか知《し》れないが、大体《だいたい》そういうようなことが起《おこ》り得《う》ることを、木村《きむら》は恐《おそ》らく見《み》通《とお》したのであろう。

二月十九日《にがつじゅうくにち》に、「敏子《としこ》の心理状態《しんりじょうたい》が私《わたし》には掴《つか》めない」と書《か》いているが、実《じつ》は或《あ》る程度《ていど》は掴《つか》めていた。今述《いまの》べたような工合《ぐあい》で、私《わたし》は彼女《かのじょ》がわれわれ夫婦《ふうふ》の閨房《けいぼう》の情景《じょうけい》を木《き》村《むら》に洩《も》らしたであろうことは、ほぼ推《すい》していた。彼女《かのじょ》は木村《きむら》を、心密《こころひそ》かに愛《あい》しているのであり、それゆえに「内々《ないない》私《わたし》に敵意《てきい》を抱《いだ》きつつある」ことも分《わか》っていた。彼女《かのじょ》は、

「母《はは》は生《うま》れつき繊弱《せんじゃく》なたちで過度《かど》の房事《ぼうじ》には堪《た》えられないのに、父《ちち》が無理《むり》やりに云《い》うことを聴《き》かせ」ているのであると解《かい》し、その点《てん》では私《わたし》の健康《けんこう》を気《き》づかい、父《ちち》を憎《にく》んでいたのであるが、父《ちち》が妙《みょう》な物好《ものず》きから木村《きむら》と私《わたし》とを接《せっ》近《きん》させ、木村《きむら》も私《わたし》もまたそれを拒《こば》まない風《ふう》があるのを見《み》て、父《ちち》を憎《にく》むとともに私《わたし》をも憎《にく》んだ。私《わたし》はそれを随分早《ずいぶんはや》くから感《かん》づいていた。ただ、私以上《わたしいじょう》に陰険《いんけん》である彼女《かのじょ》は、「自分《じぶん》の方《ほう》が母《はは》より二十年《にじゅうねん》も若《わか》いにかかわらず、容貌姿《ようぼうし》態《たい》の点《てん》において自分《じぶん》が母《はは》に劣《おと》っている」ことを知《し》っており、木村《きむら》の愛《あい》がより多《おお》く母《はは》に注《そそ》がれていることを知《し》っているがゆえに、まず母《はは》を取《と》り持《も》っておいて徐《おもむ》ろに策《さく》を廻《めぐ》らすつもりでいたことも、私《わたし》には読《よ》めていた。しかし二人《ふたり》を取《と》り持《も》つについて、彼女《かのじょ》と木村《きむら》との間《あいだ》にあらかじめどれだけの連絡《れんらく》があったのかは、いまだに私《わたし》によく分《わか》らない。たとえば、彼女《かのじょ》が関田町《せきでんちょう》へ間借《まが》りしたのは、螢《けい》光燈《こうとう》に辟易《へきえき》したためばかりでなく、木村《きむら》の下宿《げしゅく》が近《ちか》いということも、初《はじ》めから考慮《こうりょ》の中《なか》にあったことと思《おも》われるけれども、それは木村《きむら》の入《い》れ智慧《ぢえ》だったのか、彼女《かのじょ》が単《たん》独《どく》で思《おも》いついたことなのか。あれは敏子《としこ》が勝手《かって》にお膳立《ぜんだ》てをしたので、「僕《ぼく》は据《す》え膳《ぜん》の箸《はし》を取《と》っただけだ」と、木村《きむら》は云《い》っていたけれども、真相《しんそう》はどうなのであろうか。私《わたし》はそういう点《てん》については、今《いま》も木村《きむら》を信用《しんよう》していない。

敏子《としこ》が私《わたし》を嫉妬《しっと》していたように、私《わたし》も内心《ないしん》敏子《としこ》に対《たい》してかなり激《はげ》しい嫉妬《しっと》を燃《も》やしていた。にもかかわらず、私《わたし》は努《つと》めてそのことを人《ひと》にも悟《さと》らせず、日記《にっき》にも書《か》かないようにしていた。それは私《わたし》の持《も》ち前《まえ》の陰険性《いんけんせい》のゆえでもあるが、それよりも、自分《じぶん》の方《ほう》が娘《むすめ》よりも優《すぐ》れているという自信《じしん》を持《も》っていたところから、その自尊心《じそんしん》を自《みずか》ら傷《きず》つけたくなかったからであった。なおもう一《ひと》つ、私《わたし》が敏子《としこ》を嫉妬《しっと》する理由《りゆう》のあることと――というのは、木村《きむら》が彼女《かのじょ》をも愛《あい》しているかも知《し》れないという疑《うたが》いのあることと――を、夫《おっと》に知《し》られるのを何《なに》よりも私《わたし》は恐《おそ》れた。夫自《おっとじ》身《しん》も、「モシ僕《ぼく》ガ木村《きむら》デアッタトシテ、ドッチニヨケイ惹《ひ》キ付《つ》ケラレルカトイエバ、ソレハ、年《とし》ハ取《と》ッテイルケレドモ母《はは》ノ方《ほう》デアル「ハ確《こと》カ《たし》」であると云《い》いながら、「ダガ木村《きむら》ハドウトモ云《い》エナイ」と云《い》い、「サシアタリ母《はは》ノ歓心《かんしん》ヲ買《か》イ、母《はは》ヲ通《つう》ジテ敏子《としこ》ヲ動《うご》カソウトシテイル」かも知《し》れないと、多少《たしょう》疑念《ぎねん》を挟《はさ》んでいた時《とき》もあった。で、私《わたし》は夫《おっと》にそういう疑念《ぎねん》を抱《いだ》かせることを最《もっと》も嫌《きら》った。木《き》村《むら》は一途《いちず》に私一人《わたしひとり》を愛《あい》しているもの、私《わたし》のためにはいかなる犠牲《ぎせい》をも惜《お》しまないでいるものと、夫《おっと》に思《おも》わせておきたかった。そうでなければ、夫《おっと》の木村《きむら》に対《たい》する嫉妬《しっと》が生一本《きいっぽん》で強烈《きょうれつ》なものにならないからであった。

六月十一日《ろくがつじゅういちにち》。……夫《おっと》は二月二十七日《にがつにじゅうしちにち》に、「ヤッパリ推察通《すいさつどお》リダッタ。妻《つま》ハ日記《にっき》ヲツケテイタノダ」と云《い》い、「数日前《すうじつまえ》ニウスウス気《き》ガ付《つ》イタ」と云《い》っているけれども、実際《じっさい》はよほど前《まえ》からハッキリと知《し》っており、かつ内容《ないよう》を盗《ぬす》み読《よ》みしていたものと思《おも》う。私《わたし》もまた、「自分《じぶん》が日記《にっき》をつけていることを夫《おっと》に感《かん》づかれるようなヘマはやらない」――「私《わたし》のように心《こころ》を他人《たにん》に語《かた》らない者《もの》は、せめて自分自身《じぶんじしん》に向《むか》って語《かた》って聞《き》かせる必要《ひつよう》がある」――などと云《い》っているのは、真赤《まっか》な譃《うそ》である。私《わたし》は夫《おっと》に、私《わたし》には内証《ないしょ》で読《よ》んで貰《もら》うことを欲《ほっ》していた。「自分自身《じぶんじしん》に向《むか》って聞《き》かせ」たかったことも事実《じじつ》であるが、夫《おっと》にも読《よ》ませることを目的《もくてき》の一《ひと》つとして書《か》いていた。では何《なん》のために音《おと》のしない雁皮紙《がんぴし》を使《つか》ったり、セロファンテープで封《ふう》をしたりしたかといえば、用《よう》もないのにそういう秘密主義《ひみつしゅぎ》を取《と》るのが生来《せいらい》の趣味《しゅみ》であったのだ、というよりほかはない。この秘密主義《ひみつしゅぎ》は、私《わたし》のことをそう云《い》って嗤《わら》う夫《おっと》にしても同様《どうよう》であった。夫《おっと》も私《わたし》も、互《たが》いに盗《ぬす》み読《よ》まれることは分《わか》っていながら、途中《とちゅう》にいくつもの堰《せき》を設《もう》け、障壁《しょうへき》を作《つく》って、できるだけ廻《まわ》りくどくする、そして、相手《あいて》が果《はた》して標的《ひょうてき》へ到達《とうたつ》したかどうかを曖昧《あいまい》にする、それが私《わたし》たちの趣味《しゅみ》であった。私《わたし》が面倒《めんどう》な手数《てかず》を厭《いと》わずセロファンテープ等《とう》を使《つか》ったのは、自分《じぶん》だけでなく、夫《おっと》の趣味《しゅみ》に迎合《げいごう》するためでもあった。

私《わたし》は四月十日《しがつとおか》になって、始《はじ》めて夫《おっと》の健康《けんこう》が尋常《じんじょう》でないことを日記《にっき》に書《か》いている。――「夫《おっと》は彼《かれ》の日記《にっき》の中《なか》に彼《かれ》自身《じしん》の憂慮《ゆうりょ》すべき状態《じょうたい》について何《なに》ごとかを洩《も》らしているであろうか。……彼《かれ》の日記《にっき》を読《よ》まない私《わたし》にはそれは想《そう》像《ぞう》できないけれども、実《じつ》は私《わたし》はもう一二カ月前《いちにかげつまえ》から、彼《かれ》の様子《ようす》が変調《へんちょう》を来《き》たしていることに気《き》がついていた」と。夫自身《おっとじしん》がこのことを自白《じはく》したのは、三月十日《さんがつとおか》の記事《きじ》からであるが、実際《じっさい》は、彼《かれ》が自分《じぶん》で気《き》がつくより先《さき》に、私《わたし》の方《ほう》が知《し》っていたのではないかと思《おも》う。私《わたし》はしかし、いろいろの理由《りゆう》から、最初《さいしょ》のうちはわざとそれに気《き》がつかないふりをしていた。それは夫《おっと》をいたずらに神経過敏《しんけいかびん》にさせることを恐《おそ》れたからでもあるが、それ以上《いじょう》に、神経過《しんけいか》敏《びん》の結果《けっか》として、彼《かれ》が房事《ぼうじ》を慎《つつ》しむようになることを一《いっ》層恐《そうおそ》れたのであった。私《わたし》は夫《おっと》の生命《せいめい》を心配《しんぱい》しないわけではなかったが、飽《あ》くことを知《し》らぬ性的行為《せいてきこうい》の満足《まんぞく》の方《ほう》がもっと切実《せつじつ》な問題《もんだい》であった。私《わたし》は何《なん》とかして彼《かれ》に死《し》の恐《きょう》怖《ふ》を忘《わす》れさせ、「木村《きむら》トイウ刺戟剤《しげきざい》」を利用《りよう》して嫉妬《しっと》を煽《あお》り立《た》てることに懸命《けんめい》になっていた。……が、私《わたし》のこの気持《きもち》は、四月《しがつ》にはいってから次第《しだい》に変《かわ》った。三月中《さんがつちゅう》、私《わたし》はたびたび、自分《じぶん》がいまだに「最後《さいご》の一線《いっせん》」を固守《こしゅ》している旨《むね》を日記《にっき》に書《か》き、夫《おっと》に私《わたし》の貞節《ていせつ》を信《しん》じさせるように努《つと》めたのであったが、「紙一重《かみひとえ》のところまで」接着《せっちゃく》していた私《わたし》と木村《きむら》の最後《さいご》の壁《かべ》がほんとうに除《のぞ》かれたのは、正直《しょうじき》に云《い》うと三月二十五日《さんがつにじゅうごにち》であった。翌二十六日《よくにじゅうろくにち》の日記《にっき》に、私《わたし》と木村《きむら》のそらぞらしい問答《もんどう》が記《しる》されているが、あれは夫《おっと》を欺《あざむ》くための拵《こしら》えごとであった。そして、私《わたし》の心《こころ》に重大《じゅうだい》な決意《けつい》ができ上《あが》るようになったのは四月上旬《しがつじょうじゅん》、四日《よっか》、五日《いつか》、六日《むいか》、あたりであったと思《おも》う。夫《おっと》に誘導《ゆうどう》されて一歩一歩《いっぽいっぽ》堕落《だらく》の淵《ふち》に沈《しず》みつつあった私《わたし》であるが、まだそれまでは、夫《おっと》の要請《ようせい》黙《もだ》しがたく苦痛《くつう》を忍《しの》んで不倫《ふりん》を犯《おか》しているかのように、——そうしてそれは舊式《きゅうしき》な道徳《どうとく》観《かん》から見《み》ても、婦人《ふじん》の亀鑑《きかん》と仰《あお》がれてもよい模範的行為《もはんてきこうい》であるかのように、自分《じぶん》を欺《あざむ》いていたのであったが、その時《とき》あたりから、私《わたし》は全《まった》く虚偽《きょぎ》の仮面《かめん》を投《な》げ捨《す》ててしまった。私《わたし》はきっぱりと、自分《じぶん》の愛《あい》が木村《きむら》の上《うえ》にあって夫《おっと》の上《うえ》にはないことを、自《みずか》ら認《みと》めるようになった。四月《しがつ》十日《とおか》に、「体《からだ》の工合《ぐあい》が寒心《かんしん》すべき状態《じょうたい》にあるのは夫《おっと》ばかりでなく、実《じつ》は私《わたし》も同様《どうよう》である」と書《か》いているのは、深《ふか》い魂胆《こんたん》があってのことで、ありようは、私《わたし》は病気《びょうき》でも何《なん》でもなかった。もっとも、「敏子《としこ》が十《とお》ぐらいの時《とき》に二三《にさん》度喀血《どかっけつ》した経験《けいけん》があ」り、「肺結核《はいけっかく》の症状《しょうじょう》が二期《にき》に及《およ》んでいると云《い》われ」たのは事実《じじつ》であるが、それでも「医師《いし》の忠告《ちゅうこく》を無視《むし》して不養生《ふようじょう》の限《かぎ》りを尽《つく》し」て、幸運《こううん》にも

「案《あん》ずるほどのこともなく自然《しぜん》に治癒《ちゆ》してしま」い、それ以後《いご》再発《さいはつ》したことはなかったのであった。従《したが》って、「二月《にがつ》の或《あ》る日《ひ》、この前《まえ》の時《とき》と全《まった》く同《おな》じ泡《あわ》を交《まじ》えた鮮紅《せんこう》色《しょく》の血液《けつえき》が痰《たん》とともに出《で》た」ことも、「午後《ごご》になると毎《まい》日《にち》のように疲労感《ひろうかん》が襲《おそ》って来《き》て、「おりおり胸《むね》が気味《きみ》悪《わる》く疼《うず》」いたことも、「今度《こんど》は次第《しだい》に悪化《あっか》して救《すく》いがたいことにな」りそうで、どうやら「ただごとでない」ような気《き》がしたことも、すべて根《ね》も葉《は》もない虚構《きょこう》で、それは夫《おっと》を一日《いちにち》も早《はや》く死《し》の谷《たに》へ落《おと》し込《こ》む誘《さそ》いの手《て》として書《か》いたのであった。私《わたし》も死《し》を賭《と》しているのであるから、あなたもその気《き》におなりなさいと、私《わたし》は夫《おっと》にそう云《い》って聞《き》かせるのが目的《もくてき》であった。あれから以後《いご》の私《わたし》の日記《にっき》は、もっぱらその目的《もくてき》に添《そ》って書《か》かれているのであるが、書《か》くだけでなく、場合《ばあい》によっては喀血《かっけつ》の真似事《まねごと》をさえ演《えん》じて見《み》せる用意《ようい》をしていた。私《わたし》は彼《かれ》を息《いこ》う暇《ひま》なく興奮《こうふん》させ、その血壓《けつあつ》を絶《た》えず上衝《じょうしょう》させることに手段《しゅだん》を悉《つく》した。（第一《だいいっ》回《かい》の発作《ほっさ》以後《いご》も、私《わたし》は少《すこ》しも手《て》を緩《ゆる》めずに、彼《かれ》を嫉妬《しっと》させるべく小細工《こざいく》を弄《ろう》しつづけた）彼《かれ》の肉体的《にくたいてき》破滅《はめつ》がそう遠《とお》くない時期《じき》に迫《せま》っていることは、木村《きむら》がよほど以前《いぜん》からそれとなく豫言《よげん》していたが、私《わたし》も、そして恐《おそ》らくは敏子《としこ》も、そういうことに勘《かん》の鋭《するど》い木村《きむら》の直覚《ちょっかく》を、なまじな医師《いし》の判断《はんだん》よりもアテにしていた。

それにしても、私《わたし》の体質《たいしつ》に淫蕩《いんとう》の血《ち》が流《なが》れていたことは否《いな》み得《え》ないとして、夫《おっと》の死《し》をさえたくらむような心《こころ》が潜《ひそ》んでいたとは、どうしたわけであろう。いったいそんな心《こころ》が、いつ、どんな隙《すき》に食《く》い込《こ》んだのであろう。亡《な》くなった夫《おっと》のような、ひねくれた、変質的《へんしつてき》な、邪悪《じゃあく》な精神《せいしん》で、執拗《しつよう》にジリジリと捻《ね》じ曲《ま》げられたら、どんな素直《すなお》な心《こころ》でもしまいには曲《まが》って来《く》るのであろうか。そうではなくて、私《わたし》の場合《ばあい》は、昔気質《むかしかたぎ》な、封建的《ほうけんてき》な女《おんな》と見《み》えたのは環境《かんきょう》や父母《ちちはは》の躾《しつけ》のせいで、本来《ほんらい》は恐《おそ》ろしい心《こころ》の持《も》ち主《ぬし》だったのであろうか。このことはもっとよく考《かんが》えてみなければどちらとも云《い》えない。と同時《どうじ》に、終局《しゅうきょく》においてやはり私《わたし》は亡《な》くなった夫《おっと》に忠実《ちゅうじつ》を尽《つく》したことになるのである、夫《おっと》は彼《かれ》の希望通《きぼうどお》りの幸福《こうふく》な生涯《しょうがい》を送《おく》ったのであると、云《い》えるような気《き》がしないでもない。

敏子《としこ》のことや木村《きむら》のことも、今《いま》のところ疑問《ぎもん》の点《てん》がたくさんある。私《わたし》が木村《きむら》と会合《かいごう》の場所《ばしょ》に使《つか》った大阪《おおさか》の宿《やど》は、「ドコカナイデショウカト木村《きむら》サンガ云《い》ウカラ」敏子《としこ》が「オ友達《ともだち》ノ或《あ》ルアプレノ人《じん》」に聞《き》いて教《おし》えてやったのだというけれども、ほんとうにそれだけが真実《しんじつ》であろうか。敏子《としこ》もあの宿《やど》を誰《だれ》かと使《つか》ったことがあり、今《いま》も使《つか》っているのではないであろうか。

木村《きむら》の計画《けいかく》では、今後適当《こんごてきとう》な時期《じき》を見《み》て彼《かれ》が敏子《としこ》と結《けっ》婚《こん》した形式《けいしき》を取《と》って、私《わたし》と三人《さんにん》でこの家《いえ》に住《す》む、敏子《としこ》は世間体《せけんてい》を繕《つくろ》うために、甘《あま》んじて母《はは》のために犠牲《ぎせい》になる、と、いうことになっているのであるが。……

【凡例】

・本編「鍵」は、青空文庫作成の文字データを使用した。

底本：「鍵」中公文庫、中央公論社

1973（昭和48）年12月10日初版発行

1983（昭和58）年12月25日6刷発行

初出：「中央公論」中央公論社

1956（昭和31）年1月、5月～12月

入力：kompass

校正：酒井裕二

2016年5月25日作成

・文字遣いは、青空文庫のデータによる。

・この作品には、今日からみれば不適切と思われる表現が含まれているが、作品の描かれた時代と、作品本来の価値に鑑み、底本のままとした。

・ルビは、青空文庫のものに加えて、新字新仮名のルビを付し、総ルビとした。

・追加したルビには文字遣いの他、読み方など格段の基準は設けていない。

大活字本シリーズ
谷崎潤一郎⑥
鍵

2024年10月11日　第1版第1刷発行

著　者　谷　崎　潤一郎
編　者　三　和　書　籍

発行者　高　橋　　考
発　行　三　和　書　籍
〒112-0013　東京都文京区音羽2-2-2
電話 03-5395-4630　FAX 03-5395-4632
sanwa@sanwa-co.com
https://www.sanwa-co.com/
印刷／製本　中央精版印刷株式会社

ISBN978-4-86251-556-8　C3093